Über die Autorin:

Linn Miller, 1981 geboren, wuchs in Norddeutschland auf und lebt aktuell mit ihrer Familie in der Nähe von Lübeck. Denn sie liebt es, am (aber nicht im) Meer zu sein. Stattdessen taucht sie gern in die menschliche Psyche ein und ist fasziniert von all den Facetten, Farben und Mustern, die nur danach schreien, erzählt zu werden.

Bibliografische Information der Deutschen Nationalbibliothek:
Die Deutsche Nationalbibliothek verzeichnet diese
Publikation der Deutschen Nationalbibliografie,
detaillierte bibliografische Daten sind im Internet
über dnb.dnb.de abrufbar.

TWENTYSIX
Eine Marke der Books on Demand GmbH

Herstellung und Verlag
BoD - Books on Demand, Norderstedt

ISBN 9783740782054

Zuckersüß

Linn Miller

Kapitel 1

Sie schaffte die Körperteile zum Lieferwagen. Arme, Beine und den Rumpf samt Kopf. Die Augen verband sie mit einem schwarzen Tuch. Elin hatte schon als kleines Mädchen nicht gern mit Puppen gespielt, weil sie Angst vor dem starren Blick hatte.

Montagfrüh um sechs waren die Seitenstraßen der Lübecker Innenstadt menschenleer. Elin musste diese Aufträge vor Ladenöffnungszeit übernehmen, während ihre Arbeitgeberin sich im Bett nochmal umdrehte.

Ein Vorteil waren die besseren Parkbedingungen um diese Uhrzeit. Niemand kontrollierte Halteverbote. Das Ordnungsamt schlief noch.

Sie hievte die Teile auf die Ladefläche des lindgrünen Wagens. Es war ein schwieriges Unterfangen, die steifen Gliedmaßen inmitten all des Gerümpels an Ort und Stelle zu bringen. Immer wieder rutschte ein Arm herunter. Der Kopf verschwand polternd zwischen Stoffrollen und Spraydosen. Ehe die gesamte Ladung herauszufallen drohte, warf Elin mit Schwung die Heckklappe zu und kehrte zurück zum Laden.

»Verdammt!« Sie strauchelte. Der Absatz ihres rechten Pumps steckte im Kopfsteinpflaster fest. Auf einem Bein stehend, beugte sie sich zum Boden und befreite ihren Schuh. Er war unversehrt und sie streifte ihn wieder über. Dann setzte sie ihren Weg im Storchengang fort und verschloss die Ladentür.

Auf dem Gehweg hielt sie inne und atmete die Atmosphäre der Altstadt ein. Welch Geschichten und Tragödien die Häuser in all den Jahrhunderten miterlebt und aufgesogen hatten? Speicher voller Dramen von Tod und Geburt, von Liebe und Verbrechen. Könnten sie sie doch erzählen.

Die Frühlingssonne erschien zaghaft zwischen den mittelalterlichen Gemäuern. Und auf der Straße tauchte neben ihrem der Schatten eines Katzenkopfes auf. Elin drehte sich zur Seite. Zwei runde, gelbe Augen starrten sie an. Das Gesicht der Katze war wie zweigeteilt, als hätte sie eine Maske auf. Die eine Seite weiß, die andere schwarz. Elin beugte sich zu ihr runter und ließ sie an ihren Fingern schnuppern. Den Nasenstupser verstand sie als Aufforderung und kraulte sie am Hals. Die Katze streckte den Kopf und schnurrte. Elin lächelte.

»Tut mir leid, meine Kleine, aber ich muss weiter«, murmelte sie. »Meine Chefin hat es nicht gern, wenn ich zu spät komme.«

Nur das Klackern ihrer eigenen Schritte hallte zwischen den alten Häuserwänden wider, als sie den Weg zum Wagen fortsetzte. Umso mehr wunderte es sie, dass er auf einmal auf der anderen Straßenseite stand. Sie hatte niemanden kommen hören. Er lehnte an einem Laternenpfahl, die Hände in den Hosentaschen und sah zu ihr rüber. Nicht zum ersten Mal erkannte sie seinen durchdringenden Blick. Er hatte sie schon mehrfach beobachtet, während sie ein Schaufenster in der Stadt dekorierte und die Puppen ankleidete. Nur kurz, im Vorbeigehen. Aber doch so, dass er sich in ihrer Erinnerung festgebissen hatte.

Die dunkle Jeans und das hellblaue Hemd verliehen ihm ein gepflegtes Aussehen. Der braune Gürtel farblich passend zu den Lederschuhen. Er war kein Mann, nach dem Elin sich für gewöhnlich umdrehen würde. Nicht auf den ersten Blick. Er fiel zwar durch seine große, schlanke Statur auf. Doch vor allem seine Aura war von derartiger Anziehungskraft, die sie gleichzeitig faszinierte und beängstigte.

Ehe sie darüber nachdenken konnte, ging sie auf sein Spiel ein. Wie fremdgesteuert. Sie blieb stehen, verschränkte die Arme vor dem Oberkörper und sah ihn herausfordernd über die Straße hinweg an. Der Wagen parkte nur zwei Schritte entfernt. Sie hätte hineinsteigen und wegfahren können. Daher hatte sie keine Angst. Nicht direkt.

Seine Mundwinkel zuckten. Es war das erste Mal, dass sie in seinem ernsten Gesicht ein Lächeln sah.

»Mir scheint, als wären das nicht die richtigen Schuhe für diese Gegend.« Er sprach ruhig und langsam.

Machte er sich etwa über sie lustig? Elin trat von einem Bein auf das andere.

»Mit meinen Schuhen ist alles in Ordnung. Die Straßen sind nur dafür nicht geeignet. Verfolgen Sie mich etwa?« Sie konnte nicht fassen, dass sie ihn gerade direkt gefragt hatte.

»Ich habe gewartet.«

»Worauf haben Sie gewartet?«

»Darauf, endlich Ihre Stimme zu hören.«

»Und? Wie finden Sie meine Stimme?«

»Bei Ihrer zierlichen Statur etwas tiefer als erwartet, aber das macht nichts.«

»Na, da bin ich ja beruhigt.«

»Sind Sie das?«

Nein, war sie nicht. In Wirklichkeit schlug ihr Herz bis zum Hals.

Die Katze schlenderte zu dem Mann rüber. Er ging in die Hocke und tätschelte ihren Kopf. Beeindruckt sah Elin zu. Sie war überzeugt, dass Katzen die Falschheit von Menschen erspürten und sie mieden. Der Mann richtete sich wieder auf und das Tier setzte sich neben seine Füße.

»Mögen Sie auch so gern die Totenstille am frühen Morgen?«, fragte er.

»Ich kann mir Besseres vorstellen, als um diese Uhrzeit Schaufensterpuppen spazieren zu fahren.«

Er schmunzelte. »Ich liebe diese Ruhe.«

»Warum bleiben Sie dann nicht einfach zuhause? Dort ist es doch bestimmt noch ruhiger.«

Seine Augen verengten sich. »Ich bin nicht gern allein.« Er blickte auf die Häuser. »Hier auf der Straße ist zwar jetzt kaum jemand. Aber hinter den Mauern erwacht das Leben nach und nach. Ich seh der Stadt gern beim Aufwachen zu.«

Er schloss die Lider und reckte sein Gesicht der Sonne entgegen.

Der Mann musste verrückt sein. Elin öffnete die Fahrertür. Und als wäre dies ein Signal, schlug er die Augen auf und hielt sie mit seinem Blick fest. »Sie wollen schon gehen?«

»Ich muss noch arbeiten.«

»Ja, stimmt. Sie arbeiten viel.«

Elin verlagerte ihr Gewicht auf ein Bein und hob ihr Kinn. »Warum beobachten Sie mich?«

Er überlegte. »Ich mag es, wie Sie die Schaufensterpuppen anziehen, die Hemdknöpfe schließen, die Krawatten binden. Ihre Hände... sie sind... genau richtig.«

Das klang in Elins Ohren irre. Womöglich ein Fetischist. »Okay, ich muss dann los.« Sie stieg in den Wagen.

»Sind Sie morgen wieder in der kleinen Boutique am Markt?«

Als Elin das Lenkrad umklammerte, bemerkte sie, wie ihre Hände klebten.

»Sie brauchen mir nicht zu antworten«, sagte er. »Ich weiß es. Sie sind jeden zweiten Dienstag im Monat dort.«

Elin schloss die Fahrertür und drehte den Zündschlüssel. Doch er ließ sich nicht aus der Ruhe bringen. Nur seine Stimme wurde etwas lauter, um den Motor zu übertönen.

»Ich sitze gegenüber im Rathaus. Vielleicht können wir uns in der Mittagspause zum Kaffee treffen?«

Sie stand im Nebel, atmete mit leicht geöffnetem Mund den heißen Dampf ein, die Handflächen an die feuchten Kacheln gestützt. Das Wasser lief über ihren Nacken und nahm alles mit, spülte sämtliche Anspannung des Tages fort. Aber er wollte nicht mit, tauchte immer wieder in ihrem inneren Geiste auf. Der Fremde, wie er sie ansah, wie die Katze neben ihm saß, seine Stimme. Elin schloss die Augen, legte den Kopf zurück und ließ das Wasser über ihr Gesicht, Brüste und Bauch strömen. Langsam atmete sie aus. Ein Klopfen holte sie schlagartig aus der Entspannung. Sie riss die Augen auf. Nochmal das Geräusch.

»Elli! Bitte Elli, beeil dich. Ich muss ins Bad.«

Simon.

Elin verdrehte die Augen.

»Hallo?«, rief er. »Du bist schon seit zwanzig Minuten da drinnen.«

»Jaja, ich mache ja schon.« Sie stellte das Wasser ab, stieg aus der Dusche und trocknete sich ab. Ins Handtuch gewickelt schlüpfte sie an ihrem Mitbewohner vorbei.

»Was stresst du denn so?«

»Hey, erstens, denk an die Wasserkosten und zweitens treffe ich mich gleich mit jemandem.«

»So so, mit wem denn?«

»Kennst du nicht.«

»Lass mich raten, dieser Jemand ist weiblich?!«

Simon nickte. »Jepp.«

»Na, dann los. Viel Glück.«

Sie lebten seit knapp drei Jahren zusammen, hatten sich während des Innenarchitektur-Studiums kennengelernt. Simon hatte mehr Glück als sie, bekam nach dem Abschluss eine vorzeigbare Stelle. Elin hingegen musste sich mit einem schlecht bezahlten Job als Dekorateurin über Wasser halten. Als alleinige Angestellte war sie auch die Einzige, die arbeitete. Ihre Chefin kassierte das Geld und die Lorbeeren.

Elin streifte sich Jogginghose und Shirt über, schlenderte in die Küche und setzte einen Topf Wasser auf. Sollte sie die Einladung des Fremden annehmen und morgen Mittag einen Kaffee mit ihm trinken? Das wäre völliger Irrsinn. Als das Wasser kochte, warf sie eine Packung Spaghetti rein.

Warum nicht? Er machte doch äußerlich einen seriösen Eindruck, arbeitete offenbar bei der Stadt. Sie sah den tanzenden Nudeln im blubbernden Wasser zu. Vielleicht etwas spießig, aber solide.

Sie zerkleinerte Tomaten, eine Zwiebel und drückte Knoblauch durch eine Presse.

Die Art, wie er redete, war unkonventionell und irgendwie seltsam. Doch gerade das reizte Elin. Sie hatte genug von den immer gleichen Schönlingen mit den immer gleichen Phrasen, die sie bisher kennengelernt hatte. Dieser Mann war anders. Zwar kannte sie ihn nicht und sie mochte sich täuschen, doch sein Auftreten hatte etwas Einnehmendes. Ohne viel Getue und mit wenigen Worten. Sie wollte wissen, wer er war.

Sie erhitzte Öl in einem kleinen Topf, gab das Gemüse hinein, dünstete es kurz an und warf eine Handvoll Kräuter dazu. Das Kochwasser goss sie ab und vermengte die Spaghetti mit dem Öl-Knoblauch-Gemisch. Abschmecken, fertig.

Simon erschien in der Küche.

»Das duftet so lecker. Ausgerechnet jetzt, wo ich los muss, kochst du.«

Er griff sich ihre Gabel, tauchte sie in den Topf und verdrückte ein paar Spaghetti.

»Hey, das sind meine.« Elin schnappte nach ihrer Gabel. »Du gehst jetzt schön brav essen. Und Knoblauch macht sich nicht gut bei einem Date. Wie heißt sie eigentlich?«

»Jessi.«

Simon zupfte an seinem Hemdkragen. »Sehe ich gut aus?«

Elin hob ihren Daumen.

Er war kaum größer als sie und sein rundes Gesicht verlieh ihm etwas von einem Teddy.

Seine großen blauen Augen sahen sie erwartungsvoll an.

»Oh, Moment.« Sie wischte mit ihrem Finger Öl von seinem Mundwinkel. »Perfekt.«

Simon lächelte und verabschiedete sich.

»Viel Spaß!«

Elin machte es sich mit ihrem Topf auf der Couch bequem und checkte ihre Nachrichten am Handy.

Eine SMS war von ihrer Mutter: *Elin, meine Liebe, melde dich doch mal. Georg und ich möchten dich gern zum Essen einladen. Mama*

Georg war der Freund ihrer Mutter. Elin konnte ihn nicht ausstehen. Sie stopfte eine Gabel voll Spaghetti in den Mund.

Die nächste Nachricht war von ihrer Chefin.

Planänderung. Fahr morgen nicht in die Stadt zu Emma Stein, sondern nach Travemünde. Dort erwartet dich um 9 Uhr eine Neukundin. Adresse kommt später. Schick mir eine Bestätigung. Grüße G.S.

Elin ließ ihre Gabel sinken. Wie konnte das sein? Seit einem halben Jahr musste sie jeden zweiten Dienstag im Monat zur Boutique von Emma Stein und ihr Schaufenster dekorieren. Doch ausgerechnet morgen nicht. An dem Tag, wo *er* sie höchstwahrscheinlich erwartete. Wo sie mit ihm in der Mittagspause Kaffee trinken wollte. Wie sollte sie ihn denn wiedersehen?

Erstaunt über ihre eigenen Gedanken rührte sie in den Spaghetti. Damit hatte sie sich entschieden. Sie *wollte* ihn wirklich treffen. Doch möglicherweise war es so etwas wie ein Zeichen höherer Macht, was es zu verhindern versuchte. Vielleicht war es besser so.

Kapitel 2

Elins Blick suchte immer wieder die Uhr. Vor zwei Stunden hatte sie die neue Kundin in Travemünde aufgesucht. Es war ein kleiner Laden in der Vorderreihe, mit direkter Sicht auf die Trave und die vorbeifahrenden Schiffe. Gut frequentierte Lage, vor allem in der Touristensaison. Doch viele Passanten würdigten ihr Schaufenster keines Blickes, so die Inhaberin. Das sollte sich nun ändern. Wie mit ihrer Chefin vereinbart, hatte Elin allerhand Muster und Material mitgebracht, besprach diverse Vorschläge mit der Kundin. Doch nichts konnte sie zufriedenstellen.

Kurz vor halb zwölf klappte Elin ihre Mappe zu.

»Ich habe noch eine Idee, Frau Quaal. Doch dafür müsste ich noch etwas aus unserem Lager holen.«

Die Kundin stimmte zu. Elin legte einen Kurzsprint zum Wagen ein. Eine halbe Stunde Fahrzeit in Lübecks Innenstadt.

Vielleicht war es verrückt. Sogar absurd. Womöglich verpasste sie ihn. Oder er wartete gar nicht auf sie und alles war nur ein blöder Scherz.

Die Autobahn war trotz Baustelle einigermaßen frei, ein Stau blieb ihr erspart. Doch schneller als sechzig Kilometer pro Stunde durfte sie nicht fahren.

Elin hatte keinen Plan, was sie im Lager holen und wie sie es ihrer Chefin erklären sollte. Aber das musste warten. Darüber würde sie später nachdenken. Auf keinen Fall wollte sie die Chance verpassen, ihn wiederzusehen.

Am Morgen hatte sie drei Tassen Ingwertee getrunken, um den Knoblauchgeruch der Spaghetti vom Vorabend zu überdecken. Leider hatte sie dabei vergessen, dass der ihre Nieren ordentlich anregte. Die Nervosität gab ihren Rest dazu. Aber es blieb keine Zeit, um eine Toilette zu suchen.

Elin fand einen Parkplatz bei der Musik- und Kongresshalle. Sie eilte über die Fußgängerbrücke zur Lübecker Altstadtinsel, so gut es mit ihren Keilabsätzen ging. Weiter die Beckergrube hoch, durch die Fußgängerzone in der Breiten Straße, bis sie am Rathaus war. Das imposante historische Gebäude am Lübecker Marktplatz. Sie schnappte nach Luft und sah sich zwischen den Passanten in alle Richtungen um: Mütter, die mit Kinderwagen Einkäufe erledigten, Geschäftsmänner mit Handy am Ohr, Oberstufenschüler, die ihre Freistunde für einen Milchshake nutzten.

Sie warf einen Blick zur Boutique, wo sie hätte arbeiten sollen. Die Arkaden und den Marktplatz suchte Elin nach dem großen, schlanken Mann mit den dunklen Haaren ab. Doch nirgends war er zu sehen. Vielleicht nahm er schon in einem der Cafés seinen Mittags-Snack zu sich. Sie drehte am Ring, der an ihrer rechten Hand steckte. Zwanzig nach zwölf. Ob seine Mittagspause schon vorbei war? Elin wippte von einem Bein aufs andere. Sie traute sich nicht, eine Toilette aufzusuchen. Was, wenn er genau in dem Moment hier aufkreuzen würde? Dabei fiel ihr ein, dass sie noch keinen Blick in einen Spiegel geworfen hatte, seitdem sie am Morgen aus dem Haus gegangen war. Der Ostseewind in Travemünde hatte ihre braunen Locken zerzaust. Aus ihrer Handtasche holte sie einen Kamm, um wenigsten Ordnung auf ihren Kopf zu bringen. Wenn schon keine Ordnung *im* Kopf war.

Was tat sie hier eigentlich? Sie führte sich auf wie ein Teenager. Sicher saß er oben am Fenster im Rathaus, beobachtete sie und hielt sich vor Lachen den Bauch. Und sie musste dringend auf Toilette und sich eine Ausrede für ihre Chefin einfallen lassen.

Ihr Atem hatte sich normalisiert. Wie lange sollte sie warten? Für einen Moment überlegte Elin, einfach ins Rathaus zu spazieren. Und dann? Alle Türen ablaufen? Sie wusste ja nicht mal seinen Namen. Wie absurd war diese Aktion. Elin ging zurück zur Boutique, dann wieder auf den Marktplatz, um möglichst gesehen zu werden. Nach fast fünfundvierzig Minuten schwand ihre Hoffnung. Sie schämte sich vor sich selbst und machte sich auf den Weg zum Kaufhaus. Dort gab es ein Kunden-WC.

»Hey, Puppenspielerin!«, rief eine Stimme hinter ihr. Sie blieb stehen und drehte sich um. Strahlend kam er auf sie zu. »Fast hätte ich Sie verpasst, was?«

»Sieht ganz so aus.« Elin lächelte und klemmte sich eine Haarsträhne hinters Ohr.

»Ich habe heute schon mehrfach rüber geschaut, aber Sie waren nicht da.« Er deutete zur Boutique.

»Nein. Meine Chefin hat mich heute woanders hingeschickt.«

»Ach, Ihre *Chefin*? Ich dachte, Sie seien selbstständig, weil ich Sie immer allein gesehen hab. Dann heißen Sie gar nicht Gundula Sörensen, wie es auf dem Firmenwagen steht.«

Elin lachte. »Nein, nein. Nicht mein Name, nicht mein Wagen, nicht meine Firma. Ich bin einfach Elin.«

Er reichte ihr die Hand. »Christoph, angenehm. Jetzt hat die Frau, die die Puppen verkleidet, einen Namen. Wie schön, dass ich dich hier antreffe. Ich hatte schon befürchtet, dich gestern Morgen irgendwie irritiert zu haben.«

Elin rückte ihre Handtasche zurecht. Das hatte er. Er sah sie erwartungsvoll mit seinen stahlblauen Augen an. Heute trug er eine runde Brille, die ihm etwas Braves verlieh. Doch sein Blick dahinter war noch genauso durchdringend.

»Gehen wir zu Niederegger?«, fragte er.

»Gerne.«

Das elegante Café lag direkt gegenüber der Renaissancetreppe des Rathauses. Im Obergeschoss fanden sie einen freien Tisch an einem der deckenhohen Fenster, die von außen mit Blumenkästen voller roter Geranien geschmückt wurden.

Christoph zog den rot-creme gestreiften Sessel zurück und ließ Elin Platz nehmen. Es duftete nach Kaffee und Marzipan. Vom Nachbartisch wehte ein Hauch von Tomatencremesuppe herüber.

»Möchtest du etwas Herzhaftes zu Mittag oder was vom ausladenden Tortenbuffet?«, fragte Christoph.

Elins Magen war zu sehr mit Fragen und Erwartungen gefüllt, als dass sie noch etwas essen konnte. »Danke, aber mir reicht ein Milchkaffee.«

Christoph lächelte. »So bescheiden? Ich muss gestehen, mein Frühstück ist schon sehr lange her und mein Magen protestiert allmählich.«

»Stehst du denn jeden Morgen so früh auf?«

Seine Augen verdunkelten sich und er senkte den Blick in die Speisekarte, als er antwortete. »Nicht immer.«

Er sagte nichts mehr.

Elin wagte nicht, weiter nachzufragen. Von einer Sekunde zur anderen hatte sich die Stimmung verändert. Offenbar ein Thema, das sie nicht mehr anschneiden sollte. Warum auch immer.

Die Kellnerin erschien im richtigen Moment und beendete das Schweigen. Christoph bestellte den Milchkaffee und für sich ein Toast Hawaii, ein Wasser und einen Espresso.

»Ist das dein Ehering?«, fragte er, sobald sie wieder allein waren und deutete auf Elins rechte Hand. Seinem Tempo und den Richtungswechseln konnte sie kaum standhalten. War das der Grund seiner Stimmung? Hatte er den Ring bemerkt und sich seinen Teil gedacht?

Elin bemühte sich, locker zu klingen und winkte ab. »Nein, nein, das soll nur der Abschreckung dienen.«

Es war der Ehering ihres Vaters. Elin hatte ihn an sich genommen und verkleinern lassen, nachdem er ihn abgelegt hatte.

»Im Ernst? Deine Taktik hat nicht funktioniert.«

Da war es wieder, sein charmantes Lächeln. In seinem Blick diese Herausforderung. »Du willst also niemanden kennenlernen?«

»Nein. Also doch... Eigentlich nicht.« Elin hatte vorerst genug von Männern und wollte eine Pause. Doch Gespräche über Verflossene hatten ihrer Meinung nach nichts bei einem ersten Date zu suchen. Moment, Date?

»Eigentlich nicht? Aber trotzdem sitzt du hier mit mir.« Er lehnte sich entspannt zurück. Sein Grinsen brachte sie aus der Fassung.

»Ja.« Mehr wusste sie nicht zu sagen. Seine Präsenz verwandelte den Raum in ein Magnetfeld, dem sie sich nicht entziehen konnte. Selbst die Bedienung hatte ihn länger als nötig angesehen und Elin kaum eines Blickes gewürdigt.

»Spricht für dich, würde ich sagen.« Doch noch ein paar Worte, um nicht wie ein unterbelichtetes Mädchen zu wirken.

»Na hoffentlich enttäusche ich dich nicht«, sagte er.

Dieses war eindeutig ein Date der anderen Art. Christoph entpuppte sich als Rätsel und Aufgabe zugleich. Elin ließ sich darauf ein.

»Das werde ich herausfinden«, sagte sie.

Die Kellnerin servierte wenig später die Bestellung. Elin öffnete drei Tütchen Zucker und ließ ihn in den Kaffee rieseln. Sie bemerkte, wie Christoph es beobachtete und sah hoch. »Was ist?«

Angewidert sein Gesichtsausdruck. »Du magst es wohl sehr süß, was?«

»Unbedingt.« Elin rührte und nahm einen Schluck. »Meine heimliche Sucht.«

Christoph schüttelte sich kaum merklich und schnitt sein Toast an. Er spießte ein dampfendes Stück auf seine Gabel und pustete. »Möchtest du kosten?«

Elin winkte ab. »Danke, nein. Für mich keinen Schinken. Ich esse vegetarisch.«

»Ah, okay.«

Er schob sich die Gabel in den Mund. Elin betrachtete seine Hände, sie waren ungewöhnlich feingliedrig für einen Mann seiner Körpergröße.

»Gibt es etwas, das du noch nie gegessen hast und gerne mal probieren würdest?«, fragte er, nachdem er seinen Bissen runtergeschluckt hatte.

Elin überlegte.

»Sushi. Also ohne Fisch natürlich.«

»Da hast du wirklich etwas verpasst. Das sollten wir nachholen.«

»Gerne.«

Er war mit seinen neununddreißig zehn Jahre älter als sie. Aber das machte ihr nichts aus. Elin hatte dadurch den Eindruck, er sei ruhiger als die anderen Männer vor ihm. Gesetzter. Und überhaupt war das, was er von sich gab, Dimensionen entfernt von all dem üblichen Gerede, das sie bisher kannte. Er hätte von der Amöbenpopulation einer Regenpfütze erzählen können, Elin würde gespannt seiner Stimme lauschen. Seine Art zu reden war eine Erfrischung und machte Lust auf mehr. Umso enttäuschter war sie, als er seine Mittagspause für beendet erklärte.

»Es tut mir furchtbar leid, dass ich unser kurzes Treffen abbrechen muss. Aber leider ruft die Arbeit.«

Elin warf einen Blick auf ihre Uhr am Handy. Du meine Güte, sie hatte noch einiges zu tun. Und Gundula hatte schon drei Anrufe und zwei Nachrichten hinterlassen. Eine weitere SMS von ihrer Mutter.

»Deine offensichtlich auch«, sagte Christoph.

»Wie bitte?«

»Ich meinte, deine Arbeit ruft dich offensichtlich auch?«

Elin steckte ihr Handy ein. »Ja, sorry.«

»Immer diese Verpflichtungen. Elin, ich freue mich, dich kennengelernt zu haben.«

War das jetzt ein Abschied? Er wollte sie nicht wiedersehen und versuchte gerade, es höflich zu verpacken. Endlich traf sie einen interessanten Mann und sie war ihm zu langweilig. All der Stress heute umsonst.

»Ich möchte gern dort weitermachen, wo wir jetzt aufhören«, sagte er. »An einem anderen Ort, zu einer anderen Zeit.«

Zum Abschied hatte er ihr einen Kuss auf die Wange gehaucht. Es ging so schnell, dass Elin nicht reagieren konnte. Und dann war er weg. Sie malte sich keine großen Hoffnungen aus. Nicht einmal Telefonnummern hatten sie getauscht.

Kapitel 3

Ein weiteres Mal würde Elin nicht vor dem Rathaus auf Christoph warten. Das war ihr fester Entschluss.

Auf dem Weg zum Auto hörte sie die Mitteilungen ihrer Chefin ab. Gundula hatte inzwischen über die Kundin von den Plänen erfahren und war nicht begeistert von Elins Idee. *Vereinbart war, das Schaufenster zu dekorieren und nicht die gesamte Verkaufsfläche umzugestalten. Dafür haben wir nicht die Mittel und dafür habe ich dich nicht eingestellt. Das ist nicht deine Aufgabe.*

Nein, das war nicht ihre Aufgabe, die Gundula für sie vorgesehen hatte. Doch Elin hatte schon ein Konzept im Kopf, wie sie das Beste aus dem Laden rausholen konnte. So war es immer, wenn sie ein Geschäft, eine Praxis oder Büroräume betrat. Sofort hatte sie Vorstellungen vor ihrem inneren Auge, wie sie das Ambiente optimieren konnte. Sie *musste* es einfach versuchen. Schließlich war es das, was sie schon immer tun wollte.

Sie hinterließ ihrer Chefin eine Nachricht. Dann überlegte sie, was sie ihrer Mutter antworten sollte.

Elin, Liebes, ist alles in Ordnung bei dir? Du hattest noch gar nicht geantwortet.

Warum rief ihre Mutter sie eigentlich niemals an? Sie schickte dann und wann eine Nachricht. Elin stattete ihr alle paar Wochen einen Besuch ab. Möglichst, wenn Georg nicht da war. Aber umgekehrt kam ihre Mutter nicht. Seit Elin in der Wohngemeinschaft mit Simon wohnte, war sie nicht ein einziges Mal vorbeigekommen. Wollte sie gar nicht wissen, wie ihre Tochter lebte? Elin tippte eine Antwort. *Alles in Ordnung, Mama. Sorry, hab viel zu tun. Melde mich die Tage. LG Elin*

Zu mehr konnte sie sich nicht durchringen. Vor allem hatte sie kein Interesse an einem gemeinsamen Essen mit Georg. Am liebsten würde sie es direkt sagen. Andererseits wusste sie, dass es ihre Mutter verletzen würde. Doch sie konnte ihm nicht verzeihen. Sie hasste es, ihm stillschweigend gegenüber zu stehen, nur um des Friedens Willen.

Als Elin am Abend nach Hause kam, ging eine weitere SMS ihrer Chefin ein. Sicher wieder eine Schimpftirade. Sie atmete tief ein und wartete bis nach dem Essen, ehe sie diese öffnete. Sie hatte keine Lust, sich von ihr den Appetit verderben zu lassen. Frau Quaal aus Travemünde hatte sich begeistert von Elins Plänen gezeigt und war bereit, einen guten Preis zu zahlen. Gundula konnte einfach nichts daran auszusetzen haben. Das hatte sie auch nicht. Kein Wort verlor sie darüber in ihrer Nachricht. Stattdessen war ein neuer Auftrag eingegangen, den Elin erledigen sollte.

Morgen Abend 18 Uhr. Ich weiß, es ist spät, aber geht leider nicht anders. Der Kunde klang vielversprechend. Schick mir eine Bestätigung. Grüße G.S.

Warum musste Elin nun auch Neukunden besuchen? Nicht einmal mehr das übernahm ihre Chefin.

Der nächste Tag war ein anstrengender. Gundula erwartete ohnehin ein hohes Pensum von Elin. Zudem stand noch der angehängte Termin an.

Sie hatte den Firmenwagen in der Kanalstraße geparkt und eilte hoch in die Hundestraße. Warum hatte sie bloß diese Absätze angezogen? Die erwiesen sich auf dem Kopfsteinpflaster wieder einmal als äußerst unpraktisch. Zudem war sie spät dran, schon fünf Minuten über der Zeit. Aber sie hatte keine Telefonnummer des Kunden, um Bescheid zu geben. Hoffentlich war dieser nicht verärgert. Und Gundulas Geduld hatte sie schon übermäßig strapaziert. Mehr konnte sie jetzt nicht gebrauchen.

Elin bog ab in den Rosengarten. Dem Namen zur Ehre rankten in dieser Straße Rosen an den Häuserwänden. Ihre Knospen ließen auf die verschiedensten Farben schließen. Soweit sie wusste, gab es hier keine Geschäfte. Musste sie etwa privat zu jemandem nach Hause?

Sie stand vor einem der Gänge, die typisch für Lübecks Innenstadt waren. Elin prüfte nochmal die Anschrift, die Gundula ihr geschickt hatte.

Hier musste es sein. Sie betrat den Rosengang. Eine schmale Gasse von höchstens zwei Metern Breite. Links und rechts reihten sich die malerischen Häuschen aneinander, geschmückt von weiteren Rankrosen. Vorne an der Seite eine alte, in frischem Weiß gestrichene Holzbank, weiter hinten zwei kleine Bistrostühle an einem runden Holztischchen. Es wirkte einladend und gemütlich. Elin stellte sich vor, wie die Bewohner sich hier abends auf ein Glas Wein trafen.

Eine idyllische Ruhe inmitten des Stadtzentrums, die man nicht erwartet hätte. Eines der blauweißen Sprossenfenster stand nach außen geöffnet. An der Tür fand sie kein Namensschild. In welchem der Häuser wohnte Herr Mangold? Elin kontrollierte die anderen Türen. Als sie Schritte hörte, wandte sie sich um.

Und was sie sah, konnte nicht wahr sein.

»Hey Puppenspielerin. So schnell sieht man sich wieder.« Christoph kam grinsend auf sie zu und umfasste ihre Schultern. Er gab ihr zur Begrüßung Küsschen links und rechts.

Elin war wie erstarrt. »Christoph?« Sie zog die Augenbrauen zusammen.

»Überraschung gelungen?«

»Das kann man wohl sagen.«

Elin wusste nicht, was sie davon halten sollte.

»Komm, wir gehen rein. Dann kannst du dich setzen. Du siehst blass aus.«

Christoph schob Elin zur Tür rein und schloss diese hinter sich. Auch das offenstehende Fenster zog er zu. »Jetzt guck nicht so erschrocken, Elin. Da kriegt man ja Angst.«

Er hatte gut reden. Elins Puls hatte sich noch nicht beruhigt.

»Und eigentlich hatte ich gehofft, du würdest dich ein wenig freuen.«

Christoph schenkte ihr ein Glas Wasser ein und stellte es vor ihr auf den Tisch. Elin setzte sich und nahm einen Schluck.

»Naja, es ist... Damit habe ich überhaupt nicht gerechnet«, sagte Elin. Sie umklammerte das Glas. Ihre Stimme klang heiser.

»Gut so. Das war mein Ziel.« Christoph sah sie herausfordernd an. »Und keine Sorge, du bist tatsächlich beruflich hier. Unter anderem.« Er setzte sich ihr gegenüber. »Ich dachte mir, wir könnten das Nützliche mit etwas Angenehmen verbinden.« Seine Stimmfarbe versetzte ihr Inneres in Schwingung.

Elin nahm noch einen Schluck, um ihre Nervosität herunterzuspülen. Warum war sie so nervös?

»Schön wohnst du.« Sie hoffte, sich durch Konversation entspannen zu können. Die kleine Küche, in Blau und Weiß lackiert, hatte Charme und war gleichzeitig der Flur. Eine schmale Kiefernholztreppe führte ins Obergeschoss, daneben eine Tür. Mehr Räume gab es hier unten offenbar nicht.

»Ich wohne nicht hier«, erklärte Christoph.

»Nicht?«

»Nein, es ist ein Ferienhaus. Ich vermiete es an Touristen.«

»Okay. Und was gibt es für mich hier tun?«

»Ich möchte es ein wenig umgestalten. Aber mir fehlt das Händchen dafür und die weibliche Note.«

»Aber ich dekoriere Schaufenster.«

»Du bist doch Innenarchitektin.«

Elin stutzte. Hatte sie es ihm gegenüber überhaupt schon erwähnt?

»Aber dafür bin ich nicht eingestellt. Meine Chefin hasst es, wenn ich zuviel Eigeninitiative zeige.«

»Ich werde sie davon überzeugen, dass du die einzig Richtige für diese Aufgabe bist. Am Ende wird sie erstaunt sein.«

»Ich weiß nicht.«

»Du bist doch gar nicht zufrieden in deinem Job. Und ich glaube, du bist unterfordert.«

Wie kam er darauf? Zwar lag er richtig mit seiner Aussage, aber gesprochen hatten sie darüber noch nicht.

»Das merke ich dir an«, sagte Christoph, als hätte er ihre Gedanken gelesen. Jetzt war sie baff. Gab es so etwas also doch? Telepathie? Oder war es eine Art von Seelenverwandtschaft? Seine einvernehmende Ausstrahlung war magnetisch und beängstigend zugleich.

Christoph lächelte sie an. Und sie fragte sich, ob er die ganze Zeit ihre Gedanken verfolgte.

»Mach dir nicht so viele Gedanken, Elin. Das blockiert doch die Kreativität, oder?« Er stand auf. »Komm, ich zeige dir das Häuschen.«

Hinter der Tür neben der Treppe verbarg sich ein winziges Bad, im Obergeschoss das Schlafzimmer. Viel Holz auf kleinem Raum. Für Elin schon zu viel des Guten und fast erdrückend. Die Decken und Wände waren größtenteils vertäfelt, die Möbel aus zusammengewürfelten Holzarten. Der alte Dielenboden hingegen hatte Charme.

»Und was genau stellst du dir vor?«, fragte Elin am Bett stehend.

»Wie meinst du das?« Christoph stand dicht neben ihr. Sie konnte sein After Shave riechen und seine Fältchen um die Augen sehen. Die Brille trug er heute nicht.

»Was soll verändert werden, meine ich.«

»Alles.« Sein Blick ließ sie nicht los. Ein Kribbeln in ihrem Bauch. Ihr Atem verflachte sich. Sie verschränkt ihre Arme vor der Brust.

»Könntest du es dir vorstellen?«, fragte er.

»Ich weiß nicht genau, was...« Elin war verunsichert. Sprach er absichtlich so zweideutig? Zwischen ihnen war etwas, das sie nicht greifen konnte. Es war anders. So unbekannt. Und Unbekanntes machte Angst.

»Wie Magie, oder?«

»Was?«

Christoph lächelte schief. Wollte er sie auf den Arm nehmen? Er spielte mit ihr. Eindeutig. Sie sollte jetzt gehen. Das würde kein gutes Ende nehmen, das spürte sie. »Ich glaube, ich sollte...«

»Die Atmosphäre in diesem Haus, wie Magie.«

Elin atmete aus. »Ja.«

Schob sie etwa Paranoia?

»Und ich bin mir sicher, du kannst damit umgehen. Ich überlasse es dir. Ich vertraue deinen Händen und deinem hübschen Kopf.«

Ihre Wangen erwärmten sich. Wie sie es hasste, rot zu werden. Und Christoph hatte die ganze Zeit diesen entspannten Gesichtsausdruck, als würde er sich über sie amüsieren.

»Also gut, ich werde sehen, was sich tun lässt.«

Elin bewegte sich zur Treppe. »Aber ich denke nicht, dass meine Chefin einverstanden ist. Was hast du ihr denn gesagt?«

»Ihr hab ich gar nichts von dem gesagt, was ich mit dir vorhabe. Ich habe nur nach ihrer kompetenten Mitarbeiterin verlangt.«

Was er mit ihr vorhatte? Elin beeilte sich, die Treppe runterzukommen. Sie lief geradewegs zum Ausgang. Hektisch rüttelte sie an dem gusseisernen Türknauf. Christoph stand auf einmal neben ihr, umfasste ihre Hand samt Knauf. Er sah ihr ins Gesicht und lehnte sich gegen die Tür. Elin hielt den Atem an.

»Sie klemmt ein bisschen.« Mit einem Ruck öffnete er die Tür. Elin schloss die Augen für einen Moment und atmete langsam aus.

Kapitel 4

»Und? Wirst du es machen?«

Elin rührte in ihrem Café Latte und grinste.

»Sag mal, du bist auch gar nicht neugierig, was?«

»Hey, ich bin deine Freundin. Ich muss alles wissen.«

»Okay, okay.« Elin lehnte sich in ihrem Sessel zurück. »Ich denke schon.«

»Hey! Das ist doch super! Was sagt deine Chefin?« Hannah nahm ihren Kaffeebecher zwischen beide Hände und pustete.

»Sie wird den Auftrag nicht übernehmen. Christoph hat mich quasi direkt engagiert.«

Hannah konnte ihre Euphorie nicht verbergen. Ihre braunen Kulleraugen strahlten. »Also jetzt bin ich erst recht neugierig. Das heißt, du machst es wegen ihm?«

»Jetzt rede doch nicht so laut. Die Leute gucken schon.« Elin sah sich verlegen im Café um. »Also erstmal abwarten. Weißt du, ich hab echt genug von der Männerwelt. All diese gestörten Schönlinge.«

»Also *du* kannst dich wirklich nicht beklagen, meine Liebe. Vor allem, was die Auswahl betrifft. Deine Verehrer liefen dir schon im Kindergarten hinterher. Du warst halt schon immer die, die alle toll fanden.«

»Ach, übertreib nicht.«

»Doch, das ist so. Und ich finde dich auch toll.« Hannah lächelte. »Und jetzt lenk nicht ab, wie ist er? Erzähl schon!«

»Er ist anders als die anderen.«

Hannah stöhnte. »Ja, das sagen sie alle. Jetzt ist es Mr. Right. Dieses Mal ist alles anders. Hast du das bei Torben nicht auch gesagt?«

»Schon... aber diesmal stimmt es. Christoph ist halt nicht der, nach dem ich mich auf der Straße umdrehen würde. Zumindest nicht auf den ersten Blick.«

»Du bist ja charmant.«

»Ist nicht böse gemeint. Er ist nicht unattraktiv. Aber eigentlich nicht mein Typ. Und mit seiner kleinen, runden Brille sieht er aus wie jemand, der sich zuhause hinter seinem Computer oder Büchern verschanzt. Aber hinter den dicken Gläsern diese wunderschönen Augen... Wirklich. Er hat was an sich... ich kann es nicht beschreiben. Ich weiß ja selbst noch nicht, was es ist.« Elin leckte den Milchschaum von ihrem Löffel. »Naja, und er mag Gartenarbeit, sagt er. Stell dir das mal bitte vor. Gartenarbeit. Er ist nicht so einer, der täglich im Fitnessstudio posen und dreimal wöchentlich seinen Marktwert in irgendwelchen Clubs testen muss.«

Hannah lachte. »Ich seh schon, du planst im Kopf bereits heimlich eure Familie.«

»Du spinnst.«

»Nein, im Ernst. Ich freue mich für dich. Und wünsche dir, dass du glücklich bist. Das weißt du.«

Eine Nachricht ertönte auf Elins Handy.

Hannah beugte sich rüber. »Ist *er* das etwa? Kann es wohl kaum erwarten.« Sie kicherte.

»Nein, nein. Das war Simon.« Elin seufzte und ließ ihr Handy sinken. »Er fragt, ob er heute sturmfrei haben kann.«

»Waaas? Plant er etwa Frauenbesuch?«

»Simon? In den drei Jahren, in denen wir zusammenleben, hatte er nicht ein einziges Mal Frauenbesuch.«

»Na, dann wird es aber Zeit. Ich glaube, insgeheim hat er die Hoffnung nie aufgegeben, dass aus euch doch was werden könnte.«

»Ach Quatsch. Er ist ein guter Freund, mehr nicht. Ich habe ihm nie Hoffnungen gemacht. Es war alles geklärt.«

»Na, wenn du meinst...«

»Das meine ich. Aber was soll ich denn jetzt machen? Wo soll ich heute hin?« Sie warf Hannah einen Hundeblick zu.

»Vergiss es, Elin! Sorry, aber ausgerechnet heute Abend bin ich mit Florian verabredet. Du weißt doch, unser Streit. Wir gehen essen... zur Versöhnung. Und danach...«

»Schon gut. Schon gut.« Elin hob die Hände »Ich nehme mir ein Zimmer.«

»Warum gehst du nicht zu Christoph?«

»Hannah! Wir haben uns erst zweimal getroffen. Das eine Mal davon war geschäftlich. Ich kann mich doch nicht selbst zu ihm nach Hause einladen.«

»Warum denn nicht? Sei emanzipiert. Vielleicht wartet er jetzt auf einen Schritt von dir. Wie seid ihr eigentlich verblieben?«

Gute Frage. Elin dachte nach und blickte in ihre leere Kaffeetasse.

»Gar nicht. Wir haben noch nichts weiter abgemacht.«

»Siehst du, dann weißt du ja, was zu tun ist.«

Im Bus nach Hause buchte Elin online am Handy ein Hotelzimmer. Im Leben würde sie nicht auf die Idee kommen und sich selbst bei Christoph einladen, wie Hannah es vorgeschlagen hatte. In dem Punkt war sie altmodisch. Und sie kannte ihn noch nicht gut genug.

Sie nahm das günstigste Hotel der Stadt. Für eine Nacht würde es reichen. Blieb zu hoffen, dass es kein Dauerzustand werden sollte. Doch sie war es Simon schuldig. Schließlich hatte er auch einige Male für ihre männlichen Besuche das Feld geräumt.

Als sie die Wohnungstür öffnete, kam ihr der zitronige Duft eines Reinigers entgegen. Wow, Simon legte sich wirklich ins Zeug. Heute war nicht mal sein planmäßiger Putztag, den er immer gern ausfallen ließ. Er stand in der Küche an der Spüle und bewegte seine breiten Schultern rhythmisch zur Rockmusik, während er Salatblätter zupfte. Seine dunkelblonden Strähnen wippten dabei über seiner Stirn.

»Hey Elli«, rief er und nippte an einem Glas Rotwein. »Geht doch klar heute, oder?«

»Hey. Ja, alles gut. Bin gleich weg. Muss nur ein paar Sachen holen.«

»Danke, du bist ein Schatz.« Er drückte ihr einen Kuss auf die Wange.

Elin verzog das Gesicht. »Du solltest nicht jetzt schon so viel trinken.«

»Du hast recht.« Simon stellte das Weinglas beiseite und griff zu der Teekaraffe. Die beiden hatten sich während einer gemeinschaftlichen Fastenkur angewöhnt, beinahe täglich Ingwertee mit Zitrone zu trinken. Zur inneren Reinigung.

Er öffnete verschiedene Küchenschränke. »Wir haben doch irgendwo diese Auflaufform.«

Elin schob ihn beiseite und griff in den Schrank. »Hier, nimm die.«

Grinsend nahm er die gläserne Form entgegen und begann Schalotten zu schneiden.

»Ich mache deine Veggie-Lasagne«, sagte er.

»Du weißt noch, wie sie geht?« Elin war erstaunt. Sie hatte ihm zu Beginn ihres Zusammenwohnens ein paar Gerichte gezeigt.

»Klar. Ist die weltbeste Lasagne. Ich hab's mir aufgeschrieben.« Er zwinkerte.

»Wer ist denn die Glückliche, die du bekochst? Die von letztens, die ich nicht kenne?«

»Genau, Jessi.«

Elins Handy klingelte. Christophs Nummer erschien auf dem Display. Die erkannte sie sofort. Sie hatte sie mehrfach gewählt, aber sich dann doch nicht getraut anzurufen. Es war zwei Tage her, dass sie bei ihm im Rosengang gewesen war. Für geschäftliche Gespräche war es schon ungewöhnlich spät. Simon sah sie mit seinen blauen Augen erwartungsvoll an.

»Moment kurz.« Elin verschwand in ihr Zimmer.

»Hallo?« Sie wollte nicht preisgeben, dass sie seine Nummer erkannt hatte.

»Hallo Elin. Christoph hier. Ich wollte... also ich dachte... Vielleicht magst du zu mir kommen und wir essen eine Kleinigkeit... So gegen 19 Uhr? Das heißt, falls du noch nichts gegessen hast.«

»Oh, das kommt überraschend.«

Kurze Pause.

»Hast du schon etwas vor?« Seine Stimme hatte sich verändert.

»Nein... Du meinst, zu dir nach Hause?«

»Warum nicht? Wir haben uns ein paar Mal brav an neutralen Orten getroffen. Wir sind zwei erwachsene Menschen. Ich finde, wir könnten zum nächsten Schritt übergehen.«

Zum *nächsten Schritt*? Elins Herzschlag beschleunigte sich. Es klang so geplant. Bisher hatte sich sowas immer irgendwann, irgendwie ergeben.

Sie warf einen Blick in den Spiegel, dann auf die Uhr. Auf keinen Fall konnte sie in einer Stunde fertig gestylt bei ihm erscheinen. Sie hatte sich auf einen ruhigen Abend vor dem Hotelfernseher eingestellt. In Schlabberklamotten.

Es gab noch einiges zu tun.

»Ich komme gern, aber 19 Uhr werde ich nicht schaffen. Ich muss vorher noch was erledigen.«

»Schön. Dann 20 Uhr? Ich freue mich.«

»Alles klar, wohin soll ich kommen?«

Elin eilte in den Flur und rief in die Küche. »Simon? Planänderung. Ich muss noch schnell duschen. Ich beeile mich.«

»Hmh, Hauptsache, du bist um...«

»19 Uhr dreißig weg, ja ja, ich weiß.«

Aus der Küche wehte der köstliche Duft von angedünsteten Schalotten. Auch wenn dieser Elins Magen durchaus Appetit meldete, konnte sie sich nicht vorstellen, etwas zu essen. Sie fühlte sich wie ein Teenager. Im Bad unterzog sie sich im Schnelldurchlauf sämtlichen Prozeduren, um Spuren ihres Single-Daseins zu verdecken. Sie entfernte unnötige Haare, schrubbte überflüssige Hautschuppen weg, lackierte ihre Nägel und lackierte nochmal ihre Nägel. Der Nude-Ton erschien ihr weniger herausfordernd als das vorherige Knallrot. Das passte nicht zu Christoph.

Dann legte sie ihre edle Unterwäsche bereit. Und nach drei anprobierten Outfits entschied sie sich für ein schlichtes, schwarzes Kleid. Die halterlosen Strümpfe zog sie aber wieder aus und tauschte Pumps gegen Riemchensandalen. Der Maitag hatte sich von einer angenehm sonnigen Seite gezeigt.

Simon kam am Bad vorbei und lugte durch die offene Tür.

»Wow, was geht ab, Elli?« Er grinste verschmitzt. »Komm sag, wen triffst du im Hotel?«

»Kennst du nicht.« Sie streckte ihm die Zunge entgegen und steckte ihr Haar locker hoch. »Aber ich treffe ihn übrigens nicht im Hotel, sondern bei ihm zuhause. Also falls ich morgen nicht auftauchen sollte, seine Anschrift ist... Ach Moment, wann darf ich mich hier eigentlich wieder blicken lassen?«

»Also gegen dreizehn Uhr will ich nochmal in die Firma. Aber Elli, wenn der Typ dich killen will, kann ich dir morgen Mittag auch nicht mehr helfen.« Er lehnte sich an die Türzarge.

»Danke für deine ermunternden Worte, Simon. Ich weiß es sehr zu schätzen.«

»Schreib Namen und Adresse an die Pinnwand in der Küche. Und melde dich ruhig irgendwann zwischendurch.«

Elin warf ihm im Spiegel einen Blick zu und zog eine Augenbraue hoch. »Als wenn du nachher noch auf dein Handy achtest. Ich sage Hannah Bescheid.«

»Ernsthaft Elli, melde dich bitte.«

»Okay.«

»So, wann bist du fertig?« Simon blickte auf sein Handy. »Du hast noch genau zwölf Minuten.«

In dem Moment klingelte es an der Tür. Simon riss die Augen auf. »Shit, ist sie das schon?«

»Hey, bleib cool, ich bin so gut wie weg. Mach auf.«

»Aber du kannst hier nicht...«

»Jetzt mach schon! Sonst wundert sie sich erst recht, warum es so lange dauert.«

Simon eilte zur Tür und bediente den Summer. Elin sammelte ihre Utensilien zusammen und verstaute sie im Badezimmerschrank. Zwei Spritzer Parfüm, fertig.

Sie trat in den Flur und hörte Schritte die Treppe hochkommen. Im nächsten Moment erschien eine dunkelhaarige Schönheit in der Wohnungstür. Simon umarmte sie. Ihr Blick über seine Schulter hinweg sprach Bände.

»Hi, ich bin Elin, seine Schwester.« Sofort streckte Elin ihr eine Hand entgegen. »Wir wohnen hier zusammen.«

Jessi begrüßte sie kühl. Die beiden Frauen musterten sich drei Sekunden lang. Das reichte für den ersten Eindruck. Wow. So viel Latina hatte Elin Simon gar nicht zugetraut.

»Ich bin dann mal weg«, sagte sie mit einem Zwinkern. »Schönen Abend euch.«

»Dir auch, Schwesterherz. Pass auf dich auf.«

Kapitel 5

Elin wartete auf den Bus. Sie umschlang ihren Oberkörper mit den Armen. Die Abendluft war doch recht kühl und sie ärgerte sich, dass sie sich nichts zum Überziehen mitgenommen hatte. In der Eile hatte sie überhaupt nicht daran gedacht, *irgendetwas* für ihre Hotelübernachtung einzupacken. Aber es hätte sicher einen seltsamen Eindruck gemacht, mit Reisetasche vor Christophs Tür zu erscheinen.

Von der Haltestelle sollten es noch rund fünfhundert Meter Fußweg zu seinem Haus sein. Elin ließ sich vom Navi ihres Smartphones führen und war froh, in Bewegung zu sein. So wurde ihr wärmer. Sie bog ab in eine Sackgasse. Einfamilienhäuser mit gepflegten Vorgärten dominierten dieses Viertel am Stadtrand.

Sie haben Ihr Ziel erreicht.

Elin blieb stehen. Das musste sein Haus sein. Nummer sieben. Saftiger Rasen mit akkurat getrimmten Buchsbaumkugeln. Umrahmt von einer zum Quader geschnittenen Hecke. Eine mannshohe grüne Wand aus Lebensbäumen verbarg die Sicht auf das hintere Grundstück. Keine Deko, keine Blumen, kein Schnickschnack. Ein schwarzer SUV ruhte im weißen Kiesbett der Auffahrt.

Elin nahm den gepflasterten Weg zur Haustür. Nicht ein einziger Unkrauthalm hatte sich in den Fugen verirrt.

Sie strich ihre Haarsträhnen aus dem Gesicht, straffte die Schultern, atmete einmal tief durch und drückte auf die Klingel neben dem Messingschild mit der Aufschrift *C.+E. Mangold.*

Nach wenigen Sekunden öffnete Christoph mit einem Strahlen die Tür und zog Elin in seine Arme. »Hallo! Schön, dass du da bist. Komm rein. Hast du es gleich gefunden?«

Während des Smalltalks im Flur fiel Elin auf, dass er immerzu auf ihre Füße starrte.

»Ich habe den Parkettboden erst vor einigen Wochen abschleifen lassen. Verträgt sich nicht so gut mit High Heels. Würde es dir etwas ausmachen, Evelin, die Schuhe auszuziehen?«

»Evelin?«

»Sorry, Elin natürlich. Tut mir leid, wie peinlich.«

»Schon gut. Klar, mach ich. Kopfsteinpflaster, Parkett, meine Schuhe haben offenbar viele Feinde.«

Er grinste und beäugte sie, während sie die Sandaletten abstreifte. »Wenngleich deine Schuhe natürlich sehr hübsch an deinen Füßen aussehen. Überhaupt muss ich sagen, siehst du umwerfend aus.«

Elin lächelte verlegen und bedankte sich.

Christoph trug, wie auch bei den anderen Treffen, ein helles Hemd zu dunkelblauen Jeans. Es stand ihm. Vermutlich hatte er sieben Stück davon im Schrank. Wie praktisch beim Waschen. Aber so einer wie er brachte seine Hemden sicher in die Reinigung. So makellos gebügelt und gestärkt wie sie aussahen.

»Ich habe uns was zu essen bestellt. Müsste gleich da sein«, sagte Christoph und führte Elin in den Wohn- und Essbereich.

Gedämmtes Licht, im Hintergrund leise Musik. Am Tisch zündete er eine Kerze an und zog eine Flasche Champagner aus dem Kühler. Er hatte wirklich an alles gedacht. Ein Mann mit Sinn für Romantik.

Elin betrachtete seine Einrichtung, die eine interessante Mischung aus siebziger Retro und kühler Moderne war.

Christoph reichte ihr ein Glas. »Na, was sagt die Frau Innenarchitektin?«

Elin nickte anerkennend.

»Schick für einen... «

»Für einen Mann, wolltest du sagen?«

»Genau.«

»Ihr Frauen seid mit euren Verallgemeinerungen auch nicht besser als wir Männer. Cheers. Auf einen schönen Abend.« Christoph stieß an und blickte Elin tief in die Augen. Der Champagner kribbelte in ihrem Bauch.

Es läutete an der Tür.

»Perfektes Timing«, sagte Christoph und ging zur Tür.

»Was gibt es denn?«, fragte Elin, als er mit zwei Tüten zurückkam.

»Dreimal darfst du raten.«

Elins Augen leuchteten. »Sushi?«

Er nickte.

»Das hast du dir gemerkt?«

»Aber klar. Setz dich doch.«

»Ich bin echt gespannt.«

»Du wirst es lieben. Also glaube ich zumindest. Habe extra viele vegetarische Versionen für Dich bestellt.«

Beeindruckend. Elin strahlte.

Sie verteilten die verschiedenen Teller und Schälchen auf dem Tisch. Es ergab ein farbenfrohes Bild. Christoph klemmte eines der Röllchen zwischen die Stäbchen und tunkte es in Sojasoße. »Hier, koste mal.«

Elin nahm einen Bissen und ließ den unbekannten Geschmack auf sich wirken. Würzig, etwas scharf, eine leichte Säure im Reis und im Kern die cremige Avocado.

Christoph beobachtete sie. »Und?«

»Lecker! Unglaublich. Das ist richtig gut.«

»Wusste ich doch. Das sind die Besten der Stadt. Hier, nimm.« Er reichte ihr die Essstäbchen. »Ist einfacher, als es aussieht. Sieh her, ich zeig es dir.«

Er umfasste ihre rechte Hand und ordnete ihre Finger so an, dass sie die Stäbchen gut halten konnte. Elin genoss die ungewohnte Berührung. Er hatte angenehm warme Hände.

»Und jetzt arbeitest du mit Daumen, Zeige- und Mittelfinger«, sagte er.

Die ersten ließ Elin fallen, aber schon bald balancierte sie die Teilchen sicher in den Mund.

Sie schwärmte und arbeitete sich durch die Paletten. Den Fisch überließ sie Christoph.

»Warum hab ich das nicht schon früher probiert?!«

»Damit ich dich hier damit überraschen konnte.« Seine graublauen Augen funkelten.

»Das ist dir gelungen.«

Sie stießen nochmal an und tranken einen Schluck, während sie sich einen tiefen Blick schenkten. Der Champagner stieg ihr in die Wangen. Ohne seine Augen von ihren zu lösen, nahm er ihre Hand und strich mit seinem Daumen über die Finger. Diese kleine Berührung schoss direkt in ihre Mitte. Er lächelte. Elin fand seine Augenfältchen so umwerfend, dass sie jedes Mal ein Flattern in ihrer Magengegend verursachten.

Er führte ihre Hand an seine Lippen und benetzte sie ein paar Mal mit Küssen. Langsam, zart. Elin wagte kaum, zu atmen. Dann legte er ihre Handfläche an seine Wange und schloss die Augen, atmete einmal tief durch, als würde er die Energie in sich aufnehmen. Sanft setzte er ihre Hand wieder ab.

»Du musst noch dies hier probieren.« Christoph grinste und zeigte auf den Ingwer.

Wie bitte? Elin holte sich mit einem tiefen Atemzug an den Tisch der Realität zurück und nahm einen großen Schluck. Ihr Mund war ganz trocken geworden.

Sie widmete sich wieder den Köstlichkeiten und war froh, dass man beim Sushiessen einigermaßen attraktiv aussehen konnte. Anders als bei Spaghetti oder gar Döner. Konnte man Döner verspeisen, ohne dabei zu kleckern und vollkommen idiotisch auszusehen? Diese Gedanken kühlten sie runter. Ihr fiel das Türschild mit den Initialen wieder ein.

»Warst du schon mal verheiratet?«, fragte sie.

»Nein.«

»Wohnst du denn schon lange hier?«

»Ja. Schon immer.«

»Echt? Ist es dein Elternhaus sozusagen?«

»Sozusagen, ja.«

Das erklärte das Namensschild.

»Und deine Eltern sind...«

»Leben beide nicht mehr.«

Autsch. Blödes Thema. Hätte sie bloß nicht gefragt. Augenblicklich war die Stimmung abgesunken.

»Schon okay. Es ist lange her. Mach dir keinen Kopf«, sagte Christoph, als hätte er ihre Gedanken gelesen. Es war nicht das erste Mal, dass Elin das Gefühl hatte, er würde sie ohne Worte verstehen.

»Lass uns den Abend genießen.« Er hob sein Glas und leerte es in einem Zug.

Elin lehnte sich zurück. »Ich bin pappsatt. Gerne würde ich noch mehr essen, es ist so lecker. Aber dann platzt wahrscheinlich der Reißverschluss von meinem Kleid.«

Christoph lachte. »Macht doch nichts. Wir sind unter uns.«

»Schon, aber wie soll ich so mit dem Bus ans andere Ende der Stadt fahren?«

»Ans andere Ende? Ich dachte, du wohnst nahe der Innenstadt?«

»Ja. Aber heute werde ich im Hotel übernachten.«

»Warum das?«

»Mein Mitbewohner hat Frauenbesuch und na ja, da würde ich nur stören.«

»Dein Mitbewohner??« Er sah entsetzt aus.

Elin zuckte mit den Schultern. »Ja. Simon heißt er. Wir haben zusammen studiert.«

Christoph legte die Stäbchen auf seinen Teller und griff zur Flasche. »Möchtest du noch?« Ohne ihre Antwort abzuwarten, schenkte er nach.

»Aber du musst nicht im Hotel schlafen. Bleib doch einfach hier.« Er lehnte sich zurück und sah sie auffordernd an.

Elin räusperte sich.

»Außerdem wäre mir nicht wohl dabei, wenn du so spät noch alleine mit dem Bus unterwegs bist.« Seine Finger glitten über sein Glas.

Elin suchte nach einer Antwort. Sein Blick hypnotisierte sie, dass sie kaum klar denken konnte. Vielleicht war es auch der Alkohol.

»Ich möchte, dass du heute Nacht hier bleibst. Bei mir.« Es war keine Bitte. Er gab ihr zu verstehen, dass er keinen Widerspruch dulden würde. Er stand auf, ging um den Tisch herum und zog sie an den Handgelenken zu sich hoch. Dann nahm er ihr Gesicht zwischen seine Hände. Sie spürte seinen Atem an ihrem Mund und roch sein würzig-frisches Aftershave. Er schloss die Augen und legte sanft seine Lippen auf ihre, so warm und weich. Elin hielt den Atem an. Wie elektrisiert berührten sich die Zungenspitzen. Elins Hand fuhr in sein Haar, wie von allein. Er umfasste ihre Taille und zog sie näher an sich. Küsste sie zärtlich, behutsam. Dann wurde er drängender, aber nicht aufdringlich.

Gott, konnte er gut küssen.

Ja, sie wollte hierbleiben. Bei ihm. Sie wollte ihm näher sein als nah. Der Champagner raubte ihr den letzten Zweifel.

Irgendwann lösten sich seine Lippen von ihren. Und sie lächelten sich an. Christoph nahm ihre Arme und legte sie um seinen Hals. Seine Hände glitten ihren Rücken hinab an die Hüften, bewegten sie sanft hin und her. Stirn an Stirn tanzten sie langsam zur Musik. Sie gaben sich dem Rhythmus hin. Zwei Seelen verloren sich in den Klängen. Der Raum um sie herum verschwand.

Ein leises, kaum wahrnehmbares Vibrieren holte Elin in die Wirklichkeit zurück. Ihr Handy in der Handtasche. Simon. Sie wollte sich zwischendurch bei ihm melden. Und dabei fiel ihr ein, dass sie in der Eile zuhause vergessen hatte, Namen und Adresse an die Pinnwand zu schreiben.

Christoph blieb stehen und sah sie fragend an.

»Ich muss nur kurz ins Bad«, sagte Elin. »Bin gleich wieder da.« Sie schnappte ihre Tasche vom Stuhl und verschwand ins Gäste-WC.

Hey Elli, alles in Ordnung bei dir? Schick mir bitte noch die Adresse von dem Typen.

Auch Hannah hatte geschrieben und fragte, ob alles okay sei.

Schnell tippte sie die Antworten, machte sich kurz frisch und kehrte dann zurück ins Wohnzimmer.

Christoph lehnte mit seinem Glas an der Terrassentür und blickte in die Nacht hinaus. Elin fühlte sich seltsam beobachtet, da ihr erst jetzt auffiel, dass er an keinem der Fenster Jalousien oder Vorhänge hatte. Kein Schutz vor neugierigen Blicken. Sie hatten hier getanzt und geküsst und hätten dabei von einem Spanner oder Nachbar beobachtet werden können. Zuhause ließ sie ihre Rollos runter, sobald es auch nur dämmerte. Und das, obwohl sie im zweiten Stock wohnte.

»Stört es dich nicht, dass hier jeder reinsehen kann?«, fragte sie.

Als er sich umdrehte, gab er Sicht auf seinen nackten Oberkörper frei. Er hatte sein Hemd aufgeknöpft und die Brille abgelegt.

»Nein. Ich habe nichts zu verbergen.« Sein Blick suchte ihren, während er auf sie zukam. Elin hielt den Atem an, wissend, was er vorhatte. Er nahm einen Schluck Champagner und küsste sie unmittelbar danach. Sie schmeckte das Prickeln.

Christoph stellte sein Glas auf den Tisch, umfasste ihre Schultern und öffnete am Rücken ihr Kleid. Es glitt von allein zu Boden. Mit einer eleganten Bewegung hob er sie auf den Arm, durchquerte das Wohnzimmer, geradewegs zur Treppe. Während er sie nach oben trug, verloren sie sich in einem endlosen Kuss. Elin spürte die Gänsehaut auf seiner Brust, während sie darüber strich. Behutsam legte er sie auf sein Bett. Im schwachen Licht des Halbmondes beobachtete sie, wie er sein Hemd auszog. Dann beugte er sich über sie, fuhr mit seinen Lippen über ihren Mund, ihren Hals, ihr Dekolleté. Öffnete ihren BH und umfasste ihre Brüste, während seine Zunge sich über ihren Bauch hinab bewegte. Elin räkelte sich unter seinen Berührungen. Unterhalb ihres Bauchnabels hielt er kurz inne und wanderte wieder nach oben. Umzüngelte ihre Brustwarze, während er mit einer Hand ihre Schenkel spreizte und seine Finger in sie gleiten ließ. Elin stöhnte auf. An seinem Schritt spürte sie die Wölbung.

Es ging ihr zu schnell, aber sie konnte nicht anders. Eilig knöpfte sie seine Jeans auf und streifte sie herunter. Elin schmeckte seinen feuchtheißen Atem. Sie ließ ihr Becken kreisen, während seine Fingerbewegungen heftiger wurden. Fast zerfloss sie und konnte es nicht erwarten, ihn endlich in sich zu spüren. Sie schob sich ihm entgegen, doch er entzog sich ihr immer wieder. Stattdessen brachte er sie mit seinen Fingern fast schmerzhaft in den Wahnsinn.

Christophs Blick fixierte sie dabei erwartungsvoll und ekstatisch, was sie noch mehr erregte und sie lauter aufstöhnen ließ. Sie schloss die Augen, wand sich unter ihm und gab sich ganz seinen Berührungen hin. Die Spannung war nicht mehr auszuhalten, erreichte ihren Höhepunkt und breitete sich in Wellen in ihrem Unterleib aus. Die Kontrolle über ihren Körper verloren, zitterte Elin, bis die Wogen wieder allmählich abflachten. Atemlos umarmte sie Christoph, der sein Gesicht an ihren Hals legte. Die Beine ineinander verknotet.

Sie strich über seinen Rücken und spürte seine Gänsehaut an den Flanken. Dann glitt sie an seinem Bauch herunter. Tiefer. Er hielt sie zurück. Sie wollte ihm signalisieren, dass sie für eine Fortsetzung bereit war. Schließlich sollte er auch zum Zuge kommen. Doch er legte sich neben sie und zog die Bettdecke über die nackten Körper.

Elin war verunsichert. Hatte sie etwas falsch gemacht?

Erneut tastete sie sich vor, doch Christoph griff nach ihrer Hand. »Lass gut sein, Elin. Du bist wichtiger. Ich möchte, dass du befriedigt bist. Das bist du doch, oder?«

»Machst du Witze? Es war himmlisch.«

»Gut so.« Er lächelte sie an, rollte sich über seine Seite, stand auf und verschwand ins Bad. Dort hörte sie das Wasser laufen.

Was war das jetzt? Hatte er keine Lust mehr auf sie? Vielleicht litt er unter Potenzstörungen. Das Wasser lief drei, vier Minuten. Vielleicht auch fünf.

Als Christoph zurückkam, hatte sein Blick sich verändert. In ihm lag nicht mehr die Leidenschaft, das Verlangen von eben. Sondern etwas anderes. Etwas Kindliches, Trauriges. Plötzlich hatte Christoph den Gesichtsausdruck eines kleinen Jungen. Mit dem Körper eines erwachsenen Mannes.

Er stieg wieder ins Bett, legte seinen Kopf an Elins Schulter und schwieg. Gern würde sie die Positionen tauschen, aber er schlief schon bald ein.

Kapitel 6

Irgendwann im Schlaf hatten sie doch die Positionen getauscht. Denn Elin wachte mit ihrem Ohr an seinem Herzschlag auf. Langsam richtete sie sich auf und schlich ins Bad. Sie hasste es, geschminkt ins Bett zu gehen. Und ohne Zähne zu putzen. Nun musste sie die Spuren beseitigen, so gut es ging. Sie hatte ja kaum etwas dabei.

Ihr Spiegelbild sah grässlich aus. Verquollene, schwarz umrandete Augen und eine zerzauste Mähne, in der noch vereinzelte Haarnadeln steckten. Sie versuchte, so leise wie möglich Stufe für Stufe hinabzusteigen. Und hoffte, das Knarzen der Holztreppe würde Christoph nicht aufwecken. Im Wohnzimmer fand sie ihre Handtasche. Zumindest hatte sie eine Creme und einen Kamm dabei.

Simon hatte gesagt, er wollte mittags noch in die Firma. Das machte er samstags öfter. Auch Elin hatte sich vorgenommen, zuhause noch ein wenig für die nächste Arbeitswoche vorzubereiten. Sie warf einen Blick auf ihr Handy, elf Uhr. Dann konnte sie sich also bald auf den Weg machen.

Sie sammelte ihr Kleid vom Boden, ging wieder nach oben ins Bad und rettete, was zu retten war, um sich auf die Straße zu wagen.

Das kalte Wasser im Gesicht tat gut. Sie überlegte, wie sie Christoph gegenübertreten sollte. Was gab es zu sagen nach dem seltsamen Stimmungsumbruch letzte Nacht? Sollte sie einfach verschwinden und ihm eine Nachricht hinterlassen oder warten, bis er sich meldete?

Die Pläne konnte sie allesamt vergessen. Als sie aus dem Bad trat, sah sie gegenüber im Schlafzimmer, wie Christoph am Kopfende des Bettes saß, die Arme hinterm Kopf verschränkt. Sein Blick war wieder der alte: herausfordernd und selbstsicher.

Er strahlte sie an, als wäre nichts gewesen. Je öfter Elin ihn betrachtete, umso attraktiver wurde er für sie. Seine hellen Augen im Kontrast zu den dunklen Haaren, durchsetzt mit einigen grauen Strähnen. Dazu jetzt ein paar Bartstoppeln an seinen markanten Gesichtszügen.

»Guten Morgen, Elin. Ich dachte schon, du wolltest dich davonschleichen. Hoffe, du konntest einigermaßen gut schlafen?«

»Guten Morgen. Ja, danke. Es ging eigentlich«, log sie. In fremden Betten, neben fremden Männern schlief sie immer unruhig.

»Was hältst du von Frühstück?«

»Also ich...«

»Kaffee?«

»Okay, Kaffee klingt gut.«

Christoph warf die Bettdecke zurück und schwang sich aus dem Bett, noch immer nackt, wie er war. Elin wurde bei dem Anblick ganz warm. Er kam auf sie zu und küsste sie auf den Mund. Am liebsten würde sie ihn ins Bett zurückschubsen und dort weitermachen, wo sie heute

Nacht aufgehört hatten. Ja, warum hatten sie aufgehört? Elin wusste nicht, wie sie damit umgehen sollte. Sie kannten sich noch nicht gut genug.

»Bin gleich wieder da. Nicht weglaufen«, sagte Christoph und verschwand im Bad.

Elin ging ins Erdgeschoss, der Blick auf das zerwühlte Bett verwirrte sie nur.

Sie betrachtete die zusammengewürfelte Einrichtung im Wohn- und Essbereich. Manche Möbelstücke mussten von seinen Eltern stammen, so wie sie aussahen. Hier und da ein paar modische Elemente. Der weißbraune Küchentisch aus den Siebzigern mit kleiner Schublade unter der Platte wirkte in der modernen, grauen Einbauküche fehl am Platz. Aber im Wohnzimmer fügten sich die alten Holzsessel ins restliche Ambiente ein. Das Retro-Sideboard aus Teakholz sah schon fast aus wie ein Designerstück.

Elin betrachtete die zahlreichen Fotos, die akkurat darauf platziert worden waren. Gleichmäßige Reihen mit weißen Rahmen von identischer Größe. Nahezu alle Bilder zeigten eine gut aussehende blonde Frau, vermutlich Christophs Mutter. Mal mit ihm, mal ohne ihn. Sonst niemand. Ein Vater oder andere Personen waren auf keinem Bild zu sehen.

Elin nahm einen Bilderrahmen in die Hand. Bei diesem Foto schätzte sie Christophs Aussehen nach, dass es erst wenige Jahre alt war.

Der Tod seiner Mutter konnte nicht allzu lange her sein.

Ein Räuspern brachte Elin in Verlegenheit. Hastig platzierte sie das Bild wieder in der Reihe. Christoph stand in Jeans und weißem Shirt im Türrahmen, die Arme vor der Brust verschränkt. Seinem Blick nach zu urteilen, gefiel ihm nicht, was er sah.

War sie zu weit gegangen? Er hatte sie doch in sein Haus eingeladen. Durfte sie dann nicht seine Einrichtung betrachten? Fotos waren etwas Privates, aber standen hier offen für Besuch ersichtlich.

»Wie trinkst du deinen Kaffee?«, fragte er und steuerte auf die Küche zu. Dort nahm er seine Brille von Tresen und setzte sie auf. Sie verlieh ihm etwas Braves, was seine dominante Aura ein wenig besänftige.

»Blond und süß«, sagte Elin und warf einen Blick auf seine Mutter. Sie war wirklich hübsch.

»Ach ja, richtig. Zuckerkaffee. Wie konnte ich das vergessen.« Christoph bediente den Kaffee-vollautomaten. »Nimmst du nicht doch eine Kleinigkeit zu essen? Ich könnte uns Brötchen aufbacken.«

Er nahm ein Wischtuch und putzte mit Druck den Küchentisch. Dabei war dort nichts zu putzen.

Elin konnte sich in dem Moment nicht vorstellen, mit ihm am Tisch zu sitzen und gemütlich zu frühstücken. Zu absurd erschien ihr in dem

Moment alles. Zu viele Fragen, die sie beantwortet haben wollte, sich aber nicht zu fragen traute. Seine Stimmung schwankte mehr als ihre, wenn sie ihre Menstruation hatte.

»Nein, danke... Ich hole mir unterwegs was«, sagte sie. »Muss auch gleich los.«

»Zu deinem Mitbewohner?«

Sein Tonfall. War er etwa eifersüchtig? Elin ging zum Esstisch und räumte die Reste vom Vorabend ab. »Ich muss nach Hause. Aber Simon wird nicht da sein. Er will noch arbeiten heute. Und ich muss auch noch was tun.«

»Am Samstag?«

»Ja, Vorbereitungen für Montag.«

»So.«

Was war denn bloß los mit ihm? Am liebsten würde sie ihn direkt fragen, aber so vertraut waren sie noch nicht. Auch wenn es sich zwischendurch, für einige Sekunden, sehr innig anfühlte. In den Momenten, wenn er direkt in ihre Seele blickte, dann hatte sie das Gefühl, ihm nahezukommen. Wirklich nahe. Doch im nächsten Moment verschlossen seine Augen den Zutritt wieder.

Sie wollte ihn nicht verärgern. Sie mochte ihn. Wenn sie sich nicht sogar ein kleines bisschen verliebt hatte. Er war herzlich, aufmerksam und sehr leidenschaftlich, so, wie er sich gestern Abend gegeben hatte. Bei jedem Treffen zeigte er eine andere Seite von sich. Elin vermutete weitere verborgene Tiefen in ihm, die sie zu gerne noch erkunden würde.

Endlich hörte er auf zu schrubben, nahm die gefüllten Kaffeebecher und reichte Elin einen. Seine Gesichtszüge entspannten sich. Vielleicht half ihm das Putzen dabei, dachte Elin.

»Ah, Moment.« Christoph stellte noch Zucker und Milch dazu. »Die Löffel sind hier.« Er zog eine Schublade auf.

»Danke.«

Elin bediente sich, nahm den Becher zwischen beide Hände und pustete hinein. Den aufsteigenden Kaffeeduft sog sie ein.

»Wann sehen wir uns wieder?«, fragte er.

Elin sah ihn an und überlegte, was er hören wollte.

»Nein, anders«, sagte er. »Sehen wir uns wieder?«

Elin schluckte. Er stellte auf einmal alles in Frage?

»Ich... dachte schon?!«

»Es ist so, dass ich das Gefühl habe, dass du etwas angespannt sein könntest.«

Ich???

»Elin, ich weiß nur nicht, wie ich dich einschätzen soll.«

Und ich weiß nicht, wie ich dich einschätzen soll, dachte Elin, sagte aber nichts.

»Ich zumindest würde mich freuen, wenn wir uns wiedersehen«, fuhr er fort. »Sehr bald.«

Elin lächelte. »Ich möchte dich auch wiedersehen. Sehr gern. Es ist nur...«

Christoph trat auf sie zu und küsste sie lang und innig.

»Es ist nur was?«, fragte er und sah sie an.

Benebelt von seinem Kuss suchte Elin nach ihren Worten.

»Es ist... ich weiß auch nicht.«

»Dann ist ja gut.« Wieder küsste er sie.

Er hatte etwas an sich, was ihre Gedanken verwirrte, was ihre Worte löschte.

Seine Lippen lösten sich von ihren und wanderten den Hals hinab. Sie reckte ihr Kinn nach oben. Christoph machte sich daran, das Kleid über die Schultern zu streifen.

Nein. Elin ergriff seine Hand. Ihr war ganz schwindelig von seinem Auf und Ab. Sie musste allein sein, um ihren Kopf wieder zu ordnen.

Christoph sah sie erstaunt an. Eine Falte erschien zwischen den Augenbrauen.

»Christoph, ich würde wirklich gern nach Hause, duschen, mich umziehen und wie gesagt, muss ich noch...«

»Arbeiten, ich weiß.«

»Ja. Sei nicht böse.«

»Bin ich nicht.«

»Also gut.« Elin nahm ihre Handtasche und ging in den Flur.

»Ich könnte dich fahren«, sagte Christoph.

Elin streifte ihre Sandaletten über. »Danke, aber ich fahre gerne Bus.« Das stimmte nicht, aber eine bessere Ausrede fiel ihr in dem Moment nicht ein. Sie wollte einfach nur durchatmen.

Zum Abschied drückte er ihr kühl einen Kuss auf die Wange.

Kapitel 7

Es war kein eleganter Abgang, das wusste sie. Aber was sollte sie machen? Christoph hätte es nur unnötig in die Länge gezogen. Und fahren wollte er sie sicher nur, um zu kontrollieren, wohin sie wirklich fuhr oder um Simon zu begutachten.

Elin schloss die Wohnungstür auf. Es war nicht zweimal abgeschlossen. Das tat Simon sonst immer, wenn er das Haus verließ. Sie horchte, ob er zuhause war. Nichts. Sie betrat die Küche und verdrehte bei dem Anblick die Augen. Das schmutzige Geschirr verteilte sich auf der Arbeitsplatte. Die Lasagne war zur Hälfte gegessen, leere Weingläser standen auf dem Küchentisch. An diesem Tisch hatte sie mit Simon auch schon so manche Weinabende verbracht.

Elin steuerte auf das Bad zu, wobei sie an seinem Zimmer vorbei musste. Und dann hörte sie es. Sie hielt kurz inne. Seine tiefe Stimme, ein weibliches Kichern.

Hervorragend. Sie war also noch da.

Elin ging ins Bad, zog sich aus, drehte die Dusche auf. Endlich. Das heiße Wasser spülte ihre Anspannung fort. Nach fast zwanzig Minuten musste sie sich zwingen, aufzuhören. Simon beschwerte sich sonst, wenn sie zu lange duschte. Das Rauschen der Wasserleitung war in seiner Wand zu hören. Doch in diesem Moment war er sehr wahrscheinlich mit anderen Dingen beschäftigt. Zumindest hätte er jetzt mitbekommen müssen, dass sie zuhause war. Und Elin hoffte, er würde sein Date nun diskret beenden, um allen irgendwelche Peinlichkeiten zu ersparen.

Aber das tat er nicht. Als sie das Bad verließ, kam Jessi ihr mit schwingender Hüfte, vollkommen unbekleidet entgegen. Es schien sie überhaupt nicht zu stören. Im Gegenteil trug sie stolz ihre an den richtigen Stellen angelegten Rundungen zur Schau. Und Elin fragte sich, wer hier eigentlich wohnte.

»Hi, ich leih mir kurz dein Duschgel, ja?«, sagte Jessi und verschwand, ohne eine Antwort abzuwarten, im Bad.

»Frische Handtücher sind im Regal, nimm dir ruhig eins«, rief Simon. Er kam in Boxershorts aus seinem Zimmer und stieß fast mit Elin zusammen, die ins Handtuch gewickelt über den Flur tapste. Er riss die Augen auf. »Oh sorry… Elli? Du bist schon da?«

Wenn er nicht einmal das Wasserrauschen gehört hatte, war er wohl eben sehr beschäftigt gewesen, dachte Elin.

»Was heißt hier *schon*? Schau mal auf die Uhr, Simon.«

Er blickte rüber zur Küchenuhr. »Verdammt. Ich wollte schon längst los.«

»Tja, dein heißer Feger hat dich ganz schön in Beschlag genommen, was?«

Simon kratzte sich am Hinterkopf, während er seinen Blick durch die Küche und dann zu Elin wandern ließ. »Was mache ich denn jetzt?«

Elin zuckte mit den Schultern. »Not my business.« Sie verschwand in ihrem Zimmer. Er sollte bloß nicht denken, dass sie für ihn das Schlachtfeld in der Küche beseitigte. Dabei konnte ihm schön seine Latina-Braut helfen.

Die hörte Elin kurz darauf aus dem Bad kommen. Holzdielen verrieten jeden Schritt. Dem Geräusch nach zu urteilen, ging sie geradewegs in Simons Zimmer, er kam aus der Küche dazu und schloss seine Tür hinter sich.

Super, dachte Elin, er hatte also nicht den Hintern in der Hose, diese Jessi jetzt wegzuschicken. Dabei hätte er eigentlich noch arbeiten und die Küche sauber machen müssen. Nun ja, das war nicht ihr Problem. Und sie gönnte ihm seinen Spaß. Irgendwie.

Aber nachdem sie lautstark diesen Spaß mit Jessi mitanhören musste, war sie nur noch genervt.

Sie hatte sich inzwischen angezogen, den Laptop hochgefahren und versuchte sich auf ihr Projekt zu konzentrieren. Doch das war kaum möglich. Außerdem drängte sich der Schlafmangel der letzten Nacht in den Vordergrund. Der bedeckte Himmel vor dem Fenster machte es nicht besser. Elin setzte Kopfhörer auf, doch das half auch nicht. Irgendwann schaltete sie Musik ein. Aber die Müdigkeit siegte.

Sie hatte nicht mitbekommen, wann Jessi und Simon das Haus verlassen hatten. Sie wurde von der Türklingel geweckt. Bis sie realisierte, was sie aus dem Schlaf geholt hatte, klingelte es drei- oder viermal. Sicher hatte Simon seinen Schlüssel vergessen, dachte Elin. So neben der Spur, wie der heute war. Wer sollte es sonst am Samstagabend unangemeldet sein.

Elin schlurfte zur Wohnungstür und betätigte den Öffner, ohne an der Gegensprechanlage nachzufragen. Fröstelnd schlang sie ihre Arme um den Oberkörper und warf einen Blick in die Küche. Alles unverändert. *Na warte, du kannst dir gleich was anhören, Simon.*

Die Schritte im Treppenhaus kamen näher. Sie klangen aber nicht nach denen von Sneakern, wie Simon sie trug, sondern...

»Christoph?« Elin brauchte einige Sekunden, um einzuordnen, was sich gerade abspielte. Woher wusste er, wo sie wohnte?

»Hi Elin, Überraschung gelungen?«

»Was machst du denn hier?«

»Nette Begrüßung.« Er drückte ihr einen Kuss auf den Mund, trat aber wieder einen Schritt zurück.

Elin starrte ihn noch immer mit aufgerissenen Augen an. Sie zog die Arme enger um sich. Fühlte sich unwohl in Jogginghose und ihrem XL-T-Shirt, ohne BH drunter. Ihr Outfit, wenn sie niemanden zuhause erwartete und ein entspannter Abend anstand. Das hier schien nicht entspannt zu werden.

»Sicher denkst du jetzt, was will der Stalker hier«, sagte er.

Ja, das dachte sie, wagte aber nicht, es zu sagen. Christoph schloss die Wohnungstür. »Die Nachbarn müssen ja nicht alles mitbekommen. Sind deine auch so neugierig wie meine?«

Elin ging zwei Schritte rückwärts.

»Hey, hast du etwa Angst vor mir?« Christoph lachte. »Also pass auf. Das kann man ja nicht mit ansehen. Elin, bitte. Ich habe seit Stunden versucht, dich zu erreichen. Du kannst es auf deinem Handy sehen.«

Er zog etwas aus seiner Hosentasche und hielt es ihr entgegen. »Muss dir im Gäste-WC aus der Handtasche gefallen sein.«

Elin schwieg. Ihr Personalausweis.

»Natürlich wäre ich nicht einfach so vorbeigekommen. Wie gesagt, mindestens acht Anrufe und zwölf Nachrichten. Ich hab mir ehrlich ein bisschen Sorgen gemacht, da du überhaupt nicht reagiert hast. Dann dachte ich mir, ich schaue bei dir vorbei. Adresse steht ja drauf. Und wenn ich schon mal hier bin... hast du Lust, was essen zu gehen?« Er musterte Elin von oben nach unten.

Sie atmete aus. Oh man. Sie nahm ihren Ausweis entgegen und schmunzelte. »Naja, so kann ich jedenfalls nicht unter Leute.«

»Du siehst sexy aus.«

Sie zog eine Augenbraue hoch. Ungeschminkt, völlig verschlafen, in Schlabberklamotten. Na, wenn er meinte.

Christoph lächelte. »Wirklich. Zum Anbeißen. Apropos, hast du Lust? Also, wenn nicht, ist es auch okay. Oh...« Er sah über ihre Schulter hinweg in die Küche und bewegte sich auf diese zu. »Wie ich sehe, hast du... habt *ihr* schon gegessen?!« Er starrte auf die zwei Weingläser, die auf dem Küchentisch standen.

»Nein.« Elin ging auf ihn zu. »Nein, wirklich nicht. Ich mag den Satz zwar nicht, aber... es ist nicht das, wonach es aussieht. Das sind die Reste von Simon und seiner Flamme.«

Christoph sah sie fragend mit einem Funken Misstrauen an.

»Gestern Abend. Simon hatte doch Frauenbesuch. Deswegen musste ich auswärts schlafen.«

»Ah ja, richtig. Du hattest es erwähnt.« Dann grinste er. »Also von mir aus könnte er öfter Frauenbesuch haben.«

Elin lächelte verlegen.

»Im Ernst, es hat mir sehr gefallen gestern Abend. Als du weg warst, ja, es klingt abgedroschen, aber es war seltsam leer ohne dich.« Er trat auf sie zu und umfasste ihr Gesicht. »Elin, ich mag dich wirklich sehr. Und es tut mir leid, wenn ich dich eben erschreckt habe. Das war wirklich nicht meine Absicht.« Er strich mit seinem Daumen über ihre Wange.

Elin fühlte sich plötzlich miserabel und senkte ihren Blick auf den Boden. Er wollte nur ihren Ausweis bringen. Und sie verhielt sich so paranoid. Er war ja kein vollkommen Fremder mehr, er hatte sie zu sich eingeladen, sie hatte eine Nacht bei ihm verbracht.

Christoph hob ihr Kinn. »Hey, Elin, schwamm drüber, okay?« Offenbar hatte er wieder ihre Gedanken am Gesicht abgelesen.

Sie nickte. Er küsste ihre Stirn, trat dann zurück.

»So, und nun? Wollen wir diesem schrecklichen Chaos hier entfliehen, bevor Maden eure Küche in Beschlag nehmen? Du solltest deinen Mitbewohner besser erziehen.« Er rümpfte die Nase.

Elin lachte. »Hoffnungslos.«

Sie deutete in Richtung Wohnzimmer. »Setz dich ruhig auf die Couch, ich zieh mir noch kurz was an.«

Elin öffnete ihren Kleiderschrank. Nachdem er sie in diesem schrecklichen Outfit gesehen hatte, war es fast egal, was sie anzog. Sie entschied sich für Jeans und eine schwarze Bluse. Schnell band sie ihr Haar zu einem Pferdeschwanz, putzte die Zähne. Ein bisschen Wimperntusche sollte für heute reichen.

Sie schnappte sich im Flur die Handtasche vom Vorabend, dann musste sie nicht erst alles umräumen und nahm ihren Ausweis in die Hand. »Okay, ich wäre dann soweit.«

»Super.« Christoph schwang sich vom Sofa und kam auf sie zu.

»Hübsch siehst du aus.«

Elin lächelte.

»Aber dein Outfit eben gefiel mir noch besser.«

»Ach, komm.«

»Nein, ehrlich. Für mich muss man sich nicht ständig aufstylen. Ich mag natürliche Frauen.«

Wow, Elin war hin und weg. So einen Mann wünschte sich wahrscheinlich jede Frau. Sie dachte an ihre Ex-Freunde, denen Äußerlichkeiten und Wirkung auf andere wichtiger waren als ehrliche Gefühle.

»Wohin fahren wir?«, fragte sie auf dem Weg nach draußen.

»Worauf hättest du Lust?« Christoph legte seinen Arm um ihre Schulter.

Sie überlegte.

»Ich kenne einen super Italiener«, sagte er. »Nicht weit von hier.«

»Klingt gut.«

Er öffnete seinen Wagen per Funk.

»Wow, du hattest Glück, einen freien Parkplatz in der Nähe zu finden. Ich weiß schon, warum ich kein Auto habe. Hier in der Gegend muss man sowieso hunderte von Metern vom Auto zur Haustür laufen, da kann ich auch gleich den Bus nehmen.«

»Und *ich* weiß, warum ich am Stadtrand wohne.« Er zwinkerte. »Nee ehrlich, das hier

wäre nichts für mich.« Er blickte in die von Alt-
bauhäusern gesäumte Kopfsteinpflasterstraße.
»Zu eng, zu viele Menschen.«

»Stimmt schon. Aber als wir noch studierten,
war es schon praktisch, so zentral. Und man hat
hier alles.«

Sie stiegen ein.

»Dafür habe ich das Auto.«

»Ja, stimmt auch wieder. Jedem das Seine.«

Er startete den Wagen. »Kannst du dir denn
nicht vorstellen, irgendwann mehr außerhalb zu
leben oder brauchst du das wilde Leben um dich
rum?«

»Ich weiß nicht. Darüber hab ich noch nicht
nachgedacht. Mir gefällt es so zur Zeit ganz gut.«

»Hm, dann muss ich mich mehr bemühen,
dich von den Vorzügen der Vorstadt zu überzeugen.« Er parkte aus und fuhr langsam die
Straße entlang.

Elin öffnete ihre Handtasche, um den Ausweis
zu verstauen, und hielt inne. Das konnte nicht
sein. Sie warf Christoph einen Seitenblick zu.
Ihren Ausweis bewahrte sie immer im Portemonnaie auf und dieses hatte seinen festen Platz
in einem extra Fach, das mit Reißverschluss zu
schließen war. Der Reißverschluss war zu. Der
Ausweis hatte nicht im Gäste-WC rausrutschen
können, wie Christoph meinte. Da war sie sicher.
Auch für die Busfahrt hatte sie es nicht öffnen
müssen, da ihre Monatskarte im Rücken der
Handyhülle steckte.

Ihr wurde ganz flau. Hatte er etwa, während sie schlief, in ihrer Tasche geschnüffelt und den Ausweis rausgenommen?

Kapitel 8

Elin versuchte, scharf nachzudenken. Doch beim besten Willen konnte sie sich nicht mehr detailliert erinnern, welche Handgriffe sie gestern im Gäste-WC genau gemacht hatte.

Irrte sie sich womöglich? Immerhin hatte sie ein paar Gläser Champagner intus gehabt. Aber konnte es sein, dass...? Nein. Welchen Grund gab es für Christoph, ihren Ausweis aus der Tasche zu nehmen? Um sie auszuspionieren? Die Vorstellung war irgendwie lächerlich. Sie hatten doch so schöne, innige Momente erlebt. Wenn er wissen wollte, wo sie wohnte, hätte er sie einfach fragen können. Es ergab alles keinen Sinn.

Sie hielten an einer roten Ampel.

»Was ist? Du bist so still«, sagte Christoph und sah Elin beunruhigt an. Er legte seine Hand auf ihre, strich mit seinem Daumen über ihre Finger und ertastete dabei den Ausweis, den sie noch immer festhielt. »Willst du den nicht einstecken? Nicht, dass du ihn nochmal verlierst und plötzlich wieder irgendjemand vor deiner Tür steht und dir einen Schrecken einjagt.«

Jetzt frag ihn doch, drängte Elins innere Stimme. Frag ihn! Jetzt!

Elin öffnete ihre Handtasche.

»Ja. Wollte ich gerade.«

Ihre innere Stimme fasste sich an den Kopf. Elin entschuldigte sich still bei ihr. Sie holte ihr Portemonnaie heraus und steckte den Ausweis ein. Im Augenwinkel sah sie, wie Christoph ihre Handgriffe beobachtete. Die Ampel schaltete um auf Grün, sie fuhren weiter. Elin versuchte, sich auf die vorbeiziehenden Häuser zu konzentrieren. Was war bloß los mit ihr?

»Sind wir bald da?«, fragte sie, um sich abzulenken.

»Gleich. An der nächsten Kreuzung rechts und dann links. Kennst du das *Beats*?«

»Die Cocktailbar?«

»Genau. Direkt daneben ist der Italiener. Vielleicht können wir danach noch einen Abstecher ins *Beats* machen.«

»Ja, klar.«

Christophs Lächeln war aufrichtig. Sicher tat sie ihm unrecht. Sie beschloss, die Gedanken um den Ausweis - ob verloren oder gestohlen - ruhen zu lassen und den kommenden Abend zu genießen. Sie sollte sich glücklich schätzen, einen bodenständigen Mann kennengelernt zu haben, der es ernst mit ihr meinte. Er suchte ihre Nähe. Im Gegensatz zu manch vorherigen Kandidaten.

Das Lokal war gut besucht. Ein murmelnder Geräuschpegel wurde von ruhiger Musik und klapperndem Besteck begleitet. Es duftete nach frisch gebackener Pizza. Christoph sprach kurz mit dem Kellner, der sie an einen abgelegenen Tisch führte und eine Kerze anzündete. Elin sah sich um. Es war der einzig freie Tisch. Entweder hatten sie Glück oder Christoph hatte es geplant. Sie wischte die Gedanken beiseite. Wie auch immer, ein Blick in die Speisekarte versprach Großartiges.

»Darf ich schon Getränke bringen?«, fragte der Kellner.

Christoph bestellte eine Flasche Rotwein.

»Ist doch in Ordnung, oder?«, fragte er.

Elin nickte.

Sie blätterte vor und zurück, konnte sich bei der herrlichen Auswahl an Gerichten schwer entscheiden. Dabei wurde es wirklich Zeit, dass sie etwas zu sich nahm. Den ganzen Tag hatte sie noch nichts gegessen.

Die Speisen wurden serviert und füllten den Raum mit Knoblauchduft. Es sah köstlich aus. Elin machte sich über ihren Teller mit Cappelletti in Spinat-Gorgonzola her. Christoph amüsierte das.

»Was lachst du?« Sie hielt inne.

»Ach nichts, es ist herrlich, dir beim Essen zuzusehen.«

Ihre Wangen färbten sich. Sie war zu gierig, schlang ihr Nudeln nur so runter. »Naja, ich habe den ganzen Tag noch nichts gegessen.«

»Hättest du mal mein Frühstücksangebot heute Morgen angenommen.« Er schmunzelte. »Nein, alles gut. Ich mag Frauen, die essen. Also weißt du, was ich meine? Diese Hungerhaken, die nur von Kaffee und Salatblättern leben und dabei so unausgeglichen sind... Schrecklich.«

Er überraschte sie immer wieder. »Du bist der erste Mann, von dem ich so etwas höre.«

»Ernsthaft? Was hattest du für Typen?!«

»Nicht die Richtigen. Sonst säße ich nicht hier mit dir.« Diese Worte sprudelten schneller aus ihrem Mund heraus, als sie wollte.

»Zum Glück.« Christoph hob sein Glas, sie stießen an. Er sah sie wieder tief an. Ihre Magengegend wurde ganz warm.

»Erzähl mir mehr von dir«, sagte Elin und stützte ihr Kinn auf einen Handballen.

»Da gibt es nicht viel.« Christoph räusperte sich und nahm einen Schluck Wein.

»Aber das, was es gibt, will ich wissen. Jeder hat Geschichten zu erzählen.«

»Elin, du solltest inzwischen mitbekommen haben, ich bin nicht der Mann der großen Worte.« Er ließ seinen Blick im Raum wandern und drehte sein Weinglas auf dem Tisch. »Da musst du schon gezielt nachfragen. Macht es für mich leichter.«

»Okay. Sehr gerne.« Elin lehnte sich zurück. »Dunkle oder weiße Schokolade?«

»Gar keine Schokolade.«

»Du magst keine Schokolade?«

»Nein.«

»Unglaublich. Beneidenswert.«

Christoph zuckte mit den Schultern.

»Aber wenn du für den Rest deines Lebens ein Gericht essen müsstest, welches wäre das?«, fragte Elin.

»Alles, was du kochst.«

»Ich habe doch noch gar nicht für dich gekocht. Die Antwort zählt nicht.«

»Ich weiß aber, dass du gut kochen kannst. Sowas sehe ich dir an.« Wieder sein durchdringender Blick.

»So so.« Sie nahm ihr Besteck wieder auf.

»Wir können es ja mal ausprobieren.«

»Gerne.«

»Wann und wo?« Christoph strahlte wie ein Kind.

»Dazu später«, sagte Elin. »Erst hab ich noch mehr Fragen.«

»Okay, aber ich darf mir dann ein Gericht aussuchen.«

»Na gut.«

»Was wäre denn dein Gericht für den Rest deines Lebens?«, fragte Christoph.

»Eindeutig Sushi. Du hast mich angesteckt.«

»Sehr gut. Weiter im Text.«

»Tag oder Nacht?«

»Nacht.«

»Ich wäre eher Team Tag, glaube ich.«

»Das wird schwierig«, meinte Christoph.

»Dann sind Dämmerung und Morgengrauen unsere gemeinsame Zeiten.«

Die Antwort schien Christoph zu gefallen. Er zeigte sein Grübchen an der Wange. »Darauf lass ich mich ein.«

Elin nahm einen Schluck Wein. Sein Blick machte sie nervös.

»Hund oder Katze?«

»Hund. Und du?«

»Katze.«

»Hast du eine?«

»Leider nein. Ich hätte gern eine Katze. Als Kind erlaubte meine Mutter es nicht und jetzt erlaubt der Vermieter es nicht.«

»Das ist schade.«

»Ja. Irgendwann vielleicht.« Elin überlegte und grinste. »Würdest du lieber all deine Bewegungen tanzen oder all deine Wörter singen?«

Christoph lachte. »Ich nehme das Tanzen. Meinen Gesang will niemand hören.«

»Ich schließe mich an. Mir würde nie wieder jemand zuhören.«

»Dann tanzen wir zusammen.«

»Gerne.«

Er nahm ihre Hand. »Darf ich bitten?«

»Was, hier?«

»Warum nicht? Das haben wir doch gestern Abend auch schon gut hinbekommen, oder?«

»Du bist doch verrückt.«

»Damit könntest du recht haben.« Christoph sah sich um, stand auf und zog Elin zu sich hoch. Langsam bewegte er sich zur italienischen Kuschelmusik. Sie ließ sich vom Rhythmus tragen und vergrub ihre Nase an seinem Hals-ansatz. Er roch so gut.

»Die sehen uns alle an«, murmelte sie.

»Na und? Dann haben sie was zu erzählen.«
Christoph knabberte am Übergang ihres Halses
zur Schulter. Ein Schauer nach dem anderen lief
ihr über den Rücken. Zum Glück befanden sie
sich in der hintersten Ecke des Lokals.

»Was lässt dich bei Frauen richtig schwach
werden?«, fragte Elin, um nicht selbst in dem
Moment schwach zu werden.

»Wenn sie mir mit zerzausten Haaren in Jogginghose die Tür öffnet.«

»Hey, bitte ehrlich antworten.«

Christoph blieb stehen und sah sie an. »Das
war ehrlich!« Dann tanzte er weiter. »Na gut,
wenn sie trotz all meiner Verrücktheit für immer
bei mir bleibt.«

Ehe Elin antworten konnte, erschien der Kellner.

»Hey, ihr zwei Täubchen. Hat das Essen
geschmeckt?«

»Wunderbar«, sagten Elin und Christoph fast
wie aus einem Munde. Sie schmunzelten.

»Ich sehe schon, der Wein offenbar auch.«
Der Kellner grinste und räumte das leere
Geschirr ab. »Habt ihr noch einen Wunsch? Ein
Dessert vielleicht?«

»Für mich nichts Süßes, danke«, sagte Christoph.

Das Tiramisu hätte Elin schon gern probiert,
wollte aber nicht verfressen oder unhöflich
wirken. »Danke, nein.«

»Dann die Rechnung, bitte«, meinte Christoph.

Der Kellner nickte und verschwand.

»Wollen wir noch rüber ins *Beats*?«, fragte Christoph.

Elin sah auf die Uhr. Sie zögerte. »Ich würde gern, aber...«

»Ich merke schon, es ist schon zu sehr Nacht für Team Tag. Muss ich jetzt bis zum Morgengrauen auf dich warten?«

Elin lächelte. Sie würde wirklich gern. »Sorry, aber ich muss den morgigen Tag leider wirklich mit meiner Arbeit verbringen. Heute hab ich nichts geschafft.«

Christoph schob seine Unterlippe vor. »Schade, da kann man wohl nichts machen.«

Er beugte sich vor und küsste ihren Hals auf und ab. »Oder vielleicht doch?«

Sie genoss die Berührung und die Gänsehaut. Wie gern würde sie mit ihm noch die ganze Nacht verbringen. Aber es ging nicht. Ihre Chefin würde ihr Montag den Kopf abreißen.

Sie schob ihn sanft von sich. »Sorry.«

»Okay. Dein Verantwortungsbewusstsein siegt. Sehr ehrenvoll. Darf ich dich wenigstens noch nach Hause fahren?«

»Du hast Wein getrunken.«

»Es waren nicht mehr als zwei Gläser. Den Rest der Flasche hast du getrunken.«

»Was, echt?« Elin hatte gar nicht bemerkt, dass er immer nachgeschenkt hatte.

Auf dem Weg zum Ausgang wurde Christoph von einem am Tisch sitzenden Gast aufgehalten.

»Hey Chris«, sagte der Mann mit Halbglatze und hielt ihm seine Hand bereit zum Einschlagen entgegen. Er war im gleichen Alter.

Christoph begrüßte ihn und erwiderte die Geste. Schien sich aber nicht über die Begegnung zu freuen.

»Willst du uns gar nicht vorstellen?«, fragte der Mann.

»Elin, Hannes - Hannes, Elin.«

Sie wechselten ein paar Worte. Das Übliche: Lange nicht gesehen, wie geht's? Was machst du?

Offenbar war es ein alter Freund. Aber Christoph wirkte angespannt.

»Na, da wird sich deine Mutter aber freuen. So eine hübsche Schwiegertochter«, sagte Hannes und musterte Elin. Es war ihr unangenehm, wie seine Froschaugen sie taxierten.

»So, wir müssen dann auch los.« Christoph zog Elin mit sich zur Tür.

»War nett dich wiederzusehen, Chris. Melde dich doch mal wieder. Und schönen Gruß an deine Mutter.«

Kapitel 9

»Wer war das?«, fragte Elin, als sie beim Auto angekommen waren.

»Ach, ein alter Schulkamerad. Und ein Wichtigtuer.« Christoph öffnete die Beifahrertür und ließ Elin einsteigen.

»Er weiß offenbar nicht, dass deine Mutter...«

»Nein, muss er auch nicht.« Christoph ging um das Auto herum, nahm hinter dem Lenkrad Platz und riss die Tür zu. »Meine Mutter geht ihn einen Scheißdreck an«, knurrte er.

Okay, so einen Ausdruck hatte Elin bisher noch nicht aus seinem Mund gehört. Das Thema *Mutter* musste man sehr vorsichtig behandeln. So viel war klar. Sie dachte an seine Reaktion, als sie das Foto betrachtet hatte.

Elin beschloss, es nicht mehr anzusprechen. Irgendwann würde er sicher von selbst erzählen. Wenn er ihr genug vertraute.

Im nächsten Moment wunderte sie sich über ihre eigenen Gedanken. Sie dachte an eine Zukunft, in der Christoph eine Rolle spielte. Auch wenn irgendetwas in ihr sie immer wieder zur Vorsicht mahnte, fühlte sie eine Verbundenheit zu diesem Mann. Eine starke Anziehungskraft. Und sie war sich sicher, dass diese Vorsicht nur aus früheren Verletzungen entsprang.

Natürlich wollte ihre Seele sie vor weiteren Enttäuschungen schützen und sponn sich daher lauter beängstigende Szenarien zurecht. Aber wenn sie so weiter machte, würde sie noch in zehn Jahren allein sein. Simon wäre dann schon längst mit Jessi zusammengezogen und brächte seine Kinder zum Babysitten vorbei, denn Elin hätte ja keine eigenen und würde auch nie welche haben.

Ihr Handyton holte sie aus ihren Gedanken zurück in die Realität. Sie kramte in ihrer Tasche und fischte das Smartphone heraus. Eine Nachricht ihrer Mutter erschien auf dem Display. Sie atmete laut aus und sah aus dem Fenster.

»Schlechte Nachrichten?«, fragte Christoph.

»Nein. Nicht direkt. Es ist meine Mutter. Sie wartet auf einen Besuch von mir.«

»Und deiner Reaktion nach zu urteilen willst du sie nicht besuchen?«

»Doch, *sie* schon. Aber ihr Freund, Georg... Ständig muss er dabei sein. Ich mag ihn nicht sonderlich. Und sie hat Schwierigkeiten damit, es zu akzeptieren.«

»Verstehe.«

Sie waren in Elins Straße angekommen. Christoph hielt an, ließ den Motor aber noch laufen. »Was hältst du davon, wenn ich mitkomme?«

»Was jetzt? Also...«

Christoph lachte und stupste ihre Nasenspitze mit seinem Zeigefinger an. »Natürlich würde ich jetzt auch gern mit dir hochkommen. Das weißt du. Aber ich meinte, ob ich zu deiner Mutter mitkommen soll. Dann hättest du Verstärkung. Vielleicht fällt es dir dann leichter mit Georg. Außerdem würde ich deine Mutter liebend gern kennenlernen.«

Gar keine so schlechte Idee. Zwar fühlte Elin sich eigentlich noch nicht so weit, ihn ihrer Mutter vorzustellen. Sie nahm sich immer sehr viel Zeit damit, neue Partner mitzubringen. Die meisten hat ihre Mutter nie kennengelernt, da es schon vorbei war, ehe es sich eingelaufen hatte. Andererseits kam sein Angebot passend. Und vielleicht konnte sie Georgs Anwesenheit so besser ertragen. Der Gedanke daran, Christoph an ihrer Seite zu haben, ließ eine Spur von Geborgenheit aufkommen. Sie fühlte sich weniger schutzlos, den beiden gegenüberzutreten.

»Das würdest du tun?«

»Na klar. Das und noch vieles mehr.« Christoph beugte sich zu ihr herüber und küsste sie. Als Elin die Augen schloss, drehte sich alles. Ob es der Wein oder der innige Kuss war, wusste sie nicht und es war ihr egal. Es fühlte sich unglaublich gut an. Und sie wollte ihn nicht allein nach Hause fahren lassen.

»Möchtest du, dass ich bleibe?«, fragte Christoph und lehnte seine Stirn an ihre.

»Ja... Ja, das möchte ich. Wirklich. Aber...«

»Ich weiß, ich weiß, deine Arbeit.« Wieder küsste er sie.

Elin löste sich von ihm. »Ja. Und außerdem weiß ich nicht, ob Simon da ist.«

Schlagartig kühlte die Luft sich ab. Christoph zog sich zurück und atmete tief ein. Trotz der

Dunkelheit konnte Elin erkennen, wie sich seine Kiefer aneinanderpressten. Er war tatsächlich eifersüchtig. Sie wollte nicht schon wieder so einen seltsamen Abschied und nahm seine Hand. »Christoph, Simon ist mein Mitbewohner. Ein Kumpel, mehr nicht. Da war nie etwas und wird es auch nie sein.«

»Schon gut. Es ist nur... neu für mich. Ungewohnt. Wenn du es sagst, glaube ich dir.« Er legte eine Hand an ihre Wange und küsste sie auf die Stirn. Dann sahen sie sich eine Weile einfach nur an. Elin lehnte ihr Gesicht seitlich an die Kopfstütze. Um sie herum nichts als Stille und Dunkelheit. Sie versank in seinen Augen, tiefer, konnte den Grund sehen, der ihre Sehnsucht kannte. Sie wollte den Moment festhalten, im Gedächtnis fotografieren.

Es mussten Minuten vergangen sein, bis sie aus der Magie gerissen wurden. Ein grelles Licht prallte von hinten ins Auto, verstärkt von einem Hupen. Zeit zu gehen. Für ein weiteres Fahrzeug war in der schmalen Einbahnstraße kein Platz. Christoph seufzte und Elin spürte, dass er genauso empfand wie sie. Nochmal das Hupen. Und irgendein Schimpfen ertönte hinter ihnen. Sie drückte ihm schnell einen Kuss auf und stieg aus. Als er wegfuhr, sah sie ihm hinterher. Es versetzte ihr einen leichten Stich.

Als sie die Treppen in den zweiten Stock nach oben stieg, mischten sich Glücksgefühle mit Einsamkeit. Wie gern würde sie jetzt mit ihm zusammen hier hochgehen. Wie gern würde sie jeden Tag in dem Gewissen leben, dass es jemanden gab, der an sie dachte und das gleiche fühlte wie sie. Dass jemand sich nach ihr sehnte und sich glücklich in ihrer Nähe schätzte. Bisher hatte sie bei den Männern das Gefühl gehabt, ein Zeitvertreib zu sein. Eine Ablenkung, bis was Besseres kam. Mit Christoph konnte es anders sein. Er bemühte sich, war zuvorkommend. In seiner Nähe fühlte Elin sich wertvoll. Sie war ihm nicht egal, das spürte sie. Dass er eifersüchtig auf Simon war, schmeichelte ihr und sie fand es sogar ein bisschen süß. Er überraschte sie immer wieder. Hatte zwar seine Stimmungsschwankungen. Aber niemand war perfekt.

Vorsichtig lugte Elin durch die Wohnungstür. Ihr war jetzt überhaupt nicht danach, Simon und Jessi bei irgendeiner Aktion zu überraschen. Aus seinem Zimmer schien Licht, aber zu hören war nichts. Elin ließ die Tür absichtlich laut ins Schloss fallen.

»Elli!« Simon streckte seinen Kopf aus seinem Zimmer.

»Hey.«

Er kam ihr entgegen und sah besorgt aus. »Ist etwas? Du siehst müde aus.«

»Danke fürs Kompliment. Ich freue mich auch, dich zu sehen.« Elin legte ihre Jacke ab.

»Sorry. Nur sehen deine Augen so glasig aus.«

»Ich bin wirklich müde. Vielleicht ist es auch der Wein.«

»Ah, wo warst du denn?«

»Sag mal, wird das ein Verhör?« Elin grinste.

»Nö, bin nur interessiert. Und ich mache Konversation. Das macht man ab und zu so, wenn man unter einem Dach lebt und sich Küche und Bad teilt.«

»Ich war mit Christoph essen.« Elin ging in die – inzwischen wieder aufgeräumte - Küche und nahm sich eine Wasserflasche. »Und du? Wo steckt deine Jessi?«

»Zuhause, nehme ich an. Wir gehen es ganz locker an. Und hey, ich brauche auch mal eine Pause.«

»Angeber.«

»Was? Nein, also so war das nicht gemeint.« Simon lachte und hob die Hände. »Ernsthaft, man macht es doch so, oder? Nicht zu viel nerven, sich zwischendurch rar machen und so.«

»Na, dann pass mal auf, dass der Schuss nicht nach hinten losgeht. Sie könnte es auch falsch verstehen.«

»Meinst du?«

»Ich weiß, wovon ich rede.«

»Ja...« Simon sah betroffen aus. Er hatte viele ihrer missglückten Kurzbeziehungen miterlebt.

»Aber ihr steht ja auch noch ganz am Anfang.« Elin klopfte ihm auf die Schulter. »Du machst das schon. Ich muss dringend ins Bett.« Sie wandte sich ab.

»Und bei euch?«, fragte Simon. »Meinst du, diesmal könnte es etwas Ernstes werden?«

Elin blieb im Türrahmen stehen. »Ich weiß nicht. Kann schon sein. Ich hoffe es.«

»Ich wünsche es dir, Elli.«

Sie lächelte. »Danke Simon. Gute Nacht.«

»Gute Nacht.«

Elin genoss es, sich in ihr Bett zu kuscheln. Doch sie musste sich eingestehen, dass sie jetzt gern neben Christoph einschlafen würde. Sie vermisste seinen Geruch, seine warme Haut. Sie dachte darüber nach, ihm noch eine Nachricht zu schicken. Als sie ihr Handy nahm, sah sie, dass er ihr zuvorgekommen war.

Ich wünsche dir eine erholsame Nacht und schöne Träume. Bis hoffentlich bald. Kuss Christoph.

Elin wurde warm. Das war ganz nach ihrem Geschmack, nicht zu viel, nicht zu kitschig. Einfach lieb und aufmerksam. Sie tippte schnell eine Antwort und versank mit einem Lächeln im Herzen in den Schlaf.

Kapitel 10

»Hey Elli, hier ist ein Paket für dich angekommen. Liegt in der Küche.«

Elin kam gerade zur Tür herein. Sie war froh, als sie sich endlich ihrer neuen Pumps entledigen konnte. Darin hat sie heute viele Wege zurücklegen müssen, die Gundula ihr aufgebrummt hatte. Sie rieb sich die brennenden Füße.

»Ein Paket? Ich habe nichts bestellt.«

»Na, dann schau mal auf den Absender.«

Elin tapste barfuß in die Küche, nahm das Paket vom Küchentisch und las *CM* als Absender. Christoph Mangold. Ihr Herzschlag beschleunigte sich. Simon kam aus seinem Zimmer dazu.

»Gar nicht neugierig, was?«, sagte Elin.

»Los, mach auf.«

Elin löste das Tape und begann mit einem Messer den Karton aufzuritzen. »Stop! Ich werde es allein auspacken. Wer weiß, was da drin ist.«

»Och Elli, Spielverderber.«

»Nee, ich werde entscheiden, ob es dich was angeht oder nicht.« Elin huschte mit dem Paket vorbei an Simons Schmollmund in ihr Zimmer und schloss die Tür.

»Wenn es heiße Dessous sind, darfst du sie mir gerne vorführen«, rief Simon auf dem Flur.

»Das lass mal nicht Jessi hören.«

»Ach komm, ich werde doch meine Schwester beraten dürfen.«

»Ha ha.«

Elin öffnete den Karton und fand zunächst eine Karte:

Ich freue mich schon darauf, dich darin zu sehen. Freitagabend, 19 Uhr bei mir. Kuss Christoph

Freitagabend, sie würde ihn in drei Tagen wiedersehen. Der Gedanke daran ließ ihr Herz hüpfen.

»Und, was ist es?« Simon schien direkt hinter der Tür zu warten.

Elin zog ein Kleidungsstück aus dem Karton. Sie hielt es hoch und es entfaltete sich zu einem Swingkleid im Stil der Fünfziger. Schwarz mit rot-grünem Kirschmuster.

»Elli?«

»Es ist ein Kleid.«

»Okay, vorführen bitte.«

»Jaja, Moment.« Elin zog sich Jeans und Bluse aus und schlüpfte in das Kleid. Sie betrachtete sich vor dem Spiegel an ihrem Kleiderschrank. Es entsprach zwar nicht ihrem Stil und der erste Anblick war etwas befremdlich. Doch das Kleid saß wie maßgeschneidert. Oben enganliegend mit weit schwingendem Rock bis kurz unter die Knie. Vorsichtig öffnete sie die Tür und wartete auf Simons Reaktion.

»Hey... wow, also das ist... anders. Aber schick. Rétrochic«, sagte er.

»Ja, findest du?« Elin nahm den Stoff in die Hände und drehte sich hin und her.

»Echt, sieht gut aus. Auch wenn du so was sonst nicht trägst. Aber warum nicht mal was Neues probieren?!«

Elin blickte an sich herunter.

»Glücklich siehst du aber nicht aus?!«, bemerkte Simon.

»Ich bin nur überrascht. Es ist hübsch, aber gewöhnungsbedürftig. Ungewohnt. Es könnte ein Jugendkleid meiner Mutter sein.«

»Wirst du es tragen?«

»Christoph möchte, dass ich es beim nächsten Treffen anziehe.«

»Oh, okay. Na, wenn Christoph das sagt...«

»Hey, was soll das denn heißen?«

»Nichts, gar nichts. Ist doch schön. Ich hoffe nur... Ach schon gut. Bin übrigens gleich weg, fahre zu Jessi.«

»Nee, sag mal, was hoffst du?«

»Dass er dich nicht enttäuscht. Bis später.«

Simon ließ Elin mit gemischten Gefühlen zurück. Warum glaubte er, sollte Christoph sie enttäuschen? Er legte sich ins Zeug für sie, wollte ihre Mutter kennenlernen, meldete sich täglich bei ihr. Außerdem kamen vor wenigen Tagen noch ganz andere Töne von Simon. Elin wischte die Gedanken beiseite. Sie schob das Kleid über einen Bügel und hängte ihn an den Kleiderschrank. So konnte sie es immer sehen und sich daran gewöhnen. Sie vertraute Christoph und seinem Geschmack. Er wusste vielleicht viel besser, was ihr stand, als sie selbst. Und wenn sie ihm eine Freude in dem Kleid machen konnte, warum nicht?

Sie setzte sich auf ihr weißes Metallbett und tippte ihm eine Nachricht.

Ich danke dir für die Überraschung und freue mich auf Freitag. Kuss Elin

Kurz darauf kam seine Antwort:

Freut mich, dass es dir gefällt. Ich kann es kaum erwarten, dich darin zu sehen. Ich küsse dich

Elin legte das Handy auf den weißen Beistelltisch, der vor ihrem Bett stand. Sie lehnte sich zurück in ihre Kissen und betrachtete das Kleid. Sie nahm das Smartphone wieder auf und durchsuchte ihre Kontakte. Mama. Der letzte Anruf war am 9. Dezember. Der Geburtstag ihrer Mutter lag schon fast sechs Monate zurück. Elin tippte auf den grünen Hörer. Es klingelte nur zweimal, bis ihre Mutter den Anruf entgegennahm.

»Hallo?«

»Hallo Mama, ich bin es.«

»Elin! Schön, dass du auch mal anrufst.« In ihrer Stimme dieser unverwechselbare Unterton, der Elin unentwegt zuflüsterte, dass sie alles falsch machte. Egal wie oder was, es genügte nie. Wie konnte sie es wagen, so lange nicht anzurufen? Und wie konnte sie es wagen, gerade jetzt anzurufen? Der Zeitpunkt war nie recht. Am liebsten hätte Elin zurück geschrien: *Es wäre schön, wenn du mich auch mal besuchst!*

»Passt es?«, fragte sie stattdessen.

»Ja... was gibt es denn?«

»Wie geht es dir?«

»Naja, meine Knie machen ja noch immer Probleme und Georg geht es nicht so gut mit seinem Herzen. Er muss jetzt noch andere Tabletten nehmen.«

»Hm.«

»Georg war vor kurzem im Krankenhaus, aber davon bekommst du ja nichts mit.«

»Wie denn auch, wenn du mir nichts erzählst?«

»Du interessierst dich eben nicht.«

»Mama, du interessierst mich. Aber Georg...«

»Lass gut sein, Elin.« Wie immer schnitt ihre Mutter ihr das Wort ab. Sie wollte nichts davon hören.

Ein Seufzen am anderen Ende. »Also weswegen hast du angerufen?«

»Ich möchte dich... euch... besuchen.«

»Nein, wirklich?«

»Ja, und ich bringe jemanden mit.«

»Du hast einen Mann kennengelernt? Ist das wieder so ein Windhund?«

»Nein, ist er nicht. Ich bin sicher, du wirst ihn mögen.« Das glaubte Elin tatsächlich. Christoph war ein Schwiegermuttertraum aus dem Bilderbuch.

»Na, ich bin gespannt.«

»Wie wäre es Sonntag?«

»Ja. Aber erst zum Kaffee. Ich kann mit meinen Knien nicht so lange in der Küche stehen und ein Dreigänge-Menü vorbereiten.«

»Das musst du auch nicht, Mama. Ich kann auch Kuchen mitbringen.«

»Nein nein, ich mach das schon. Also Sonntag um drei?«

»Ja, in Ordnung.«

»Gut, Elin, ich muss dann auch...«

»Ja, ich auch. Bis Sonntag.«

Warum konnten sie diese Distanz nicht überwinden? Seitdem ihre Eltern sich getrennt hatten, klaffte dieser Graben zwischen Elin und ihrer Mutter. Seit elf Jahren hatte Elin das Gefühl, nicht mehr ihre Tochter zu sein. Zwar auf dem Papier, aber nicht im Herzen. Kurz nachdem Elins Mutter ausgezogen war, hatte ihr Vater sich nach und nach von dieser Welt verabschiedet. Während die Mutter sich mit Georg ein schönes Leben machte. Sie beteuerte Elin gegenüber immer wieder, dass Georg nicht der Grund für die Trennung war, dass vorher schon vieles mehr im Argen gelegen hatte. Aber Elin würde nie den Blick ihres Vaters vergessen, als seine Frau im Cabrio davon fuhr. Mit zwei Koffern und Georg am Lenkrad in ein neues Leben.

Erst lief seine Firma den Bach runter, dann seine Ehe. Elin hatte alles still mit angesehen. Ihr Vater schloss die Haustür, schlurfte in die Küche und legte seinen Ehering auf die Arbeitsplatte.

Aus Granit, wie seine Frau es sich immer gewünscht und erst ein halbes Jahr zuvor bekommen hatte, obwohl es finanziell nicht mehr drin war. Genutzt hatte sie diese so gut wie nie, da sie beinahe täglich mit Georg in den nobelsten Lokalen der Stadt essen gegangen war. Elin und ihr Vater hatten sich in der Zeit fast ausschließlich von Spaghetti ernährt.

Elin nahm den Ring an sich, während ihr Vater sich in seinen Weinflaschen verlor.

Einige Jahre später fand sie ihn in der Garage.

Sie drehte den Ring an ihrem Finger, Tränen liefen über ihr Gesicht. Niemals würde sie ihn ablegen. Niemals.

Kapitel 11

Freitagabend. Elin spürte, es würde ein besonderer Abend werden. Sie lief schon den ganzen Tag aufgeregt wie ein Teenager umher, zerstreut in Gedanken. Mit Gundula war sie mal wieder aneinandergeraten. Nur war es diesmal ihre eigene Schuld gewesen, weil sie einen Termin vergessen hatte.

Elin lackierte ihre Nägel mit leuchtendem Kirschrot, passend zum Kleid. Ihr Kussmund bekam einen Anstrich im gleichen Ton. Nur mit ihrem Haar war sie unzufrieden. Sie wollten nicht zum Outfit passen. Aber mussten sie es denn?

»Simon, kommst du mal?«

»Ja, was ist?« Simon erschien im Türrahmen zum Bad.

»Meine Haare... Was soll ich damit machen? Irgendwie passen sie nicht zum Rest.« Elin hob ihre Strähnen hoch, die ihr über die Schultern fielen. Die braunen Locken ihres Vaters.

»Deine Haare sind doch toll. Ich mag sie genauso, wie sie jetzt sind. Lass sie einfach offen.«

»Keine schöne Frisur?«

»Keine Frisur. Sie *sind* schön.«

Elin wurde verlegen und hoffte, dass man es ihr unter der Make-up Schicht nicht ansah. »Okay, danke... Hoffentlich hast du recht.«

»Elli, wenn dieser Typ dich wirklich mag, dann ist es ihm egal, wie deine Haare liegen. Bist du gleich fertig? Ich muss auch noch ins Bad.«

»Ja, klar. Fünf Minuten.«

Zehn Minuten später verließ Elin das Bad, mit einem Hauch von Parfum. Simon und Elin wünschten sich gegenseitig einen schönen Abend. Sie schlüpfte in schlichte schwarze Pumps und warf sich einen Trenchcoat über, ehe sie sich auf den Weg zum Bus machte.

Vor knapp einer Woche hatte Elin dieses Haus mit gemischten Gefühlen verlassen, jetzt stand sie erneut davor. Aufgeregt und gespannt, was der Abend bringen würde. Sie klingelte bei *C+E Mangold*. Christoph öffnete mit einem Freudestrahlen.

»Hallo schöne Frau!« Er war herzlicher denn je. Und es fühlte sich noch vertrauter an, sich von ihm umarmen zu lassen.

»Geh schonmal rein. Das Essen ist gerade vor einer Minute angekommen. Ich hole noch eine Flasche Wein aus dem Keller.«

Elin setzte sich an den Esstisch. So, wie es aussah, hatte Christoph Italienisch bestellt. Es duftete wie im Restaurant. Aus der Küche war das ploppende Öffnen der Weinflasche zu hören. Kurz darauf kam er mit zwei rot gefüllten Weingläsern herein und zündete die Kerzen auf dem Tisch an.

»So, haben wir alles?«, fragte er.

»Ich denke schon, es sieht wunderbar aus.«.

»Nein, Moment.« Christoph beugte sich rüber zu Elin und küsste sie. »Das hat noch gefehlt. Du siehst absolut hinreißend aus. Genauso habe ich es mir vorgestellt.«

»Das freut mich. Danke.«

»Hier, ich habe für dich vegetarische Lasagne bestellt. Ich hoffe, es ist in Ordnung.«

»Vielen Dank. Es riecht köstlich.« Sie lächelte und probierte. »Und es schmeckt auch köstlich.«

Sie bemerkte, dass Christoph sie beim Essen immer wieder ansah. Und in seinen Augen lag ein Funkeln, das sie so bisher noch nicht kannte. Er schien sie mit seinen Augen zu verschlingen. Es fiel ihr schwer, sich auf die Lasagne zu konzentrieren. Aufgeregt war sie ohnehin schon. Und sein Blick machte es nicht besser.

»Wie war deine Woche?«, fragte er. Und Elin war froh über diese Ablenkung.

»Na ja, es gab ein paar Probleme mit Gundula, also meiner Chefin. Aber das ist ja nichts Neues.«

»Du hast es schon mal erwähnt, ja. Ist nicht sehr angenehm für dich, oder?«

»Nein. Aber was soll ich machen?«

»Kündigen.«

»Das geht nicht.«

»Und ob das geht. Mach was Eigenes.«

»Ich weiß nicht.«

»Aber ich weiß. Du bist gut. Nein, du bist wundervoll.«

»Danke dir.« Elin lächelte und nahm einen Schluck Wein. »Wie war denn deine Woche?«, fragte sie.

»Meine Woche bestand aus einer Mischung aus Vorfreude und...« Seine Stimme senkte sich. »Ich habe mich schon die ganze Woche darauf gefreut, das mit dir zu machen...« Er stand auf, ging um den Tisch, umfasste mit den Händen ihren Unterkiefer und zog sie zu sich hoch. »Du in diesem Kleid und... Du machst mich wahnsinnig.«

Er küsste sie fordernd, stürmisch. Seine Hände fuhren mit Druck über ihre Taille, ihre Hüften. Sie beugte ihren Rücken durch, unter dem angenehmen Kribbeln, das seine Berührung auslöste. Eine Hand umfasste ihre Brust und drückte zu, dass es fast weh tat. Hektisch öffnete er die vorderen Knöpfe, streifte den BH runter und legte ihre Brüste frei. Dabei stießen sie ihr Weinglas auf dem Tisch um. Die rote Flüssigkeit ergoss sich über die weiße Stoffserviette.

»Egal«, murmelte Christoph und dirigierte Elin in die Küche.

Sie bewegte sich Schritt für Schritt rückwärts, während er nicht aufhörte, sie zu küssen, bis sie mit dem Po gegen den Küchentisch stieß. Sie ließ sich von ihm auf die Tischkante heben und schlang ihre Beine um seine Hüften.

Er legte ein Tempo vor, dem sie schwer folgen konnte. Doch je mehr sie versuchte, ihren Kopf abzuschalten, umso mehr konnte sie sich fallenlassen. Sie öffnete seine Hemdknöpfe und bedeckte seinen Oberkörper mit ihren Lippen. Doch Christoph drückte sie zurück, schob das Kleid hoch und zog ihren Slip runter. Sein Kopf versank zwischen ihren Schenkeln und er bescherte ihr einen Orgasmus, den sie noch nie erlebt hatte. Als ihr Zittern abflachte, öffnete er seine Hose, streifte sich ein Kondom über und drang schnell und heftig in sie ein. Endlich durfte sie ihn in sich spüren. Er keuchte und sah Elin dabei intensiv an. Sie verlor sich in seinen Augen, seinem Körper, seiner Seele.

Die Welt, wie sie war, verschwand.

Der Tisch quietschte und ruckelte mit jeder Bewegung. Seine Hand umschloss ihre Brust und drückte zu, als er nach einem letzten kräftigen Stoß kurz innehielt und mit seinem Oberkörper langsam auf sie absank, schwer atmend. Elin strich seine nassgeschwitzten Haare von der Stirn.

Sie war beeindruckt. Von Christoph und auch von sich selbst. Fiel es ihr doch sonst schwer, sich bei einem neuen Partner gleich ganz hinzugeben. Das war ihm schon beim letzten Treffen gelungen. Es war göttlich.

Christophs Atem hatte sich beruhigt. Er erhob sich, ohne Elin anzusehen, nahm ein Glas aus dem Schrank und füllte es mit Leitungswasser. Er leerte es in einem Zug. Dann wusch er sich die Hände. Sein Gesichtsausdruck war ernst.

Elin setzte sich auf und bedeckte ihren Oberkörper. Als Christoph nicht reagierte, stand sie auf und zog sich wieder an. Irritiert von seiner plötzlich aufkommenden Kühle. Es war nichts Neues, dass seine Stimmung so abrupt umschwenkte. Sie musste ihn akzeptieren, wie er war. Doch versetzte es ihr einen leichten Stich, nach seiner Befriedigung nicht mal eines Blickes würdig zu sein.

Christoph ging auf sie zu und küsste sie auf die Stirn. Er sah nachdenklich aus. Fast ein bisschen traurig. Elin hatte das Gefühl, er wollte ihr gern etwas sagen, konnte aber nicht. Bereute er etwa, was gerade passiert war?

»Elin, ich möchte, dass du hier einziehst.«

»Was?«

Elin hatte mit vielem gerechnet, aber nicht *damit.*

»Ganz einfach. Zieh bei mir ein. Dann können wir das jeden Tag haben.« Er fuhr mit seinen Lippen ihren Hals auf und ab. Elin hob ihr Kinn. Es war wirklich schön, aber...

»Ich möchte dich um mich haben, Elin, hier bei mir. Immer.«

»Aber... aber wie stellst du dir das vor? Wir haben uns doch gerade erst kennengelernt und...«

»Gerade kennengelernt? So? Und was war das eben?« Seine Kiefer mahlten. »Machst du das auch mit jedem, den du *gerade erst kennengelernt* hast?«

»Nein, natürlich nicht. Aber...«

»Komm Schatz, ich zeig dir was.« Er nahm Elins Hand und zog sie mit sich die Treppe hinauf. Hinter Bad und Schlafzimmer gingen noch zwei weitere Türen vom Flur ab. Er öffnete die eine.

»Für dich.«

Elin sah einen großen Schreibtisch, Regale, einen Schrank. Alles aus dunklem, schweren Holz.

»Ich hab es für dich eingerichtet. Hier kannst du arbeiten. An deinen eigenen Projekten. Und niemand kann dich stören, weder deine Chefin noch dein Mitbewohner.«

Elins Blick schweifte durch den Raum. Der Gedanke war sehr verlockend.

»Aber ich habe, abgesehen vom Rosengang, keine eigenen Projekte. Jedenfalls im Moment nicht. Und ehrlich gesagt geht es mir etwas zu schnell.«

Elin sah Christoph mit großen Augen an. Sie hoffte, er würde sie verstehen. Aber er wirkte entsetzt, beleidigt. Unverständnis lag in seinem Blick. Er hatte vermutlich erwartet, dass sie ihm freudestrahlend um den Hals fiel. Das würde sie auch gern, denn er schmeichelte ihr. Etwas in ihr freute sich wie ein kleines Mädchen. Sie fühlte sich geliebt und gewollt. Er wollte sie. Dennoch flüsterten leise Zweifel in ihrem Inneren.

Christoph schloss die Tür. »Sieh es als Chance. Mach dich selbstständig. Denn es ist doch das, was du willst. Und wenn du anfangs noch nicht so viel verdienst, macht es nichts. Hier brauchst du keine Miete zahlen. Überlege es dir. Der Raum gehört dir. Deko und so weiter beschaffen wir natürlich noch. Das ist dein Metier.« Er lächelte müde.

Elin konnte nicht anders und küsste ihn. Er sah auf einmal so verletzlich aus. Und sie wollte nicht, dass er wegen ihr verletzt war. Dann umarmte sie ihn und lehnte ihren Kopf an seine Brust. Er wirkte etwas steif, legte schließlich doch seine Hände auf ihre Hüften. So standen sie dort einige Minuten, im Dunkeln vor der Tür.

Irgendwann löste Christoph sich aus der Umarmung. »Lass uns schlafen gehen.«

Kapitel 12

Sonntagnachmittag. In zehn Minuten wollte Christoph sie abholen. Elin versuchte, mit einer weiteren Schicht Concealer ihre Augenringe abzudecken. Sie hatte die Nacht kaum geschlafen. Einerseits war sie aufgeregt wegen des Besuchs bei ihrer Mutter, mit Christoph. Zum anderen schien Jessi sich gerade häuslich in der WG einzurichten. Elin war schon kurz davor gewesen, am Samstag zu Christoph zu flüchten.

Simons Freundin bewegte sich mit einer Selbstverständlichkeit ungeniert durch die Wohnung und nahm sich aus dem Kühlschrank, was sie wollte. Sie verhielt sich so, als würde *sie* dort wohnen und gab Elin stattdessen das Gefühl, der Gast zu sein.

Elin warf einen Blick aus dem Küchenfenster, um nachzusehen, ob Christoph schon wartete. Sein Wagen stand am Straßenrand. Aber ohne ihn. Er hatte doch nicht etwa vor, heraufzukommen? Noch ehe Elin reagieren konnte, klingelte es.

»Ich mach schon auf«, rief Simon aus dem Flur. Er betätigte den Türsummer und öffnete die Wohnungstür.

»Oh hi«, hörte Elin ihn unmittelbar sagen. Christoph stand schon oben vor der Tür. Jemand hatte wieder die Haustür offengelassen.

»Hallo«, sagte Christoph kühl und taxierte Simon, der ihm in Boxershorts und mit zerzausten Haaren gegenüber stand.

»Ich bin Simon.«

»Dachte ich mir. Elin, bist du fertig?« Seine Gereiztheit war nicht zu überhören. Warum musste er auch in diese unmögliche Situation hereinplatzen? Und warum musste Simon ihm in diesem Aufzug die Tür öffnen? Zu allem Überfluss kam auch noch Jessi aus dem Bad stolziert. Freundlicherweise mal nicht splitternackt, sondern in ein Handtuch gewickelt. Christophs Gesichtszüge entspannten sich etwas, als er sah, wie sie mit Simon in seinem Zimmer verschwand.

Elin hatte sich unterdessen angezogen. »Ich wäre dann soweit«, sagte sie.

Christoph begrüßte sie mit einem Kuss. »Sorry, ich war gerade etwas überrascht.«

»Aber du weißt doch, dass er hier wohnt.«

»Schon, aber ich habe nicht erwartet, dass er hier halbnackt herumläuft.«

»Und das eben war seine Freundin.«

Christoph hob die Augenbrauen. »Ich sag ja, es wird Zeit, dass du zu mir ziehst.«

Er lenkte den Wagen raus aus der Stadt, eine halbe Stunde über Land. Vorbei an leuchtend gelben Rapsfeldern und saftig grünen Wiesen. Perfekt im Kontrast zum blauen Himmel, ohne eine einzige Wolke. Elin mochte die Strecke nicht, obwohl sie landschaftlich sehr schön war.

Doch jedes Mal, wenn sie hier mit dem Bus entlang gefahren war, braute sich in ihrem Magen eine saure Masse zusammen. Georgs Haus lag an der Küste, mit Ostseeblick. Christoph war beeindruckt.

»Wunderschön haben Sie es hier«, war einer seiner ersten Sätze, als Elins Mutter sie hereingebeten hatte. Grässlich ist es hier, dachte Elin. Aber die Augen ihrer Mutter leuchteten, als sie es hörte. Damit hatte er gewonnen.

»Danke. Ja, das haben wir wirklich«, sagte sie. Sie gaben sich höflich die Hand. Elin wurde mit einer knappen Umarmung begrüßt.

»Ach, meine Liebe, du hast wieder so abgenommen. Isst du denn nicht genug?« Und dabei warf sie Christoph einen fragenden Blick zu, als habe er das Sorgerecht für sie übernommen.

»Mama, mir geht es gut.«

»Komm. Ich habe Bienenstich gebacken, den magst du doch so gern. Dann nimmst du ein extra Stück.«

Georg stieg die Treppe herunter. Elins Magen zog sich zusammen. An Bienenstich war nicht zu denken.

»Habe ich doch richtig gehört. Ihr seid schon da. Guten Tag, wie nett, Sie kennenzulernen.« Er reichte Christoph die Hand.

»Ganz meinerseits.«

»Ich bin Elins Stiefvater. Sie können mich Georg nennen.«

Moment, *Stiefvater*? Elin blieb der Mund offen stehen. Das Wort *Vater* hatte in einem Satz mit diesem Menschen nichts verloren. Da half auch die Vorsilbe *Stief-* nicht. Er wollte sie umarmen, aber sie machte sich steif und hielt ihm die Hand entgegen. Irritiert lächelnd nahm Georg sie.

Sie setzten sich an den gedeckten Kaffeetisch. Elins Mutter schnitt den Kuchen an.

»Mögen Sie Bienenstich, Christoph?«

»Ähm also, tut mir leid, ich bin nicht so für Süßes.«

»Thea macht den besten Kuchen«, sagte Georg.

»Also gut, ein Stück werde ich dann probieren. Aber ein kleines, bitte.«

»Beneidenswert. Ich könnte nicht ohne Süßes«, sagte Georg.

Christoph lächelte. Es wirkte etwas gequält. Ohnehin kam es Elin so vor, als müsste Christoph sich sehr überwinden, den Kuchen zu essen. Georg war schon beim dritten Stück, als Christoph noch nicht die Hälfte seiner schmalen Scheibe herunter gequält hatte.

»So, Sie arbeiten also bei der Stadt«, sagte Thea, die sehr angetan von Christoph zu sein schien. »Da haben Sie doch sicher gute Verbindungen. Könnten Sie nicht eine Stelle für Elin organisieren?«

»Mama!«

»Liebes, wir wissen doch: Das, was du machst, ist nichts Richtiges und war eigentlich nur für vorübergehend gedacht. Jetzt machst du es schon seit mehr als zwei Jahren.«

Elin lehnte sich zurück und verschränkte die Arme. Christoph legte eine Hand auf ihr Knie. Eine tröstliche Geste, wie sie fand.

»Aber ich denke nicht, dass Elin mit einem Bürojob glücklich wäre«, sagte er. Und sie hätte ihn auf der Stelle abknutschen können. »Dennoch habe ich meine Verbindungen spielen lassen und etwas anderes für sie in Aussicht.«

»Nun sind wir aber alle neugierig«, sagte Georg.

Ja, das war Elin wirklich und richtete sich auf.

»Ein guter Freund von mir hat ein Restaurant, das modernisiert und renoviert werden soll«, sagte Christoph. »Und wenn du möchtest, Elin, kannst du es übernehmen. Ich habe ein gutes Wort für dich eingelegt. Dein erster eigener Auftrag. Also, abgesehen von meinem Ganghäuschen.«

Jetzt war sie völlig platt und brauchte ein paar Sekunden, um zu realisieren, was er gesagt hatte.

Thea war ganz angetan. »Das ist ja großartig.« Sie legte eine Hand auf ihr Herz und die andere griff nach Georgs. »Wie wunderbar.«

»Echt?« Elin konnte es kaum glauben.

Christoph nickte mit einem breiten Grinsen.

Später half Elin ihrer Mutter beim Geschirr abräumen. Christoph unterhielt sich unterdessen mit Georg über Gartenbewässerungsanlagen und Roboter-Rasenmäher. Thea nahm ihre Tochter an die Seite. »Liebes, also, ich muss sagen, dieser Christoph ist wunderbar.«

»Ja? Findest du?« Elin war überrascht, dass ihre Mutter mal nicht etwas auszusetzen hatte. Nichts war normalerweise gut genug. Ihre bisherigen Partner, ihr Job und dass sie mit einem Kumpel in einer Wohngemeinschaft lebte, passte überhaupt nicht in Theas Weltbild. Ihrer Meinung nach sollte Elin sich allmählich einen soliden Lebensgefährten suchen und bald eine Familie gründen. Sie malte sich schon aus, was sie mit ihren Enkelkindern unternehmen wollte.

»Ja wirklich, Elin. Vermassle es dir nicht.«

Da war er wieder, dieser Ton, der Elin schlagartig wie ein kleines Mädchen fühlen ließ. Ob das jemals aufhörte?

»Er macht einen sehr vernünftigen Eindruck«, fuhr Thea fort. »Wenn ich da so an die anderen denke, mit denen du hier aufgetaucht bist...« Sie warf einen Blick ins Wohnzimmer, wo Christoph und Georg an der Terrassentür fachsimpelten. Sie lächelte. »Und Georg mag ihn auch.«

»Na, dann ist ja alles gut.«

Thea kannte diesen Sarkasmus ihrer Tochter. »Georg will doch auch, dass es dir gut geht.«

»Mhm, bestimmt.«

»Ach Elin. Du tust ihm Unrecht.«

Georg betrat die Küche. »Na, ihr beiden Hübschen, was gibt es zu tuscheln?« Er öffnete den Kühlschrank und holte zwei Bierflaschen heraus. »Christoph, Sie trinken doch auch ein Bierchen mit?«

»Er ist eher der Weintrinker«, sagte Elin.

»Oh, okay, ich könnte einen schönen Roten aus dem Keller holen. Den haben wir aus unserem letzten Urlaub in Südfrankreich mitgebracht. Zwei Flaschen sind noch da.«

»Wir wollten eigentlich gleich los«, sagte Elin so laut, dass auch Christoph es hören konnte.

»Also ein Glas trinke ich gern mit, Elin. Wir haben es doch nicht eilig.«

Aber Elin hatte es eilig, von hier zu verschwinden. Sie hatte genug. Genug von ihrem selbsternannten *Stiefvater* und genug der Bemutterung. Aber Georg und Christoph verbrüderten sich offenbar gerade. Sie wollte am liebsten laut losbrüllen, aber hatte gleichzeitig das Gefühl, es würde sie ohnehin niemand hören.

»Wunderbar, ich bin gleich wieder da«, rief Georg und verschwand in den Keller.

Die nächste Stunde zog sich endlos hin. Der Wein schmeckte den Männern. Elins Blick hing fast ununterbrochen an der großen Standuhr. Sie sagte nicht viel. Nur, wenn sie direkt angesprochen wurde. Georg und Christoph hatten offenbar unzählige Interessen, die sie teilten.

Ob ihr Vater sich auch so gut mit Christoph verstanden hätte? Sie wünschte sich so sehr, er wäre dabei gewesen.

Zum Abschied gab Georg ihnen die letzte Flasche von dem französischen Rotwein mit. Christoph freute sich ehrlich. Elin war der Meinung, sie sollte sich auch freuen. Es lief doch gut. Alle hatten sich verstanden. Sogar ihre Mutter war zufrieden.

»War doch schön bei deinen Eltern«, sagte Christoph im Auto. Er legte seine rechte Hand auf ihre.

»Es sind nicht meine Eltern. Nur die eine Hälfte davon.«

»Okay, aber es war schön bei deiner Mutter und Georg.«

»Ja.«

»Was ist los? Du wirkst bedrückt.« Er strich mit seinem Daumen über ihre Hand.

»Nichts... Es ist, ach, ich wünschte nur, ich hätte dich meinem Vater vorstellen können.«

»Das glaube ich dir. Ich hätte ihn auch gern kennengelernt.«

»Warum hast du mir eigentlich nichts von dem Auftrag erzählt?«

»Ach, das...« Christoph nahm seine Hand zurück und legte sie aufs Lenkrad. »Ja, das sollte eine Überraschung werden. War nicht geplant, es heute zu erzählen. Aber als deine Mutter das mit der Vermittlung gesagt hatte, dachte ich, es gibt keinen besseren Zeitpunkt.«

»Allerdings. Den Zahn hast du ihr gezogen.«

»Tja, und dann stell dir mal vor, wie sie staunen wird, wenn du erfolgreiche Unternehmerin als Innenarchitektin bist und einen Auftrag nach dem anderen an Land ziehst.«

Elin lächelte. Nicht wegen ihrer Mutter, sondern weil die Vorstellung, nicht mehr von Gundula abhängig sein zu müssen, äußerst verlockend war.

»Ich sag ja, zieh zu mir, Elin. Dann kannst du dich voll und ganz auf dein neues Business konzentrieren. Du hast deine Ruhe, keinen finanziellen Druck... Na ja, und ganz nebenbei das wichtigste: wir sind zusammen.«

Er hatte mit seinen Worten nicht Unrecht. Auch wenn es alles sehr schnell ging und Elin mehr Zeit brauchte, um überhaupt an ein Zusammenziehen zu denken, sprachen doch einige Vorteile dafür. Wäre da nicht dieses Gefühl in der Magengegend.

Kapitel 13

»Das ist deine Angst, Elin. Du hast einfach Angst wegen deiner schlechten Erfahrungen«, sagte Hannah. Elin holte überbackene Spinat-Ricotta-Cannelloni aus dem Ofen. Sie befüllte zwei Teller mit den Nudeln und stellte sie auf den Küchentisch, an dem Hannah Platz genommen hatte und an ihrem Glas Wasser nippte.

Hannah kannte sie gut, um genau zu sein, seit sechsundzwanzig Jahren.

Elin setzte sich und rührte in den Nudeln, um sie beim Abkühlen zu beschleunigen. »Ja, vielleicht ist es auch Angst. Aber es geht ein bisschen schnell und... Ach, ich weiß auch nicht.«

»Na und? Es gibt kein Gesetz, das besagt, wann ein Paar zusammenziehen darf.«

Hannah hat *Paar* gesagt. So hatte Elin es noch gar nicht wirklich gesehen und das Wort klang fremd in ihren Ohren. Aber beim genaueren Hinsehen verhielten sie und Christoph sich schon wie ein Paar.

»Elin, niemand bestimmt, wer wann mit wem zusammenziehen darf. Wenn es für euch so okay ist, dann ist es doch wunderbar.«

War es denn okay? Elin hasste ihre Unentschlossenheit. Und je mehr sie sich darüber den Kopf zerbrach, umso weniger wusste sie. Hatte Hannah recht? War dieses Flüstern im Bauch ihre Angst? Angst vor weiteren Verletzungen?

»Was soll denn groß passieren? Dass du merkst, es passt doch nicht? Na und? Dann halt nicht. Vielleicht bist du dann aber auch die glücklichste Frau von Norddeutschland und dankbar, dass du es gewagt hast. Du wirst es nicht wissen, wenn du es nicht ausprobierst.«

»Das ist wohl wahr.« Elin stocherte in den Nudeln.

»Na siehste.« Hannah füllte sich eine zweite Portion auf. »Dein Essen ist mal wieder göttlich. Und außerdem, wenn du so für Christoph kochst, wird er dich sowieso nicht mehr gehen lassen.«

Elin lächelte.

»Hast du denn schon für ihn gekocht?«

»Nein, bisher noch nicht.«

»Na, dann wird es aber Zeit.«

»Ja, ich werde es mal in Angriff nehmen. Sag mal, wir reden die ganze Zeit von mir. Erzähl, wie läuft es eigentlich mit Florian?«

Der freudige Ausdruck im Gesicht ihrer Freundin erlosch. »Ach, hör bloß auf. Ich glaube, das war's endgültig.«

»Oh ehrlich? Das tut mir leid.«

Hannah ließ ihre Gabel sinken. »Ach weißt du, ich glaube, ich bin ihm nicht gut genug. Eine pummelige Altenpflegerin... Er kann was Besseres haben.«

»Du bist nicht pummelig! Und du machst einen wundervollen Job.«

»Na ja.« Hannah kniff in ihren Bauchansatz. »Danke, dass du mich aufbauen willst, Miss Topmodel und Frau Innenarchitektin.«

»Hör mal, Hannah, ich habe auch meine Problemzonen. Und die größte ist wohl meine Chefin.« Sie verdrehte die Augen. »Von wegen Innenarchitektin. Ich darf dekorieren, sonst nichts.« Sie verkniff sich, von dem Auftrag zu erzählen, den Christoph ihr besorgt hatte. Dafür war jetzt nicht der richtige Zeitpunkt.

Ihr Handy klingelte. Wo sie gerade an ihn gedacht hatte, rief er schon an.

»Ich geh kurz ran, ja?«

Hannah nickte und kratzte die Reste von ihrem Teller zusammen. Elin zog sich in ihr Zimmer zurück.

»Christoph, hallo!«

»Hallo, meine Hübsche. Was machst du gerade?«

»Hannah ist bei mir, wir essen zusammen.«

»Ihr *alle* zusammen?«

Er dachte an Simon.

»Nein nein, nur Hannah und ich.«

»Ich vermisse dich, Elin. Wie wäre es, wenn wir uns morgen zur Mittagspause im Rosengang treffen?«

Sie zögerte und dachte an den morgigen Tagesplan, den Gundula für sie vorgesehen hatte.

»Hast du keine Zeit?«, fragte Christoph. »Ich würde dich gerne sehen.«

»Leider arbeite ich morgen nicht in der Innenstadt und ich weiß nicht, ob ich es schaffe.«

»Nicht mal für zehn Minuten?«

Bei dem von Gundula geplanten Pensum war es schwierig, überhaupt auch nur an eine Pause zu denken.

»Also gut. Ich versuche es, kann aber nichts versprechen.«

»Wunderbar. Ich freue mich auf dich.«

Als Elin in die Küche zurückkehrte, traute sie ihren Augen nicht. Auf ihrem Platz, gegenüber von Hannah, saß Jessi am Tisch und hatte sich einen Teller mit Cannelloni gefüllt. Völlig unbeeindruckt von Elins Anwesenheit schob sie sich eine Gabel nach der anderen in den Mund. »Das ist total lecker. Also kochen kannst du.«

Elin stand mit hochgezogener Augenbraue in der Tür. Jessi war es nicht mal unangenehm. Sie tat so, als wäre es das Normalste, sich einfach selbst zu bedienen.

Elins Blick wanderte zu Hannah, die nur ihre Schultern hochzog und ein ratloses Gesicht machte.

So langsam reichte es.

»Also, es ist ja schön, dass du dich hier so heimisch fühlst, Jessi, aber du hättest auch erstmal fragen können.«

»Wieso? Das Essen stand doch hier so einladend auf dem Tisch. Und ihr wart doch schon fertig, oder nicht? Ist doch schade um den Rest.« Sie nahm noch eine Gabel und redete mit vollem

Mund. »Man, mach dich mal locker. Du guckst mich ja an, als würdest du mir gleich an die Gurgel springen.«

Das würde Elin wirklich gern.

Simon kam dazu und mit ihm eine frisch-herbe Duftwolke aus der Dusche.

Elin funkelte ihn wütend an.

»Was ist denn hier los?«, fragte er.

»Frag mal deine Schwester«, sagte Jessi.

Hannah sah Elin fragend an und formte tonlos mit ihrem Mund das Wort *Schwester*.

Elin kniff die Lippen zusammen und bedeutete ihrer Freundin mit einer Geste, nichts weiter zu sagen. Jessi musste jetzt nicht erfahren, dass sie nicht Simons Schwester war. Der Zeitpunkt war denkbar ungünstig. Sie schien sowieso in Angriffslaune zu sein.

»Frag mal lieber deine anstandslose Bettgefährtin« sagte Elin.

»Ey Simon, ich weiß echt nicht, welchen Film Elena gerade dreht.«

»Elin!«, sagten Simon und Elin wie aus einem Mund.

Jessi stutzte. »Mir auch egal. Jedenfalls hat sie mich hier gerade blöd von der Seite angemacht. Simon, das muss ich mir nicht gefallen lassen. Echt nicht.«

»Ich hab dich blöd angemacht?? Du hast dich gerade ungefragt an meinem Essen bedient.«

»Ich hab ein bisschen probiert. Wo ist das Problem? Ey, sie tut so als wäre sie deine eifersüchtige Ehefrau.«

»Wie bitte?« Elins Stimme quietschte seltsam.

»Ja, ist doch so. Ich habe von Anfang an gemerkt, dass du mich nicht magst.«

Netter Versuch, dich jetzt als Opfer darzustellen, dachte Elin. »Jetzt lenk nicht vom Thema ab. Mir ist schon öfters aufgefallen, dass du dich hier benimmst, als würdest du hier wohnen. Und *das* mag ich nicht, da hast du recht.«

Jessi warf Simon einen Blick zu. »Du hast es ihr nicht gesagt, oder?«

Er rieb sich den Nacken und wechselte sein Standbein.

»Was hast du mir nicht gesagt?«, fauchte Elin.

»Na ja, Jessi wusste nicht wohin, daher hab ich ihr angeboten, erstmal hier zu bleiben.«

»Sie ist hier quasi schon eingezogen, ohne dass du mir irgendwas davon gesagt hast?«

»Ich wollte es dir ja sagen, aber es passte nie. Und ich dachte, da du ja mit Christoph…«

»Willst du mich hier loswerden, oder was?«

»Nein, es ist nur so…«

»Fakt ist, hier ist nur Platz für eine von uns«, unterbrach ihn Jessi. Sie blitzte Elin an. »Und für wen würdest du dich entscheiden, hm? Für dein Brüderchen oder für deine große Liebe?«

Große Liebe? Elin wollte lachen. Aber es verlor sich in ihrem Hals. Das war alles zu grotesk.

Sie fühlte sich unglaublich fehl am Platz und betrogen von ihrem besten Freund.

»Simon, könntest du dich bitte auch mal dazu äußern?« Sie räusperte sich.

»Also weißt du, es ist vielleicht nicht der richtige Moment, vielleicht sollten wir alle eine Nacht darüber schlafen und uns beruhigen.«

»Nein. Du sagst mir jetzt, dass du mit Jessi zusammenleben möchtest. Denn dann ist hier für mich tatsächlich kein Platz mehr.«

Simon sagte nichts. Elin wusste, was es bedeutete. Er wollte sich nicht den Schuh anziehen und entscheiden müssen. Vielleicht sollte es so sein. Vielleicht war es Schicksal. Elin wurde gezwungen zu einer Entscheidung. Und die fiel ihr in dem Moment nicht mehr schwer.

Kapitel 14

Für Elin stand fest, dass sie sich eine eigene Wohnung suchen wollte. Noch am selben Abend hatte sie sämtliche Immobilienportale im Internet durchforstet. Bei drei Anbietern wollte sie am nächsten Tag gleich anrufen. Zwei Zimmer, nicht zu teuer, zentrale Lage. Und es fühlte sich gut an. Der Gedanke, in den eigenen vier Wänden machen und tun zu können, was sie wollte, war neu. Neu aufregend. Etwas mulmig war ihr schon dabei, denn sie hatte sich an Simon gewöhnt. Daran, dass jemand da war. Doch zwanglose Weinabende in der WG-Küche würde es nicht mehr geben. Die konnte er jetzt mit Jessi haben. Und endlich würde sie Christoph auch mal bei sich zuhause empfangen können und ihm was Schönes kochen.

Als Elin am Morgen ins Büro kam, war irgendetwas anders. Normalerweise war sie um diese Uhrzeit allein dort. Gundula kam immer erst gegen Mittag für ein paar Stunden. Doch als sie an diesem Tag die Tür aufschließen wollte, stellte sie fest, dass diese schon offen war. Im ersten Moment dachte sie, es sei eingebrochen worden. Sie nahm ihr Handy aus der Tasche und betrat mit pochendem Herzen die Räume. Alles sah aus wie immer. Was sollte ein Einbrecher hier auch suchen?

»Guten Morgen.« Am Schreibtisch saß Gundula. Und so, wie sie aussah, saß sie dort schon seit Stunden. Ihre kinnlangen, feuerroten Strähnen standen in alle Richtungen ab. Und die geschwollenen Tränensäcke erzählten von ihrer Vorliebe für portugiesischen Wein.

»Guten Morgen. Ich hatte mich schon gewundert, warum die Tür offen war.« Elin ließ sich in einen der Clubsessel fallen.

Gundula verzog keine Miene.

»Gibt es Probleme?«, fragte Elin. Es musste schon einen triftigen Grund geben, dass ihre Chefin sich um diese Uhrzeit im Büro und nicht in ihrem Bett aufhielt.

»Frau Kramer gibt ihr Geschäft auf. Seit dreiundzwanzig Jahren war sie meine Stammkundin.« Gundula machte eine Pause. »Außerdem gibt es offene Rechnungen, die wohl nicht mehr bezahlt werden können. Es kommen kaum neue Aufträge rein. Und ich habe nicht mehr die Kraft, mich um Neukunden zu bemühen. Wir müssen deine Stunden reduzieren.«

Elin schluckte. »Um wieviel?«

»Um die Hälfte. Du hast zwar diese Woche noch gut zu tun, aber ab nächster Woche sieht es schlecht aus.«

Das bedeutete weniger Gehalt. Die Aussicht auf eine eigene Wohnung verabschiedete sich hiermit. Wie Pläne sich von einer Sekunde zur nächsten umschmeißen ließen.

Gundula hatte Elin die Worte mit ihrer nüchternen Art vor die Füße geworfen, kein *es tut mir leid*. Keine Entschuldigung. Nichts. Grund genug für Elin, sich an diesem Tag nicht stressen zu lassen. Sie beschloss, sich eine ausgiebige Mittagspause zu gönnen. Selbst wenn Gundula sie daraufhin feuern würde, hätte es keinen großen Unterschied mehr gemacht. Abgesehen davon, konnte sie Elin gar nicht kündigen. Wer sollte dann die Arbeit machen?

Somit gab es nur noch einen Ausweg für Elin. Ob sie bereit war oder nicht, spielte keine Rolle mehr. Ihr blieb nichts anderes übrig. Und vielleicht war es das, was das Schicksal ihr mitteilen wollte. Sie beschloss, sich zu entspannen und den Dingen ihren Lauf zu lassen. Manchmal war es das Beste.

Sie wollte es Christoph heute Mittag gleich sagen und war gespannt auf seine Reaktion. Unterwegs holte sie noch ein paar Weintrauben und eine Flasche Sekt. Alkohol im Dienst hielt sie unter diesen Umständen für legitim.

Christoph machte große Augen, als er sie in dem malerischen Häuschen im Rosengang empfing.

»Gibt es etwas zu feiern?«

»Das wird sich noch herausstellen.«

»Okay, ich bin gespannt. Schön, dass du es geschafft hast. Komm her.« Er zog Elin in seine Arme. »Ich habe dich vermisst.« Sofort begann er sie zu küssen und drängte sie die Treppe hinauf ins Schlafzimmer.

»Du hast es aber eilig«, sagte Elin zwischen seinen Küssen, als er sie aufs Bett drückte, sich

über sie beugte und begann ihre Bluse aufzu-
knöpfen.

»Ich habe nur eine Stunde Zeit mit dir. Die
muss ich doch nutzen.«

Elin hatte sich eigentlich vorgestellt, dass sie
gemütlich ein Gläschen Sekt trinken würden,
während sie ihm die Neuigkeiten erzählte. Doch
Christoph hatte andere Pläne, wie er deutlich
zeigte. Und Elin konnte gar nicht anders. Sie sog
seinen Duft ein, er roch so gut. Und er wusste
genau, wo er sie wie berühren sollte.

Er wollte schnellen Sex, den er sich nahm. So
schnell wie er begonnen hatte, war er auch schon
wieder vorbei. So innig und ekstatisch in der
einen Minute, so ernüchternd war es in der
nächsten: Als Christoph fertig war, sich erhob
und die Treppe hinunter ins Bad ging, um sich
die Hände zu waschen. Elin zog sich die Decke
bis zum Bauch hoch und sah aus dem Fenster.
Lauter rote Dächer unterschiedlicher Höhe reihten sich aneinander. In der Ferne der Turm der
Jacobi-Kirche.

Das Wasser lief. Nach Elins Gefühl mindestens drei Minuten lang.

Danach hörte sie ein Ploppen. Christoph kam
mit zwei gefüllten Sektgläsern in den Händen
und der Weintraubenrebe zwischen den Zähnen
wieder hoch. Er reichte ihr ein Glas. Dabei
berührten sich ihre Finger und Elin spürte, wie
rau und spröde seine Haut sich anfühlte.

Er legte sich seitlich neben sie auf das Bett, den Kopf auf eine Hand gestützt. Sie stießen an. Jetzt wäre vielleicht der richtige Zeitpunkt, dachte Elin. Aber Christoph fütterte sie mit Weintrauben und knabberte an ihren Brustwarzen, die sich unter ihrem Spitzen-BH abzeichneten. Ein Schauer nach dem anderen durchfuhr sie.

»Wolltest du mir nicht etwas sagen?«, raunte Christoph mit seinem Mund an ihren Brüsten.

Elin atmete einmal tief ein. »Ich will zu dir ziehen.«

Christoph hob seinen Kopf. »Ist das dein Ernst?«

»Ja.«

Und als sie das Aufflackern in seinen Augen sah, wollte sie nichts lieber als das. Mit ihm zusammen sein. Mit ihm zusammen leben. Sie hatte keine Ahnung, woher diese Bereitschaft auf einmal kam. Vielleicht vernebelte er ihre Sinne. Auf der einen Seite war es ein herrliches Gefühl, so eingelullt zu werden. Auf der anderen Seite ein gefährliches Spiel.

»Ich liebe dich«, sagte Christoph. Elins Herz machte einen Sprung. Diese drei Worte gingen nicht leicht über ihre Lippen, aber sie ließ sich hinreißen. Es passte. Das war sie der Situation schuldig. »Und ich liebe dich.«

Christoph bedeckte ihre Lippen mit seinen. »Oh Gott, du machst mich glücklich«, murmelte er.

Das wollte sie. Sie wollte ihn glücklich machen.

Er riss die Decke zur Seite und schob sich zwischen ihre Beine. Hob ihre Arme über den Kopf und verflocht seine Finger mit ihren. Somit war sie wehrlos, aber es gefiel ihr. Er sah ihr tief in die Augen, als er nochmal in sie eindrang. Sein Blick veränderte sich. Er war dunkel und hart.

»Du bist mein. Du gehörst mir«, sagte er und drückte ihre Hände ins Kissen.

Seine Stimme ließ sie schwindelig werden. Die Worte hätten ihr Angst machen sollen, dachte sie kurz. Verwirrt über ihre eigenen Gefühle. Aber es erregte sie. Sehr sogar. Das Verlangen löschte ihren Verstand. Sein Griff wurde fester, seine Bewegungen heftiger. Und sein Blick ließ sie nicht los. Elin konnte sich nicht rühren. Sie schloss ihre Augen, um sich dem Gefühl hinzugeben.

»Sieh mich an«, befahl Christoph. »Sieh mich an.«

Elin öffnete die Augen und konnte sich kaum noch beherrschen. Gemeinsam bewegten sie sich dem Höhepunkt entgegen.

»Du gehörst mir«, sagte er wieder, küsste sie und da explodierte es ihn ihr. Christoph stöhnte auf. Dann löste er seinen festen Griff und ließ sich auf sie sinken.

»Ja, ich gehöre dir.«

Kapitel 15

Simon machte es ihr in den kommenden Tagen wirklich nicht schwer, bei dieser Entscheidung zu bleiben. Er redete kaum noch mit ihr, zog sich, sobald er von der Arbeit kam, in sein Zimmer zurück. Von Jessis Präsenz ganz zu schweigen.

Elin fühlte sich überflüssig in ihrem eigenen Zuhause.

Simon sagte nicht einmal etwas, als sie sich mit Umzugskartons an ihm vorbei schob, die sie im Baumarkt besorgt hatte. Vielleicht war es besser so. Abschied und Neubeginn wären sonst nur unnötig schwer gewesen. Drei Jahre ihres Lebens hatte sie mit Simon hier verbracht. Kochabende, Weinnächte, Stunden voller Gespräche. Seine heitere, lebenslustige Art hatte sie oft aufgemuntert und ihr den Glauben an gute Männer bewahrt.

Das Packen verlief automatisiert, ohne viel nachzudenken. Mechanisch leerte Elin ihre Regale, die Kommode, den Schreibtisch. Das meiste in der Küche gehörte ihr. Aber was sollte sie damit? Christoph hatte ein ganzes Haus und eine mit hochwertigem Equipment eingerichtete Küche. Da brauchte sie nicht mit ihrem Klimbim aus Studentenzeiten ankommen. Das alles überließ sie Simon. Nur ihre Kochbücher packte sie ein.

Sie schloss den letzten Karton, nahm darauf Platz und betrachtete ihre leeren Regale. Sie hatten Bücher und Deko-Artikel aus großen Möbelhäusern beherbergt. Ihren antiken Holz-Kleiderschrank hatte sie zu Studienzeiten günstig erworben und selbst in Weiß und Hellgrün lackiert. Doch wohin sollte sie damit? Dafür war kein Platz mehr. Christoph hatte ja alles. Sein Stil war so ganz anders. Ihr Bett war übersät mit bunten selbstgenähten Kissen, auf der Fensterbank ihre Sukkulenten-Sammlung. Vielleicht konnte sie damit ein bisschen Leben in Christophs eher nüchterne Umgebung bringen.

Hannah hatte sich bereit erklärt, beim Umzug zu helfen. Besser gesagt, sie hatte sich aufgedrängt.

»Das musst du wirklich nicht, Hannah. Die paar Sachen, das schaffen Christoph und ich schon alleine.«

Doch Hannah bestand darauf, vor ihrem Nachtdienst mit anzupacken. Elin war sicher, es diente nur als Vorwand, um Christoph kennenzulernen.

»Na hör mal, ich muss doch wohl wissen mit wem meine Elin zusammenzieht und wo ich mir in Zukunft leckere Pasta abholen kann.«

Simon war am Umzugstag schon früh morgens verschwunden. Christoph hatte sich einen Anhänger besorgt und parkte seinen SUV direkt vorm Hauseingang, den Elin mit zwei Stühlen freigehalten hatte. Hannah sah aus dem Fenster.

»Ist er das? Wow, sieht der gut aus«, schwärmte sie.

Als er schließlich vor ihr stand, bekam sie kaum ein Wort raus. Elin glaubte sogar, gerötete Wangen an ihrer Freundin zu sehen. Christoph gab sich charmant und cool wie immer. Hannah hatte recht. Und Elin fragte sich, warum ihr das nicht schon auf den ersten Blick aufgefallen war. Er sah wirklich verdammt gut aus. Und sie war stolz. Stolz, jetzt die Frau an seiner Seite zu sein und offiziell zu ihm zu gehören. Er wollte sie. Und es war ein tolles Gefühl.

Der Anhänger war nicht nötig gewesen. Die Kartons hatten im SUV Platz gefunden.

»Elin, ich hab doch alles. Für die Möbel ist nicht wirklich Platz. Melde Sperrmüll an oder spende sie.«

Platz war vorhanden, nur passten die Möbelstücke nicht zu Christophs Einrichtung. Elin zögerte. An ihrem selbst restaurierten Schrank hing sie schon ein wenig. Aber vielleicht war es an der Zeit, sich von Dingen zu trennen.

»Du hast recht. Ein neuer Lebensabschnitt beginnt. Aus den Sachen bin ich rausgewachsen.« Sie hinterließ den Wohnungsschlüssel auf dem Küchentisch und zog die Tür hinter sich zu.

Christoph fuhr mit Elin voraus. Hannah folgte ihnen mit ihrem Kleinwagen. Als sie am neuen Zuhause angekommen waren, staunte sie nicht schlecht. Christoph schloss die Haustür auf.

»Wow, Elin, damit hast du es doch echt gut getroffen. So ganz anders als vorher. Die Umgebung ist zwar ein bisschen...«

»Spießig?«

Hannah lachte. »Genau. Aber schön ruhig, du hast Platz. Keine nervende Jessi.«

»Ja, ich freue mich auch.«

»Siehst du, es war die richtige Entscheidung.«

»Ich hoffe es.«

»Hannah, hilfst du mir mal kurz?«, rief Christoph.

»Klar.«

Hannah half ihm, einen schweren Karton ins Haus zu tragen.

»Ich komme gleich nach«, sagte Elin und hievte zwei Koffer aus dem Auto, in denen ihre Kleidung verstaut war.

»Guten Tag«, sagte auf einmal eine ältere, weibliche Stimme. Elin fuhr herum. Eine Dame um die siebzig schaute vom Nachbarsgarten über die Ligusterhecke.

»Guten Tag.«

»Ziehen Sie hier ein?«

»Ja, genau. Ich bin Elin Hansen.«

»Wie schön. Endlich mal eine weibliche Person. Wissen Sie, ich kenne den Christoph ja von klein auf. Er hatte noch nie eine feste Freundin. Jedenfalls bekam man hier nie eine zu Gesicht.« Die Frau sah nachdenklich aus. »Er war ja immer sehr eng mit seiner Mutter.«

Elin nickte.

»Also bis sie ins Heim kam.«

»Hm«, machte Elin. Eine neugierige Nachbarin. Typisch für diese Gegend, wo man gerne mal an den Briefkasten ging, nur um mitzubekommen, wer gerade beim Nachbarn vor der Tür stand. Aber sie wirkte freundlich. Elin mochte sie auf Anhieb.

Christoph kam aus dem Haus. Er sah misstrauisch herüber. Die Frau begrüßte ihn. Er hob nur kurz seinen Kopf und kniff die Lippen zusammen.

»Elin, kommst du? Hannah muss doch später zum Nachtdienst.«

»Ja, klar.«

»Na dann, die Pflicht ruft«, sagte die Frau. »Auf eine gute Nachbarschaft.«

»Auf Wiedersehen.« Elin nahm einen ihrer Koffer und trat auf Christoph zu. »Was hast du denn? Sie ist doch nett.«

»Nett... Tratschende Nachbarn. Haben nichts Besseres zu tun, als herumzuspionieren.« Er griff nach dem anderen Koffer und ging ins Haus.

Das Auto leerte sich allmählich. Das meiste hatten sie ins Obergeschoss getragen und im Schlafzimmer und Elins zukünftigen Arbeitszimmer verteilt. Zwei Kartons standen noch im Flur.

»Was ist mit diesen Sachen?«, fragte Hannah.

»Ach das... Altes Zeug. Brauche ich zur Zeit erstmal nicht«, sagte Elin. »Ich bringe sie noch schnell in den Keller. Ihr könnt ja schon mal den Kuchen anschneiden. Hab ich in die Küche gestellt.« Elin öffnete die Kellertür.

»Nein!«, rief Christoph. »Nein«, wiederholte er, etwas ruhiger. »Ich bringe die Kartons in den Keller. Ihr habt schon genug geschleppt.«

»Wie du meinst«, sagte Elin mit einem Schulterzucken. »Hannah, möchtest du Kaffee?«

»Ja, gern.«

Hannah verabschiedete sich kurze Zeit später zum Nachtdienst.

»Vielen Dank nochmal für deine Hilfe«, sagte Elin.

»Klar, gerne doch.«

»Und besuche uns gern wieder«, sagte Christoph.

»Oh ja, das werde ich.« Hannah zwinkerte ihrer Freundin zu.

Als sie die Haustür geschlossen hatte, zog Christoph Elin in seine Arme. Er atmete tief ein und aus, als wäre gerade eine Last von ihm gefallen.

»Alles gut?«, frage Elin.

»Jetzt ja. Jetzt bist du hier. Und alles wird gut.«

Sie wunderte sich über seine Wortwahl, schwieg aber. Sie war müde. Der Tag war aufregend und anstrengend zugleich. Das hier war also ihr neues Zuhause. Sie konnte es noch nicht richtig fassen, nicht begreifen. Es gab Momente im Leben, in denen sie schneller als ihre Seele zu sein schien. Es brauchte seine Zeit, bis die Seele hinterherkam. Und sie fühlte sich dann seltsam entwurzelt.

Nach einigen Minuten hob Christoph seinen Kopf und sah sie an. »Und weißt du, wie es noch besser wird?«

»Nein?!«

»Ich habe eine Überraschung für dich.«

»Oh, okay?!«

Christoph zog einen Schal von der Garderobe und verband ihr damit die Augen. Ganz wohl war Elin nicht dabei. War das jetzt ein Spiel? Sie ahnte, was er vorhatte.

»Komm«, sagte Christoph und führte sie an den Händen. »Vorsicht, Stufen!«

Sie stiegen die Treppe hinauf. Okay, er wollte sicher ins Schlafzimmer, Einweihungssex oder so etwas. Aber Elin fühlte sich überhaupt nicht danach. Sie wollte nur noch unter die Dusche und schlafen. Sie hörte, wie er eine Tür öffnete.

»Warte kurz«, sagte er. Sie spürte am linken Oberarm, wie er an ihr vorbei ging und sich dann von ihr entfernte. Sie kam sich verloren vor. Unsicher. Ein kurzes Rascheln erklang, als würde man Erdnüsse aus einer Dose schütten. Was hatte er vor?

»Christoph, ich...« Sie hörte ihn wieder näher kommen. Als er ihre Hand nahm, spürte sie, wie verschwitzt diese schon war.

»Keine Angst«, sagte er. Und seine Stimme klang sanft. Er legte ihre Hand auf etwas Pelziges, Warmes. Elin schreckte zurück. Doch er nahm erneut ihre Hand und ließ sie über das weiche Fell streichen. Sie hörte einen Atem, es war nicht Christophs. Es musste ein Tier sein. Mit der freien Hand zog sie den Schal vom Kopf. Zwei smaragdgrüne Augen blickten sie an.

Kapitel 16

Elin konnte ein Quieken nicht unterdrücken.

»Ist das unsere?«

Die Katze genoss es offensichtlich, von ihr gekrault zu werden, und begann zu schnurren.

»Mein Einzugsgeschenk für dich sozusagen. Da du ja in der WG keine Katze haben durftest, dachte ich mir, ich mache dir eine Freude.«

»Das hast du dir gemerkt?« Elin nahm Christophs Gesicht in beide Hände und küsste ihn. »Danke danke danke! Wie süß von dir.«

»Freust du dich?«

»Und wie! Sie ist total schön.« Elin strich über das graue, samtige Fell. »Woher hast du sie?«

»Sie ist ein Er und heißt Charlie. Ich hab ihn aus dem Tierheim. Sie haben gesagt, er sei ruhig und verschmust. Dachte, er passt zu uns.«

»Ein richtiger Schmusekater also. Charlie.« Elin strahlte.

»Aber nicht, dass du am Ende mehr mit ihm kuschelst als mit mir.« Der Kater strampelte sich frei, Christoph setzte ihn auf dem Boden ab und wischte seine Hände an der Hose ab.

»Kommt drauf an.« Elin grinste.

Christoph küsste sie. Und nochmal. Und nochmal.

»Worauf kommt es an?« Er schob sie rückwärts zur Schlafzimmertür. »Sag schon, worauf kommt es an?«

Sie ging weiter zurück, blind von ihm geführt und spürte die Bettkante an ihren Kniekehlen. Er schubste sie auf die Matratze und machte sich gleich daran, ihre Hose zu öffnen.

»Warte, Schatz. Ich zeige dir, worauf es ankommt«, sagte er und ließ seine Finger in sie gleiten.

Obwohl Elin müde war, konnte sie nicht anders. Christoph wusste, wie er ihren Schalter umlegen sollte. Es war, als hatte er magische Hände und berührte sie an den richtigen Stellen, auf die richtige Art. Sie drückte ihren Kopf ins Kissen und bog sich ihm entgegen. Er schob hektisch ihr Shirt nach oben und zog den BH runter. Gierig saugte er an ihren Brustwarzen. Elin stöhnte auf. Sie zog ihn zu sich hoch und konnte es nicht erwarten, ihn endlich in sich zu haben. Eilig schob sie seine Hose runter und dirigierte ihn mit der Hand in sie hinein. Ihre Hände krallten sich in seinen Hintern und sie hob ihre Schenkel höher, um ihn noch tiefer zu spüren. Ihre Zungen tanzten einen wilden Tanz, während er sich keuchend in ihr ergoss.

Nachdem Christoph sich danach wie üblich ausgiebig die Hände gewaschen hatte, legte er sich wieder zu ihr ins Bett. Sie kuschelte sich an seine Schulter. Er strich über ihren Kopf, ließ die Haarsträhnen durch seine Finger gleiten. Elin schloss die Augen und genoss die Berührung. Sie hätte auf der Stelle einschlafen können. Bis er plötzlich eine Strähne in die Höhe hielt. Elin hob ihren Kopf. Er betrachtete die Strähne.

»Was ist?«, fragte sie.

»Wie wäre es mit einer neuen Haarfarbe? Neue Frisur? Eine Typ-Veränderung?«

»Warum?«

»Warum nicht? Mal etwas anderes.« Er verengte prüfend die Augen. »Ich glaube, Blond würde dir gut stehen.«

Elin runzelte die Stirn. Sie war mit ihren braunen Locken bisher ganz zufrieden gewesen. »Blond?«

»Ja, und die Haare etwas kürzer. Da muss ein Schnitt rein.« Er wuschelte durch ihr Haar.

Elin setzte sich auf und starrte ihn an. »Was?«

»Etwas, das zu dir passt. Was Erwachsenes.« Er grinste schief. »Nicht diese mädchenhaften Strähnen. Du bist doch eine Frau.«

Ja, und zwar eine Frau, die gerade nicht so sicher war, worauf er hinaus wollte und ob sie damit einverstanden war.

Er nahm ihre Empörung gar nicht wahr. Oder ignorierte sie. »Ich kenne einen wunderbaren Friseur«, fuhr er fort. »Wie wäre es? Wir könnten hinfahren. Komm, probiere es aus.«

»Ich weiß nicht.«

»Ach komm, sei kein Spielverderber. Ich bin mir sicher, es wird dir gefallen.« Er lachte. »Und zur Not wachsen Haare ja wieder.«

»Ich überlege es mir.«

In der Nacht kam Elin kaum zur Ruhe. Während Christoph neben ihr schnarchte, wälzte sie sich nur hin und her. Alles war so fremd. Dies war nicht ihr Bett, es war noch nicht ihr Zuhause. Sie wurde quasi in diese Situation gedrängt und hatte noch keine Zeit gehabt, sich vollständig damit anzufreunden. Abfinden war nicht das gleiche wie anfreunden. Sie hatte gehofft, die Vertrautheit, die sie in Christophs Nähe spürte, würde ausreichen. Aber so war es nicht. Es war seltsam.

Sie schwang ihre Beine aus dem Bett und schlich barfuß nach unten in die Küche. Den Lichtschalter ließ sie unberührt. Ihre Augen gewöhnten sich schnell an die Dunkelheit. Die großen, unbedeckten Fensterfronten im Wohnzimmer waren ihr suspekt. Sie hatte keine Ahnung, wer da draußen war, also wollte sie auch nicht, dass jemand sie sehen konnte.

Auf der Suche nach etwas, das ihren leeren Magen beruhigen konnte, durchforstete sie die Schränke. Nudeln, Reis, Brot und... Vanillepudding. Eine ganze Palette voll. Zwei Dutzend Tüten mit Puddingpulver reihten sich aneinander. Warum hatte Christoph Vanillepudding im Schrank? Und dann so viel? Er mochte doch gar nichts Süßes. Vielleicht für Besuch. Obwohl, dachte Elin, er hatte selten Besuch. Womöglich hatte er ihn extra für sie gekauft? Sie lächelte. Er war immer wieder für Überraschungen gut.

Sie wartete, bis der Wasserkocher unruhig zu zittern begann. Das heiße Wasser goss sie in den Becher mit dem Pulver, das sich gleich in eine dicke, gelbe Masse verwandelte. Sie rührte einige Male den cremigen Pudding um und tapste damit wieder nach oben.

Mit dem warmen Becher zwischen ihren Händen suchte sie nach Charlie. Sie fröstelte, wollte sich Socken anziehen. Aber dafür hätte sie ins Schlafzimmer gehen müssen. Auf keinen Fall wollte sie Christoph aufwecken. Charlie hockte noch im selben Zimmer wie zuvor, unter einem Schreibtisch. Es war eine Art Abstellraum und Büro zugleich. Elin setzte sich auf den Boden und sprach leise zu ihm.

»Hab keine Angst, mein Kleiner.« Sie reckte ihm eine Hand entgegen. Langsam, ganz vorsichtig, traute Charlie sich aus seinem Versteck heraus und schnupperte an ihren Fingern.

»Alles gut. Ich tue dir nichts. Vielleicht können wir Freunde werden.«

Er setzte eine Pfote vor die andere. Dann ließ er sich am Kopf kraulen und kam noch ein Stückchen hervor. Elin entdeckte ein Päckchen Leckerlis auf dem Tisch. Das war das Rascheln vor vorhin. Sie nahm welche heraus und Charlie fraß ihr aus der Hand. Ein seliges Gefühl. Er vertraute ihr.

»Super, Charlie. Es ist alles gut.«

Der Kater kam noch näher und stieg ganz behutsam auf ihre Beine. Er sah sich um, schnupperte, drehte sich einmal um die eigene Achse und legte sich schließlich nieder. Sein Schnurren hatte etwas Tröstliches an sich und verbreitete eine Ruhe. Eine Entspannung, die sie seit Wochen nicht mehr empfunden hatte. Sie lehnte sich mit dem Rücken an den Schreibtisch, hatte Angst, Charlie würde vor Schreck aufspringen, sobald sie sich bewegte. Irgendwann schloss sie die Augen.

»Na, das fängt ja gut an.«

Elin blinzelte. Sonnenlicht fiel ins Zimmer, direkt in ihr Gesicht. Christoph stand im Türrahmen und grinste.

»Hier treibst du dich also rum. Was hab ich gesagt? Du kuschelst mehr mit Charlie als mit mir. Da muss ich mir wohl noch etwas überlegen.«

»Ich muss eingeschlafen sein.« Elin verzog ihr Gesicht, als sie den Kopf bewegte. Ihr Nacken schmerzte. Charlie lag noch eingerollt in ihrem Schoß. Er warf ihr einen fragenden Blick zu.

»Ja, das sehe ich. Ich dachte schon, du bist wieder geflüchtet, ehe du wirklich angekommen bist.«

»Nein nein, es ist nur alles so neu. Ich konnte nicht schlafen.«

Christoph beugte sich zu ihr runter und drückte ihr einen Kuss auf die Stirn. »Schon gut, mein Schatz. Kaffee?«

Charlie sprang vom Schoß und nahm die Wärme mit. Fröstelnd schlang Elin ihre Arme um sich.

»Kaffee? Ja, gern.«

Christoph verschwand nach unten. Elin nahm noch schnell eine wärmende Dusche. Ihre steife Nackenmuskulatur dankte es ihr. Charlie kam mit ins Bad, setzte sich in sicherer Entfernung vor den Wassertropfen auf die Fliesen und beobachtete sie. Er folgte ihr wie ein Hund. Auch als sie ins Schlafzimmer ging und ihre Koffer öffnete.

Christophs Kleiderschrank war riesig. Dabei trug er doch immer dieselben Modelle. Brauchte er dafür so viel Platz? Elin hoffte, ihre Sachen dort verstauen zu können. Der Schrank verlief über Eck, etwa acht Meter lang, davon waren sicher ein oder zwei für sie übrig. Doch dass er den Schrank nicht nur für seine Kleidung nutzte, wurde ihr klar, als sie ihn öffnete.

Elin unterdrückte einen Aufschrei und schlug ihre Hand vor den Mund. Was sie sah, konnte sie nicht glauben. Sie öffnete noch eine Schranktür und noch eine weitere. Über die Länge einer ganzen Wand reihten sich Kleider aneinander. Bügel an Bügel. Es mussten an die hundert gewesen sein. Vom Aussehen her ähnlich dem Kirschenkleid, das er ihr schon geschenkt hatte. Im Stil der fünfziger Jahre, teilweise schlicht einfarbig, teilweise gepunktet oder mit Blumenmustern. Elin strich mit ihrer Hand über die Stoffe.

Ein Räuspern ließ sie zusammen zucken. Sie fuhr herum, Christoph stand in der Tür. Sein Blick war dunkel.

»Jetzt hast du mir meine nächste Überraschung verdorben.« Er schnalzte mit der Zunge. »Böses Mädchen.«

Elin fühlte sich ertappt. Aber sollte er sich nicht stattdessen so fühlen?

»Also, ich... ich dachte, ich könnte meine Sachen hier im Schrank unterbringen, aber... Warum hast du so viele Kleider?«

»Für dich natürlich.« Christoph kam auf sie zu. »Gefallen sie dir?«

Charlie huschte aus dem Zimmer.

»Schon, aber... Ich kann doch niemals all die Kleider tragen. Außerdem habe ich doch meine eigenen Sachen.«

»Ich finde, so was steht dir ausgezeichnet. Wunderbar weiblich und lässt deinen perfekten Körper herrlich zur Geltung kommen.« Er nahm einen der Bügel aus dem Schrank. »Das hier zum Beispiel. Das wird bezaubernd an dir aussehen, wie an den Leib geschneidert.«

Es sah wunderschön aus, nachtblau, ärmelfrei, mit einem breiten, über die Schultern reichenden V-Ausschnitt. Elin versuchte zu lächeln. Zu skurril erschien ihr das alles. Und sie fragte sich, mit welchen Überraschungen Christoph noch aufwartete.

Kapitel 17

In den kommenden Nächten schlief Elin nicht viel besser. Meistens traf sie sich nachts mit Charlie, ging aber irgendwann wieder zurück ins Bett, um Christoph nicht zu verärgern. Sie fragte sich immer öfter, ob es die richtige Entscheidung gewesen war, bei ihm einzuziehen. Vielleicht sollte sie sich auch mehr Zeit geben, um anzukommen. Aufgrund des Schlafmangels konnte sie von Glück reden, dass sie momentan nicht so viel arbeiten musste. Wie Gundula zuvor angekündigt hatte, gab es deutlich weniger zu tun. Oft war Elin mittags schon zuhause. Sie ging einkaufen und kochte alle Gerichte, die sie kannte. Christoph freute sich darüber, verwöhnt zu werden, als er nach Hause kam.

»Das schmeckt köstlich. Du bist wirklich eine wunderbare Köchin.«

Nach dem Essen verschwand er immer für mindestens eine Stunde in den Keller. Da gab es einen *Sport- und Ruheraum*, wie er ihn nannte. Er hat ihr ausdrücklich zu verstehen gegeben, dass er dort nicht gestört werden wollte. Es war seine Auszeit und Elin akzeptierte es.

Sie hatte momentan mehr Auszeit, als ihr lieb war. Ihr Arbeitszimmer hatte sie sich schön eingerichtet. Und ihre persönlichen Sachen nahmen den dunklen Holzmöbeln etwas von der Schwere. Sie hatte sich ein kleines Schlafsofa besorgt, auf dem sie ihre selbstgenähten Kissen drapierte. Es wurde von Charlie zu seinem Lieblingsplatz erkoren. Christoph belächelte all die Kerzen, Edelsteine und Lichterketten. Aber das war Elin egal, es sollte ihr Wohlfühlzimmer sein. Schließlich wollte sie hier ihrer Kreativität freien Lauf lassen.

»Was ist eigentlich mit dem Auftrag für mich, von dem du gesprochen hast?«, fragte sie beim Abendessen.

Christoph tupfte seinen Mund mit einer Serviette ab. »Richtig, der Auftrag. Darüber wollte ich auch mit dir reden. Es hat sich herausgestellt, dass Lars, also mein guter Freund, sich erst noch einige Genehmigungen einholen muss. Es wird sich also leider noch etwas verzögern.«

»Schade. Jetzt wäre der perfekte Zeitpunkt, um zu beginnen. Ich habe Zeit ohne Ende.«

»Ich weiß, mein Schatz. Es tut mir leid. Ich habe auch erst gestern davon erfahren, als ich ihn darauf angesprochen habe. Aber weißt du was? Wir finden in der Zwischenzeit etwas anderes für dich.«

Das würde Elin gern glauben. Sie nahm einen Bissen von ihrer Gabel. Kauend betrachtete sie Christoph, der die Reste von seinem Teller zusammen kratzte. Er hatte von seinem guten Freund gesprochen. Doch nie hatte sie mitbekommen, dass er sich mit jemandem traf oder telefonierte.

»Gibt es eigentlich sonst jemanden aus deinem Umfeld, den ich mal kennenlernen könnte? Freunde? Oder hast du eigentlich Geschwister?«

»Nein, es gibt keine Geschwister. Wie kommst du jetzt überhaupt darauf?«

»Naja, du hast ja auch meine Mutter kennengelernt, und meine Freundin. Ich würde eben gern mehr über dich erfahren.«

»Schatz, ich bitte dich, du wohnst doch hier mit mir zusammen, worüber ich sehr glücklich bin. Das ist doch der beste Weg, jemanden kennenzulernen, oder? Niemand ist näher an mir dran als du.«

Wobei Elin das Gefühl hatte, wirklich nah waren sie sich nur beim Sex. Und zwar mehr als körperlich. Es war, als öffnete er seine Seele in diesen Momenten für ein paar Minuten. Ließ sie Einblick gewähren und eine Ahnung haben, um sofort die Türen wieder zu schließen.

Er wollte sie nicht verstehen.

»Aber du bist mehr als der, der du jetzt bist. Es gibt eine Vergangenheit, eine Zeit vor mir. Eine Kindheit, die dich zu dem gemacht hat, der du jetzt bist.«

Christoph erhob sich vom Tisch und räumte seinen Teller in die Küche.

»Elin, wir leben hier und jetzt. Belassen wir es dabei. Das Essen war sehr lecker.« Seine Stimme klang gereizt. Er bemerkte, dass Elin mit dieser Antwort nicht zufrieden war. »Du wirst Lars und die anderen schon noch kennenlernen. Wir können sie zum Grillen einladen oder so.«

»Ja, gerne.«

»Gut.« Er gab ihr flüchtig einen Kuss auf die Wange, ohne sie dabei richtig anzusehen. »Ich bin unten. Und bitte...«

»Bitte nicht stören, ich weiß.«

Elin machte sich daran, die Küche in Ordnung zu bringen. Christoph verschwand im Keller. Diese Stunde war ihm heilig. Dass die meiste Hausarbeit an ihr hängen blieb, war insofern okay für sie, da sie zur Zeit wenig arbeitete und hier kostenlos wohnen durfte. Normalerweise war sie für gerechte Verteilung der Aufgaben. Doch sie fühlte sich in seiner Schuld, was vielleicht absurd war. Aber so konnte sie zumindest etwas zurückgeben.

Im Kleiderschrank fand sich trotz Massen an Fünfziger-Jahre-Kleider noch ein Plätzchen für Elins Sachen. Dennoch konnte sie nicht alles unterbringen. Eine gute Gelegenheit, um auszusortieren, dachte sie. Es gab genug Stücke, die sie seit langem nicht mehr getragen hatte. Doch konnte sie sich nicht dazu durchringen, sie zum Altkleider-Container zu bringen. Sie schnappte sich einen der leeren Umzugskartons und verstaute die Sachen darin. Bisher hatte sie noch nicht daran gedacht, in den Keller zu gehen, um nachzusehen, wo Christoph ihre Kisten beim Einzug abgestellt hatte. Es waren Andenken darin verstaut, alte Briefe aus der Schulzeit, Fotos. Darunter auch ein Bild von Elin und ihrem Vater.

Sie hatte schon einen Platz vorgesehen, wo sie es gern aufstellen würde.

Sie öffnete die Kellertür, stieg die Treppe hinab. Der typische Geruch von feuchten Gemäuern kam ihr entgegen. Vom schmalen Flur gingen drei Türen ab, zwei davon verschlossen. Da sie nicht wusste, hinter welcher sich Christophs Zimmer befand, ignorierte sie beide. Denn die dritte Tür stand offen und führte offensichtlich in einen Abstellraum. Ein paar Weinkisten und haufenweise Kartons standen herum, Regale mit Werkzeug, Vasen und anderem Zeug. Elin ließ den Blick schweifen und entdeckte in einer Ecke ihre ordentlich gestapelten Kartons. Ihre Kleiderbox stellte sie dazu. Zunächst durchforstete sie die falschen Kisten nach dem Foto und sie ärgerte sich, dass sie diese nicht detaillierter beschriftet hatte. Um zu der Letzten zu gelangen, musste sie erst eine andere herunterheben. Sie nahm einen Karton hoch und plötzlich kitzelte sie etwas an ihrem Daumen. Vor Schreck ließ sie alles mit einem lauten Krachen fallen. Hektisch wischte sie über ihre Hand. Eine Spinne fiel zu Boden und krabbelte davon. Sie schüttelte sich.

»Was machst du hier unten?«

Elin fuhr herum. Christoph stand mit verengten Augen in der Tür. Wut in seiner Stimme, die sie so noch nicht kannte. »Ich habe doch gesagt, ich will hier nicht gestört werden. Oder nicht?« Er ging langsam auf sie zu. Ihr Puls stieg, sein starrer Blick machte ihr Angst. »Habe ich mich nicht deutlich ausgedrückt?«

»Ich wollte nur meine Sachen...«

»Dein Müll ist mir egal«, knurrte er. »Ich will meine Ruhe, verstanden?«

Einige Sekunden lang starrten sie sich an. Elin suchte in seinen Augen eine Erklärung. Sie wartete auf ein Grinsen zur Auflösung, dass alles nur Spaß war, dass er sie auf den Arm nehmen und ihr einen Schrecken einjagen wollte. Aber es kam nicht. Sie versuchte zu lächeln. Aber das schien ihn noch wütender zu machen. Er presste seine Kiefer aufeinander.

»Ich meine es ernst.«

Elin schnappte sich den letzten Karton und eilte nach oben. Sie knallte die Kellertür zu und rutschte mit dem Rücken daran zu Boden.

Was war das? Was war los mit ihm? Das war doch gerade nicht Christoph gewesen. Sie öffnete die Kiste und fand schnell das gesuchte Foto. Es war ein Urlaubsbild aus Zeiten, in denen alles noch gut war. Sie betrachtete es. Sommerferien in Dänemark. Der süßlich erdige Duft des Kiefernwaldes schlich sich in ihre Erinnerung und war so präsent, als wäre sie erst gestern dort gewesen. Ihre Augen füllten sich mit Tränen. Elin fragte sich, was ihr Vater von Christoph gehalten hätte. Sie wusste, er hätte gewollt, dass sie glücklich war. Sie drehte an seinem Ring und konnte ein Schluchzen nicht unterdrücken.

Ein Tapsen auf der Holztreppe war zu hören. Dann ein Mauzen. Charlie trabte auf sie zu und stupste ihre Hand mit seiner Nase an. Sie streichelte sein Köpfchen und er kletterte auf ihren Schoß. Für diese tröstliche Geste liefen gleich noch ein paar Tränen mehr.

Kapitel 18

Irgendwann kam Christoph nach oben. Er war länger im Keller geblieben als sonst. Elin hatte sich inzwischen in ihrem Zimmer verkrochen und lag mit Charlie auf dem Schlafsofa. Und sie hatte sich mehr als einmal zurückhalten müssen, um nicht wieder in den Keller zu gehen und das Gespräch zu suchen.

Ihr Herz klopfte, als Christoph die Treppe herauf stieg. Seinen Schritten nach zu urteilen, ging er ins Schlafzimmer und kam wieder heraus. Vermutlich hatte er nachgesehen, ob sie schon im Bett lag. Und sie hoffte, dass er nun zu ihr kommen würde. Aber das tat er nicht. Stattdessen hörte sie, wie Christoph ins Bad ging und sich die Zähne putzte. Anschließend verschwand er wieder ins Schlafzimmer und schloss die Tür. Er schloss sonst nie die Tür zum Schlafen. Elin war erneut den Tränen nahe, sie fühlte sich elendig. Doch warum nur? Was war es bloß für ein seltsames Spiel? Hatte sie etwas falsch gemacht? War er beleidigt? Sie hatte gehofft, dass er zu ihr kommen, sie in den Arm nehmen, sich für seinen Tonfall entschuldigen und alles wieder gut sein würde. Aber nichts dergleichen passierte.

Elin lag noch eine Weile im Dunkeln. Bis sie den Druck nicht mehr ertragen konnte. Den Druck, den diese Disharmonie auslöste. Das war schon so, als sie noch ein Kind gewesen war. Sie hatte sich stets darum bemüht, zuhause alle bei Laune zu halten. Bloß nicht zu sehr auffallen, bloß niemanden verärgern. Ihr war damals nicht klar, dass sie nicht verantwortlich für die Situationen und die Launen ihrer Mutter gewesen war. Dennoch konnte sie auch jetzt nicht anders. Es war wie ein Zwang. Sie hielt es nicht aus.

Charlie sah sie vorwurfsvoll an, als sie sich aufrichtete. Sie schlich über den Flur und öffnete leise die Schlafzimmertür. An seinem Atem hörte sie, dass Christoph schlief. Wie um alles in der Welt konnte er in aller Seelenruhe schlafen? Sie stieg ins Bett. Rutschte dicht an seinen Rücken heran und legte einen Arm um seine Taille. Sein Atem veränderte sich. Er schluckte. Elin spürte, dass er aufgewacht war. Sie hoffte, er würde einfach ihre Hand nehmen, die an seinem Bauch lag. Sich zu ihr umdrehen, sie umarmen. Etwas sagen. Aber nichts tat er. Gar nichts. Sie fühlte sich fehl am Platz. Überflüssig. Ignoriert. Am liebsten wäre sie weinend weggelaufen. Aber wohin?

»Es tut mir leid«, hörte sie sich sagen. Ein letzter Versuch. Warum tat sie sich so etwas an? Sie wollte ihn schütteln, ihn anbrüllen. Sie wollte doch nur gesehen werden. Aber er blieb kalt.

Elin zog sich zurück, drehte sich um. Die Decke zog sie bis an ihren Hals hoch. Sie hörte, wie Christoph seine Decke ebenfalls zurechtrückte. Dann ein genervtes Stöhnen. Und bald darauf schlief er wieder ein.

Auf eine unerträgliche Nacht folgte ein unerträglicher Tag. Elin musste früher raus als Christoph. Um halb fünf klingelte ihr Wecker, nachdem sie gerade erst eingeschlafen war. Gundulas Zeitplanung würde sie nie verstehen. Es gab im Moment eh weniger zu tun, warum musste sie dann manche Termine so dermaßen früh legen? Noch dazu in Hamburg. Gundula war gezwungen, ihre Fühler weit außerhalb des Lübecker Umkreises auszustrecken. Froh um jeden Auftrag.

Christoph schlief noch, als Elin das Bett verließ. Oder er tat nur so. Sein Verhalten versetzte ihr einen stechenden Schmerz. Gern hätte sie diesen Tag anders begonnen. Sie torkelte ins Bad. Zwei oder drei Stunden Schlaf mussten erst einmal weggeschminkt werden. Das war ein schwieriges Unterfangen. Zumal die verquollenen Augen noch Bände von Tränen erzählten.

Elin wusste nicht, wie sie es geschafft hatte, heil nach Hamburg und wieder zurückzufahren. Mehr als einmal waren ihr auf der Autobahn nur ganz knapp die Augen zugefallen. Eine ganze Armee von Schutzengeln musste sie begleitet haben. Der Kunde war sehr *anspruchsvoll*. Das war das Wort, das sie ihrer Chefin gegenüber verwendete. *Anstrengend* hätte es besser getroffen. Aber letztendlich konnten sie sich einigen. Und Elin war ein kleines bisschen stolz, diesen Auftrag für Gundula ergattert zu haben. Zumal sie an diesem Tag wirklich nicht in ihrer Bestform war.

Ein wenig ärgerte sie sich hinterher aber schon, da sie sich somit lauter Fahrten nach Hamburg eingebrockt hatte. Aber noch immer besser, als gar nichts mehr zu tun zu haben.

Die letzten Meter von der Bushaltestelle nach Hause erschienen ihr endlos. Jeder Schritt war ein Kraftakt. Ihre Füße schmerzten. Die Beine fühlten sich wie Bleiklötze an, so wie immer, wenn sie zu wenig geschlafen hatte. Und sie war zu müde, um darüber nachzudenken, wie sie Christoph gegenübertreten sollte. Aber noch hatte sie gut zwei Stunden Zeit, ehe er nach Hause kommen würde. Sie sehnte sich nach einer Dusche.

Flüchtig warf sie einen Blick über die Hecke der Nachbarn, wo jemand den Rasen mähte. Seine Halbglatze glänzte in der Sonne. Und Elin stutzte. Sie sah nochmal hin. Hatte sie ihn nicht schon einmal irgendwo gesehen? Der Mann erwiderte ihren Blick mit diesen Froschaugen. Elin merkte, dass ihr Gang langsamer geworden war. Wie peinlich. Er dachte sicher, sie beobachtete ihn.

»Hallo«, rief der Mann und hob seine Hand. Er grinste über das ganze Gesicht.

»Hallo.« Schnell weitergehen.

»Schönen Gruß an Chris.«

Elin nickte.

Jetzt wusste sie es. Er war der Typ aus dem Restaurant. Als Elin mit Christoph beim Italiener gewesen war, hatte er die beiden beim Rausgehen angesprochen. Er war vermutlich der Sohn der neugierigen Nachbarin. Sicher waren er und Christoph hier gemeinsam aufgewachsen.

Elin schloss die Haustür auf und zuckte zusammen, als auf einmal Christoph im Flur vor ihr stand.

»Gott, hast du mich erschreckt!«

»Oh, das war nicht meine Absicht. Ich habe dich kommen sehen und wollte gerade die Tür öffnen.«

Er redete also wieder mit ihr. Sie hatte sein Auto gar nicht auf der Auffahrt gesehen.

»Du siehst blass aus«, sagte er.

»Ist das ein Wunder?«, fauchte Elin. »Ich habe kaum geschlafen. Und habe gerade eine Tour nach Hamburg hinter mir.«

»Du warst in Hamburg? Warum?« Christoph sah irritiert aus.

»Um zu arbeiten.« Sie ging an ihm vorbei zur Treppe. Er hielt sie am Handgelenk fest.

»Willst du mich gar nicht begrüßen?«

Elin schnaubte. »Dein Ernst? Du hast es ja auch nicht für nötig gehalten, gestern noch mit mir zu reden, geschweige denn, mich irgendwie zu beachten.«

Christoph kniff die Augenbrauen zusammen. »Warum so wütend? Kannst du mal aufhören, so rumzuschreien?«

»Du fragst mich ernsthaft, warum ich wütend bin?«

»Ach Elin, ich möchte ja mit Dir reden, aber Du fauchst hier nur rum. So habe ich es mir auch nicht vorgestellt.«

»Ich auch nicht! Das kannst du mir glauben.«

»So, komm, lass gut sein. Ich sehe über deinen Fauxpas gestern hinweg.« Christoph machte Anstalten, Elin in den Arm zu nehmen, aber sie wich zurück.

»Wie bitte?« Welchen Film drehte er gerade? »Meinen Fauxpas? Du hast mich im Keller blöd angemacht!«, rief sie.

»Könnten wir bitte mal den Ton ändern, Elin?« Christoph verzog wieder das Gesicht, als hätte er Zahnschmerzen. »Wirklich, ich möchte es mit dir klären, aber du drehst hier völlig durch gerade. So kommen wir nicht weiter.«

»Wir hätten gestern Abend weiterkommen können.«

»Elin, du musst verstehen, dass ich es erstmal verarbeiten musste. Mir ist meine Ruhe sehr wichtig.«

»Ich weiß«, zischte Elin. »Ich habe es begriffen. Trotzdem kein Grund mich so zu behandeln.«

Christoph wischte sich mit der Hand übers Gesicht. »Gut, belassen wir es dabei. Ich mag keinen Streit. Ehrlich nicht.«

»Ich. Auch. Nicht.«

»Weißt du was? Was hältst du davon, wenn wir uns heute mal etwas Leckeres bestellen?«

»Okay. Ich möchte nur kurz duschen. Ich bin fix und fertig.«

»Ja, klar.« Er zog sie zu sich heran. »Und jetzt komm her.«

Elin ließ die Umarmung zu, versteifte sich aber. Genießen konnte sie seine Nähe in dem Moment nicht.

»Ich habe eben übrigens den Typen aus dem Restaurant gesehen«, murmelte sie in sein Schlüsselbein. »Drüben, beim Rasenmähen. Ich soll dir einen Gruß ausrichten.«

»Hannes.« Christophs Kiefergelenke knackten.

»Ja, genau.«

»Hat er mit dir geredet?«

»Nein, nur hallo gesagt.«

»Gut.«

»Wieso?«

»Weil es besser so für uns alle ist.«

Kapitel 19

Elin hakte nicht weiter nach, was er damit meinte. Sie hatte gelernt, manches einfach so hinzunehmen, nicht zu hinterfragen. Es war entspannter für alle.

Von der Idee, dass sie zu Simon fahren wollte, war er auch nicht begeistert.

»Was willst du denn da?«

»Ich habe doch meine Möbel dort gelassen und will endlich mit ihm klären, was damit passieren soll.«

»Lass die Sachen doch einfach da. Du brauchst sie nicht. Außerdem könnt ihr das doch am Telefon klären.«

Seine Eifersucht legte sich um ihren Hals. Und nicht nur deswegen hatte sie das starke Bedürfnis, dass sie mal raus musste. Nicht nur zum Arbeiten das Haus verlassen. Ihr Alltag wurde mehr und mehr davon bestimmt, auf Christophs Launen einzugehen. Es war wie ein Tanz auf rohen Eiern. Jeden Tag aufs Neue. Sie wohnte jetzt seit zwei Monaten bei ihm und hatte, abgesehen von Kunden, niemanden sonst getroffen. Alles drehte sich darum, mit welchem Essen sie ihm eine Freude machen konnte. Mit welchem der zig Kleider in seinem Schrank sie ihn überraschen konnte. Sie gingen nicht mehr aus. Verließen das Haus gemeinsam nur noch zum Spazieren, nachdem sie weit genug aus der Stadt rausgefahren waren. Wo er sicher war, dass niemand sie kannte.

Elin hatte Gefallen an der Gartenarbeit gefunden. Rasenmähen, Unkraut zupfen, Christophs Buchsbaumsträucher in Form schneiden. Für Farbtupfer schmückte sie die Terrasse mit Kübeln voller Sommerblüher. Doch Christoph engagierte sofort einen Gärtner, als er mitbekam, wie sie sich bei der Gartenarbeit mit der Nachbarin unterhalten hatte.

»Sie ist doch nett.« Elin war entsetzt.

»Sie ist neugierig. Das ist alles. Neugierig und falsch. Sie sammelt Futter, um es dreimal gekaut woanders wieder zu erbrechen. Sie interessiert sich nicht für dich. Sie will dich nur ausquetschen, um es weiterzutratschen.«

»Aber ich bin gern im Garten.«

»Dann setz dich auf die Terrasse. Du machst dir sonst nur deine hübschen Finger dreckig. Spar dir deine Energie.«

»Aber wofür denn? Mit dem Auftrag von Lars sind wir noch immer nicht weitergekommen. Ich brauche etwas zu tun. Nicht nur kochen, putzen, einkaufen. Die paar Stunden, die ich für Gundula arbeite, reichen mir nicht.«

Christoph atmete hörbar aus. »Ich werde nachher mit Lars telefonieren.«

Elin glaubte nicht mehr daran.

Die Umgestaltung im Rosengang war schon fast abgeschlossen. Der Boden wurde abgeschliffen, die Treppe und Wandvertäfelung in einem frischen Weiß lackiert. Neue Vasen, Tischdecken und Kerzen hatte sie schon besorgt.

Am Laptop suchte sie nach einem neuen Bett für das Häuschen. Charlie hatte es sich auf ihrem Schoß gemütlich gemacht, als sie auf der Terrasse das Internet durchforstete. Der Duft ihrer Flammenblumen wehte zu ihr herüber. In der Ferne das leise Brummen eines Rasenmähers. Sie nahm einen Schluck Eiskaffee und reckte ihr Gesicht der Nachmittagssonne entgegen. Sie genoss die wärmende Energie und wünschte sich, in Zukunft immer so arbeiten zu können. Barfuß in Shorts und Spaghetti-Top war weitaus bequemer als ihr übliches Arbeitsoutfit. Ein Geräusch ließ sie zusammenfahren. Ein Klacken, dann ein dumpfes Poltern. Es kam nicht von draußen, sondern aus dem Haus. Elin drehte sich um und nahm ihre Sonnenbrille von der Nase. Eine Frau mittleren Alters platzierte einen Staubsauger auf dem Wohnzimmerparkett.

»Wer sind Sie? Und was machen Sie da?«

»Ich putze hier. Seit fünfzehn Jahren schon.« Sie hielt es nicht für nötig, sich vorzustellen. Auch ein freundliches Lächeln hatte sie nicht übrig. Mit einer Selbstverständlichkeit zog sie das Kabel aus dem Staubsauger.

»Aber ich wohne jetzt hier und mache sauber«, sagte Elin. Sie wusste, dass Christoph vorher eine Haushaltshilfe hatte. Das musste Frau Mayer sein.

»Ich führe nur den Auftrag von Herrn Mangold aus. Er sagt, wegen der Katze muss es sauber gehalten werden.« Sie startete den Staubsauger, womit das Gespräch beendet war.

Elin fand, das Haus war sauber genug. Sie saugte fast täglich nach der Arbeit und wischte regelmäßig. Christoph hätte es ihr sagen können. Diese Frau war für sie eine Fremde und offensichtlich in der Lage, das Haus jederzeit zu betreten. Charlie hüpfte von ihrem Schoß und suchte das Weite. Elin konnte es ihm nicht verübeln. Sie klappte ihren Laptop zu und tat es ihm gleich.

Es war ein seltsames Gefühl, an der Tür zu klingeln, die sie jahrelang selbst aufgeschlossen hatte. Sie wischte sich mit dem Handrücken den Schweiß von der Stirn. Die schwüle, drückende Luft hatte die Busfahrt zu einer Sauna auf Rädern verwandelt. Der Summer ertönte und Elin betrat den Hausflur. Die herrliche Kühle des Altbau-Wohnhauses kam ihr entgegen. Der vertraute Geruch ließ Melancholie aufkommen. Etwas in ihrer Brust zog sich zusammen.

Simon wartete oben mit einem sonnengebräunten Lächeln an der Wohnungstür auf sie. »Hey Elli.«

»Hi.« Elin streifte ihre Flipflops ab. Ihr apricotfarbenes Top bildete einen attraktiven Kontrast zu ihrem bronzefarbenen Sommerteint. Ihre

Nackenhaare, die aus dem hochgebundenen Zopf fielen, kräuselten sich von der feuchten Hitze.

Früher hätten sie sich zur Begrüßung umarmt. Aber es war, als hatten sie in stiller Absprache beschlossen, es besser sein zu lassen. Sie hatten sich seit dem Auszug nicht mehr gesehen oder gesprochen.

»Wie geht es dir?« Es war keine Floskel. Simon meinte die Frage so, wie er sie stellte.

»Gut. Ja. Ganz gut.« An seinem Blick erkannte sie, dass er es ihr nicht abkaufte. Er musterte sie nachdenklich, sagte aber nichts.

Sie musste von sich ablenken. »Und dir? Wie läuft es mit Jessi?«

»Bestens.«

»Schön.«

»Ja. Sie kommt nachher. Aber ich dachte, es ist besser, wenn sie jetzt nicht dabei ist.«

»Das ist es wohl.«

Simon sah zur Wanduhr. »Also sie kommt in einer Stunde etwa.«

»Okay.« Mit anderen Worten, sie musste in spätestens einer Stunde wieder verschwunden sein. Das wollte er ihr damit sagen. Er hatte ihr Treffen zeitlich begrenzt. Vielleicht war es besser so.

»Dann wollen wir mal.« Elin steuerte auf ihr altes Zimmer zu. Die frühe Abendsonne schien durch die Scheibe und wärmte den Raum auf. Sie legte ihre Sonnenbrille auf der leeren Fensterbank ab. So kahl wirkte das Zimmer viel größer, als es eigentlich war. Die Möbel verloren sich darin wie die Erinnerungen.

»Also wenn es okay ist, stell sie einfach alle auf den Sperrmüll«, sagte sie nach einer Weile.

Simon zögerte. »Bist du sicher?«

Elin ließ ihren Blick im Zimmer schweifen. »Nein. Ich werde sie spenden. Vielleicht finden sie ja noch neue Besitzer.«

»Na gut, wie du meinst.«

Die Türklingel unterbrach das Gespräch. Die beiden sahen sich an.

»Ist das Jessi?«, fragte Elin.

»Jetzt schon? Eigentlich zu früh. Das ist sonst nicht ihre Art.« Er ging zur Wohnungstür und betätigte den Öffner. Die Gegensprechanlage nutzte er nie.

Elin machte sich startklar und schlüpfte in ihre Flipflops. Sie hatte keine Lust auf irgendwelche Sprüche von Jessi und wollte so schnell wie möglich verschwinden. Doch sie konnte kaum glauben, wen sie am Türrahmen erblickte.

Christoph trug selbst bei diesen Temperaturen die dunkle Jeans und ein Hemd, allerdings bis zu den Ellenbogen hochgekrempelt.

»Was machst du denn hier?«, fragte sie.

Er sah sie irritiert an und setzte ein Lächeln auf. »Na, ich bin hergekommen, um dich abzuholen. Haben wir doch so abgemacht.«

Sie hatten gar nichts abgemacht.

»Christoph, was soll das?«

»Elin, ich glaube, du bist verwirrt. Ist alles etwas viel zur Zeit, hm?«

Ja, das war es wirklich.

»Da kann man ja mal das eine oder andere vergessen, mein Schatz.« Er warf Simon einen belustigten Blick zu. Doch Simon reagierte nicht darauf, sondern fragte Elin wortlos, was hier vor sich ging.

»Elin, wir haben abgemacht, dass ich dich um siebzehn Uhr dreißig abhole.« Christoph schaute auf sein Handy. »Okay, sorry, ich bin drei Minuten zu früh. Soll ich nochmal rausgehen und wieder reinkommen?« Er tupfte sich mit einem Taschentuch Schweißperlen von der Stirn.

Was spielte er für ein Spiel?

»Wir haben nichts abgemacht, Christoph.«

»Schon gut, kann vorkommen. Ist nicht schlimm, wenn man mal etwas vergisst. Du bist müde, wir sind alle müde. Es war ein langer Tag. Komm, wir sollten gehen.«

Er berührte Elin am unteren Rücken, um sie zur Tür zu schieben. Sie ließ es geschehen, zu perplex über seinen Auftritt. Sie verabschiedete sich von Simon. Sein Gesichtsausdruck war eine Mischung aus Sorge und Irritation.

Als sie mit Christoph aus dem Haus trat, schien die feuchtwarme Luft sie fast zu erdrücken. Sie konnte auf dem Weg zum Auto kaum atmen und zupfte unentwegt an ihrem Top, das an ihrer Haut klebte.

»Der Rock ist sehr kurz«, bemerkte Christoph. Sein kritischer Unterton war nicht zu überhören.

»Es ist warm.« Sie wusste natürlich, wie er es meinte. Der Rock war seiner Meinung nach zu kurz, um so auf die Straße zu gehen, geschweige denn Simon zu besuchen. So etwas sollte sie am besten nur zuhause tragen, für ihn.

Sie kletterte auf den Beifahrersitz des klimatisierten SUV und kramte in ihrem Gedächtnis. In keiner Sekunde war die Rede davon gewesen, dass Christoph sie abholen sollte. Es stellte wohl eher eine seiner Kontrollaktionen dar. Er wollte verhindern, dass Elin zu lange mit Simon allein war.

Sie versuchte, es innerlich abzuhaken und ihm nicht allzu übel zu nehmen. Jeder Mensch hatte schließlich seine Macken. Auch seine Eifersucht war in Wahrheit nur eine Schwäche. Und sie wollte sich darin zügeln, alles zu sehr zu hinterfragen. Sie war in ihren Beziehungen vermutlich stets zu wählerisch gewesen. Das zumindest hatte ihre Mutter ihr eingetrichtert. Sie sollte aufhören, sich für etwas Besseres zu halten und den Mann an ihrer Seite so nehmen wie er war.

Kapitel 20

»Oh, hallo, Sie sind es. Ich hätte Sie fast nicht erkannt.« Die Nachbarin, die gerade ihre Einkäufe ins Haus trug, sah Elin erstaunt an.

»Ja, ab und zu mal was Neues.« Elin fuhr sich mit einer Hand durchs Haar. Es war ein neues Gefühl. Ungewohnt. Kürzer, glatt. So ein Frisch-vom-Friseur-Gefühl. Christoph ignorierte die Nachbarin komplett und dirigierte Elin weiter zur Haustür.

Vor dem Flurspiegel blieb sie stehen und betrachtete sich. Blondierte Frauen mochte sie normalerweise nicht. Jetzt gehörte sie selbst dazu. Die natürliche Haarfarbe passte am besten zu einem, war ihre Überzeugung. Doch diese hatte sie vor drei Stunden über Bord geworfen, als Christoph mit ihr zu seinem Stammsalon gefahren war. Er hatte am Tresen ein Foto vorgezeigt, wie er sich Elins Kopf vorstellte. Und der Friseurmeister hat sein Bestes gegeben.

Elin drehte ihr Gesicht hin und her. An ihr neues Spiegelbild musste sie sich erst gewöhnen. Ihre braunen Locken hatte der Friseur-Azubi auf dem Boden zusammengefegt. Elin hatte den Haufen noch gesehen, während sie den Salon verlassen hatten.

War sie es überhaupt noch? Sie zupfte an den geschwungenen Spitzen, die knapp über der Schulter endeten. Ob sie das Styling mit Rundbürste und Föhn auch so hinbekommen würde?

»Die Frisur macht mich irgendwie älter«, stellte sie fest.

»Blödsinn. Du siehst wundervoll aus, meine Schöne.« Christoph strahlte. Es gefiel ihr, wenn er sie so anstrahlte. Dann war alles gut. Das waren die Momente, die sie genoss. In denen sie sich geliebt fühlte.

»Also, Hannah kommt heute Nachmittag, richtig?«, fragte Christoph, ging in die Küche und bediente den Kaffeeautomaten. Charlie kam um die Ecke gehuscht und begrüßte Elin, so wie immer, wenn sie nach Hause kam. Aber diesmal hatte er abgewartet, bis Christoph das Feld räumte.

»Ja, genau.« Elin beugte sich zu ihrem Kater runter und vergrub ihre Hände in seinem weichen Fell.

»Gut, dann muss ich noch in den Rosengang. Die Gäste sind heute abgefahren. Kaffee?«

»Die Gäste?«

»Ja, Feriengäste waren dort. Hatte ich dir doch erzählt.«

»Nein, hast du nicht.« Elin betrat die Küche.

»Ach, Schatz.« Christoph gab ihr einen Kuss aufs Haar und hantierte weiter an der Kaffeemaschine. »Was ist bloß mit deinem Köpfchen los? Also nochmal, möchtest du Kaffee?«

»Ja, gern.« Elin zog die Augenbrauen zusammen. Er hatte nichts davon erwähnt. So langsam wurde sie ihr selbst unheimlich.

»Aber ich dachte, Frau Mayer macht sauber, wenn Gäste da waren.«

»Das stimmt, eigentlich schon. Aber sie ist zur Zeit krank.«

»Aber dann kann ich das doch machen.«

»Nein, Elin, wirklich. Du machst schon genug. Mach dir einen schönen Nachmittag mit deiner Freundin.«

Elin zuckte mit den Schultern. »Wenn du meinst.« Dann fiel ihr noch etwas ein. »Und warum hast du Frau Mayer eigentlich aufgetragen, hier zu saugen? Ich mache das doch. Sie stand hier vor ein paar Tagen auf einmal im Wohnzimmer. Ich finde, du hättest mir ruhig Bescheid sagen können.«

Christoph trat auf sie zu und nahm ihr Gesicht zwischen seine Hände. »Elin, ich habe das Gefühl, du bist überfordert. Wirklich. Sieh es doch einfach als Hilfe. Nimm sie an. Da ist doch nichts dabei. Ich kenne Frau Mayer seit vielen Jahren, du kannst ihr vertrauen.« Er wandte sich dem Geschirrschrank zu, um zwei Becher herauszuholen.

Sie glaubte ihm nicht. Sicher war auch das nur ein Vorwand, um sie in seiner Abwesenheit zu kontrollieren.

Ihr war nach etwas Süßem zum Kaffee. Sie öffnete die Schränke. »Sag mal, wo sind eigentlich all die Puddingtüten geblieben?«

Christoph stutzte. »Welche Puddingtüten?«

»Na, Vanillepudding. Hier war sonst ein ganzer Haufen davon.«

»Ach so, *den* Pudding meinst du. Habe ich weggeworfen. War abgelaufen.«

»Ach echt? Schade.« Elin griff nach dem Glas mit der Nougatcreme. »Wofür hattest du den Pudding eigentlich? Du magst so was doch gar nicht.« Sie öffnete das Glas und tauchte einen Löffel hinein.

»Boah, das isst Du doch jetzt nicht pur, oder?« Christoph verzog das Gesicht, als hätte er in eine Zitrone gebissen.

»Na und ob.« Genüsslich leckte Elin die süße Creme vom Löffel. Christoph schüttelte sich. »Es ist schon kaum zu ertragen, dass du dieses Zeug hier anschleppst und auf dein Brot schmierst. Aber das ist gerade richtig abartig.«

Er konnte es offenbar wirklich schwer ertragen. Elin bemerkte, wie er sich ein Würgen unterdrückte und mit einem großen Schluck Kaffee hinunter spülte.

Hannah war nicht weniger überrascht wie die Nachbarin, als Elin die Tür öffnete. Sie brauchte einige Sekunden, ehe sie schalten konnte. »Elin, bist du das?«

»Ja, ich bin es. Ihr tut ja alle so, als sei ich ein anderer Mensch geworden.« In Wirklichkeit war sie es selbst, die so dachte.

»Wow, du siehst so... anders aus. So... blond.«

Ein Kompliment klang anders. Elin wurde immer kleiner. Am liebsten wäre sie zum Friseur gerannt und hätte ihre alten Haare wieder angeklebt.

»Na ja, es war Christophs Idee. Ich dachte, ich probiere es mal aus.« Es war der klägliche Versuch einer Rechtfertigung an sich selbst. »Haare wachsen ja wieder.«

»Na, wirklich überzeugt klingst du aber auch nicht.«

»Ach, ich muss mich erstmal selbst daran gewöhnen.«

Musste sie das?

Hannah trat ein und umarmte sie. Dann lehnte sie sich zurück und betrachtete ihre Freundin nochmal. »Es sieht gut aus, Süße. Anders, aber gut.« Sie lächelte. »Wirklich.«

Elin zuckte mit den Schultern. »Wenn du es sagst.«

Hannah drückte Elin eine Tüte vom Bäcker in die Hand und zog ihre Jacke aus. Christoph kam in den Flur.

»Hallo Hannah, ich verabschiede mich gleich wieder.«

»Ach so? Ich habe drei Stück Apfelkuchen mitgebracht. Eins davon für dich.«

»Sorry, ich hab was zu erledigen. Den Kuchen schafft ihr bestimmt auch ohne mich.« Er gab Elin einen Kuss. »Bis später.«

Hannah schwärmte, sobald er durch die Haustür verschwunden war. »Hach, wie er dich ansieht. So verliebt. Er ist wirklich ein Glücksgriff.«

Elin zögerte und nestelte an der Bäckertüte. »Ja, das ist er wohl.« Sie setzte ein Lächeln auf und ging voraus in die Küche.

»Möchtest du Kaffee?«

»Ja, gern.« Hannah sah sich um. »Ich hab mir euer Haus beim Umzug gar nicht so richtig angesehen. Du musst es mir unbedingt noch zeigen.«

»Klar.« Elin füllte Wasser in den Tank der Kaffeemaschine und füllte Bohnen nach. Dann drückte sie auf den Knopf und ein Brummen erklang. »Komm. Wir gehen zuerst nach oben.«

Hannah folgte ihr ins Obergeschoss.

»Und das hier ist mein Zimmer. Also, Christoph hat es mir überlassen. Soll mein Arbeitszimmer werden.«

»Cool.« Hannah sah sich mit großen Augen um. Dann quietschte sie auf. »Oh nein, wer ist das denn?«

»Das ist Charlie.« Der Kater lag auf der Couch.

»Oh, ist er süß.« Hannah wollte ihn streicheln, doch er wich zurück.

»Du bist schüchtern, das macht überhaupt nichts. Aber brauchst du nicht. Weißt du, ich kenne deine Elin seit sie klein war.«

»Mein Einzugsgeschenk von Christoph.«

»Wie lieb von ihm! Und wie schön, dass du jetzt endlich eine Katze haben darfst, oder?« Hannahs strahlende Begeisterung war ansteckend.

»Ja klar, ich bin ihm echt dankbar.«

»Und was ist in den anderen Zimmern?«

»Na ja, hier das Bad... hier ein Abstellraum oder so was und hier das Schlafzimmer.«

»Wow, was für ein riesiger Schrank! Hat er den auch für dich gekauft?«

»Nein, der war schon vorher hier.«

Hannah senkte die Stimme und hob eine Augenbraue. »Was macht ein Mann mit so einem großen Kleiderschrank?«

Elin überlegte, was sie antworten sollte. Dann entschied sie sich dafür, Tatsachen sprechen zu lassen, und öffnete die Schranktüren. Hannah warf einen Blick auf die Farbenpracht, dann zu Elin und wieder zurück.

»Sind das *seine* Kleider? Also, ich meine, trägt er Frauenkleider?«

»Was? Ach so, nein. Die sind für mich. Die hat er mir gekauft.«

»Echt jetzt?« Hannah zog einen Kleiderbügel aus dem Schrank. Sie betrachtete das hellgrüne Kleid mit weißen Pusteblumen und hängte es zurück. »Die sehen toll aus. Aber... Trägst du so was überhaupt? Und warum so viele?« Sie fuhr mit der Hand über die fließenden Stoffe in sämtlichen Farben.

»Ist wohl seine Leidenschaft. Keine Ahnung. Dieses war das Erste.« Elin zog das Kirschenkleid hervor. »Das hat er mir als Erstes geschenkt. Überrascht war ich schon. Aber mittlerweile mag ich die meisten ganz gerne. Wobei ich natürlich noch nicht alle getragen habe.«

»Krass. Hätte ich ihm irgendwie gar nicht zugetraut.« Hannah kam aus dem Staunen nicht mehr heraus. Elin hing das Kleid zurück in den Schrank.

»Komm, der Kaffee wird kalt.«

Sie gingen ins Erdgeschoss. »Naja, hier unten kennst du ja alles«, sagte Elin. »Das Wohnzimmer, Küche, Gäste-WC. In den Keller brauchen wir nicht zu gehen, da ist nichts besonderes.«

Sie füllte den zweiten Kaffeebecher und verteilte die Kuchenstücke auf zwei Teller.

»Das dritte Stück kannst du doch zurückstellen«, sagte Hannah. »Kann Christoph ja später essen.«

Elin hatte schon ein Messer in der Hand und schnitt es entzwei. »Wir teilen es uns. Er ist nicht so für Süßes.«

»Na dann, umso mehr für uns.«

Sie setzten sich an den großen Esstisch im Wohnzimmer. Hannah ließ ihren Blick schweifen

»Interessante Einrichtung. Ist mir schon beim Umzug flüchtig aufgefallen.«

»Ja, die Möbel sind ziemlich zusammengewürfelt. Einiges ist noch von seinen Eltern.«

Hannahs Augen blieben an den Fotos auf dem Sideboard haften. »Wer ist denn die blonde Schönheit? Man könnte meinen, das seiest du.« Sie stand auf und ging näher heran, um die Bilder zu betrachten.

»Das sind Fotos seiner Mutter.«

Hannah schaute ihre Freundin an. »Ernsthaft?«

»Ja.«

Hannah studierte nochmal die Bilder. Sie sah ernst aus.

»Elin, das ist echt unheimlich.«

Elin schluckte. »Was meinst du?«

»Sie sieht aus wie du. Seine Mutter. Oder du... siehst aus wie sie.«

Elin schwieg und legte die Kuchengabel ab.

»Sieh dich an, deine Frisur. Diese Kleider. Schau hier, das Kleid.« Sie nahm einen Bilderrahmen und drückte ihn Elin in die Hand. »Das ist das Kirschenkleid.«

Es war ein Schwarzweiß-Foto, aber das Muster war deutlich zu erkennen. *Evelin, 1959* stand in krakeliger Schrift unten rechts in der Ecke. Elin wurde übel. Sie ließ das Bild auf den Tisch fallen, als sei es ätzendes Gift.

»Elin, er will dich zu seiner Mutter machen.«

Kapitel 21

Das klang alles zu absurd, als dass es wahr sein konnte. Aber die äußere Ähnlichkeit mit seiner Mutter war verblüffend. Und vielleicht hatte Elin es bisher nicht wahrhaben wollen.

Hannah war gerade losgefahren und Elin studierte nacheinander nochmal alle Fotos, die auf dem Sideboard standen. Seitdem Christoph einmal so seltsam reagiert hatte, als sie eines der Bilder in die Hand genommen hatte, hatte sie sich nicht mehr getraut, diese anzufassen. Und ihr war sehr wohl bewusst, dass Christoph jeden Moment nach Hause kommen könnte. Doch was sollte er schon tun? Elin wohnte inzwischen hier. Mit ihm. In diesem Haus. Sie teilten alles miteinander. Also hatte sie auch das Recht, seine offen stehenden Fotos anzuschauen. Sie nahm eines der Bilder mit und stellte sich damit vor den Spiegel im Flur. Das Foto neben sich in der Hand, musterte sie die beiden Frauen im Spiegelbild. Es war erschreckend. Und ein ungutes Gefühl kroch in ihrem Bauch herum.

Charlie kam angetrabt und schlich um ihre Beine. Dann setzte er sich neben sie, blickte mit seinen großen, grünen Augen zu ihr hoch und maunzte.

Was tat sie hier? Was tat Christoph mit ihr? Was wollte er wirklich von ihr? Zu wem oder was wollte er sie machen? Das Schlimme war, was ihr jetzt erst bewusst wurde: Sie ließ es einfach zu.

Sie wehrte sich nicht einmal. Welch einfaches Spiel er mit ihr hatte. Eine leichte Beute war sie. Beute. Sie erinnerte sich an den Tag, an dem sie das erste Mal mit ihm gesprochen hatte. Im Morgengrauen hatte er ihr aufgelauert. Und es hatte ein mulmiges Gefühl in ihr ausgelöst. Er hatte sie verfolgt und beobachtet, wer weiß, wie lange schon. Und warum? Weil er sich wirklich in sie verliebt hatte? Oder weil er etwas in ihr sah, das sie nicht war und zu dem er sie machen wollte?

Die blonde Frau auf dem Foto lächelte. Eine ihrer geschwungenen Augenbrauen war hochgezogen, was ihr ein wenig Arroganz verlieh. Oder Skepsis. Als sei sie stets auf der Hut, immer etwas erhaben.

Sie schien zu Elin zu sprechen.

Liebst du Christoph denn wirklich? Oder liebst du es, geliebt zu werden? Du willst ihm gefallen. Begehrt zu werden, ist wundervoll, ich weiß es.

Elin musste zugeben, es war ein unglaublich gutes Gefühl zu spüren, dass jemand gern ihre Nähe suchte. Doch zu welchem Preis?

Das Schloss klackte. Charlie huschte um die Ecke und nahm die Treppe nach oben. Christoph stand eine Sekunde später in der Haustür. Er sah Elin verblüfft an. »Was machst du da?«

»Ich habe auf dich gewartet und den Wagen gerade kommen hören. Schön, dass du da bist.« Elin bemühte sich, zu lächeln. Sie ging auf ihn zu und hauchte ihm einen Kuss auf die Wange. Das Bild hinter ihrem Rücken. Ihr Herz hämmerte gegen ihre Brust.

Christoph zog sich irritiert die Schuhe aus. »Ich war doch gar nicht lange weg.«

»Trotzdem.«

»Hattet ihr einen schönen Nachmittag, du und Hannah?«

Christoph betrat das Gäste-WC und wusch sich ausgiebig die Hände.

»Ja. Du auch?« Elin nutzte den unbeobachteten Moment. Sie eilte ins Wohnzimmer und stellte das Foto wieder auf seinen Platz.

»Na ja, wie man ihn beim Putzen eben haben kann«, meinte Christoph.

Elin kam zurück. »Ja, stimmt. Na ja, dafür haben wir jetzt einen entspannten Abend vor uns, oder?«

»Du Elin, sei mir nicht böse, aber ich werde gleich runter gehen. Ich brauche etwas Ruhe.«

»Okay. Soll ich uns schon mal was kochen?«

»Nein... nein, ich habe unterwegs eine Kleinigkeit gegessen.«

»Ach so.« Elin war etwas geknickt. Das war neu. Sie aßen abends immer zusammen.

»Mir ist auch irgendwie nicht gut.« Christoph fasste sich an den Bauch. »Morgen wieder, ja?«

»Oh, okay«, sagte Elin und betrachtete die Haut an Christophs Händen, als er sich abtrocknete. Feuerrot und stellenweise aufgeplatzt. »Hoffentlich hast du dir nichts eingefangen.«

»Ich denke nicht. Wird nur eine kleine Verstimmung sein.«

»Dann ruh dich aus. Gute Besserung.«

»Danke, mein Schatz.« Christoph verschwand in den Keller.

Manchmal fragte Elin sich schon, was er da unten trieb. Er hatte im Obergeschoss auch ein Zimmer. Warum zog er sich nicht dorthin zurück? Wozu musste er sich so komplett abschotten? Und diese Heimlichtuerei war schon seltsam. Er hätte ihr doch seine Kellerräume auch einmal zeigen können. Schließlich wohnte sie hier. Vielleicht sah er sich dort heimlich Pornos an, dachte sie. Und wollte deswegen unbedingt ungestört sein.

Umso überraschter war Elin, als Christoph spät am Abend im Schlafzimmer erschien. Sie lag schon im Bett, bereit zum Schlafen und hatte nicht erwartet, ihn heute noch zu sehen.

»Schläfst du schon?«, flüsterte er.

Elin drehte sich langsam zu ihm um. »Was ist denn los?« Christoph schaltete seine Nachttischlampe an und Elin hatte Schwierigkeiten, ihre Augen zu öffnen.

»Ich habe vorhin endlich Lars erreicht.«

Elin setzte sich auf. »Echt? Und?«

»Es kann übernächste Woche losgehen.«

»Was? Das sind ja wundervolle Neuigkeiten!« Sie war plötzlich hellwach.

»Ja. Ihr könnt euch Montagabend bei ihm treffen. Dann kannst du dir schon mal alles ansehen und ihr könnt euch besprechen.«

»Danke danke danke! Mein erster Auftrag, endlich, yay.«

»So, und da du dich gerade so freust, habe ich gleich noch eine Überraschung für dich.«

»Okay?« Elin klemmte sich eine Strähne hinters Ohr und sah Christoph erwartungsvoll an.

»Ich habe uns übers Wochenende in Berlin ein Hotelzimmer gebucht.«

Elin zögerte. Sie wusste noch nicht, was sie davon halten sollte. »Habe ich meinen Geburtstag verpasst oder so was?«

»Nein, ist nichts Besonderes. Ich dachte, du... wir... brauchen etwas Entspannung, mal ein bisschen Abwechslung.«

Das klang verlockend. »Herrlich! Ich freue mich.« Elin konnte nicht anders und umarmte Christoph.

»Aber... was mache ich mit Charlie?«, überlegte sie. »Ich werde Hannah fragen.«

»Alles schon geregelt. Frau Mayer wird hier nach dem Rechten sehen und ihn auch füttern.«

»Ach, sagtest du nicht vorhin, sie sei krank?«, hakte Elin nach.

Christoph winkte ab. »Bis dahin wird sie wieder fit sein. Ist nur eine kleine Grippe oder so was.«

»Und dir scheint es auch wieder besser zu gehen?«

»Hm?«

»Dein Magen?«

»Ja, alles wieder bestens.«

Elin schmiegte sich in Christophs Arm. Das waren tolle Aussichten. Endlich ging es voran mit ihrem Auftrag. Zeit zu zweit mit Christoph, Abwechslung.

Würde er ein zweisames Wochenende mit ihr verbringen wollen, wenn er so etwas wie ein Psychopath war? Würde er sich die Mühe wirklich machen? Das konnte er auch einfacher haben. Elin beschloss, ihre Hirngespinste und Hannahs Worte erstmal ruhen zu lassen und sich auf eine tolle bevorstehende Woche zu freuen.

Kapitel 22

Das Treffen am Montag mit Lars verlief vielversprechend. Er hatte ein neues Lokal gepachtet und wollte es umgestalten lassen, von Elin. Sie verstanden sich auf Anhieb gut.

»Christoph hat mir schon einiges von dir erzählt«, sagte Lars mit einem Lächeln.

»Ach, hat er das? Er ist mir gegenüber gern verschwiegen. Und ich bin froh, endlich mal jemanden aus seinem Freundeskreis kennenzulernen.«

»Ja, nimm ihm das nicht übel. Für so was braucht er sehr lange. Schlechte Erfahrungen und so.«

»Haben wir die nicht alle? Die schlechten Erfahrungen, meine ich.«

»Ja, mag sein. Aber Christoph ist sensibler als man annehmen könnte. Gib ihm Zeit.«

Davon gab sie ihm wirklich schon viel. Und ihr wurde klar, wie wenig sie über seine vergangenen Beziehungen wusste. Nun musste man natürlich nicht alles bis ins Detail mit dem aktuellen Partner besprechen, aber ein paar prägende Punkte hätte sie schon gerne erfahren. Sie hätte gern mehr darüber gewusst, warum seine Beziehungen gescheitert waren und wie sie mit ihm umgehen musste. Warum er so war, wie er war. Mit seinen Eigenarten. Aber einen realen Menschen aus seinem Umfeld zu kennen, hatte etwas

Vertrauensvolles. Es beruhigte Elin. Und Lars schien ein bodenständiger Freund zu sein.

Die restliche Woche verlief zäh. Elin hatte anstrengende Kunden zu bedienen. Und Gundula blieb ihrer Vorliebe, kurzfristige Termine einzuwerfen, treu. Plötzlich gab es wieder mehr zu tun und Elin baute Überstunden auf. Christoph wunderte sich, warum sie später von der Arbeit kam. Es schürte sein Misstrauen. Er war oft schon vor ihr zuhause. Was sonst genau andersherum war. Umso mehr freute Elin sich, als endlich das ersehnte Wochenende in Berlin vor der Tür stand.

Aber Charlie schien den bevorstehenden Abschied zu spüren. Er war die Tage über sehr anhänglich gewesen. Sobald Elin sich setzte oder hinlegte, sprang er auf ihren Schoß und ließ sich ausgiebig kraulen. Wenn sie nach Hause kam, hielt sie ihm den Kopf entgegen und er leckte ein paar Mal über ihren Haaransatz. Das wurde zum Begrüßungsritual, auf das sie sich jeden Tag freute, wenn sie die Haustür öffnete.

Am Freitagnachmittag war es endlich soweit. Gut drei Stunden waren sie mit dem Auto unterwegs gewesen, bis sie in Berlin ankamen. Der Himmel war grau und hing schwer über den Dächern der Stadt. Als konnte er es kaum erwarten, seine Last an Regen loszuwerden. Aber Herbst war die ideale Jahreszeit für Städtereisen, fand Elin.

»Was machen wir Schönes?«, fragte sie, als Christoph den SUV in der Tiefgarage des Hotels einparkte.

»Du kannst es kaum erwarten, oder?« Christoph grinste. Sie stiegen aus.

»Na klar! Du hast gesagt, du erzählst es mir, wenn wir hier sind. Wofür sollte ich was Schickes zum Anziehen einpacken?«

»Also gut. Ich habe Karten für ein Musical morgen Abend. Tanz der Vampire.« Christoph lud die Koffer aus.

»Oh toll, das kenne ich noch gar nicht.«

»Ich finde es fantastisch. Habe es mir schon zweimal angesehen.«

Sie nahmen den Weg zum Aufzug. Elin fragte sich, mit wem er das Musical schon besucht hatte. Mit Ex-Freundinnen? Das hatte in ihren Augen einen seltsamen Beigeschmack. Solche Erlebnisse sollten exklusiv sein.

Als hätte er ihre Gedanken gelesen, sagte er: »Ich war mit meiner Mutter dort, als es noch in Stuttgart lief. Sie hat es geliebt.«

Mit seiner Mutter. Ob das nun besser war als die Ex-Freundinnen? Aber warum auch nicht. Es war völlig okay, wenn man ein enges Verhältnis zu seinen Eltern hatte. Nur weil es bei ihr selbst nicht der Fall war, gab es keinen Grund, es zu verurteilen. Die aufkeimenden Gedanken an Evelins Frisur und die Kleider wischte sie beiseite.

Die Dame an der Rezeption begrüßte die beiden freundlich.

»Guten Tag. Christoph Mangold, ich habe reserviert.«

Sie erledigten die Formalitäten, als Christoph auf einmal hektisch an seinen Jackentaschen tastete. »Ich bin gleich wieder da, Schatz. Habe was im Auto vergessen«, sagte er.

Elin nickte.

Während sie wartete, betrachtete sie das schlichte Foyer und hatte in ihrem Kopf lauter Ideen parat, wie sie es umgestalten würde.

»Frau Mangold, ich gebe Ihnen schon einmal den Schlüssel«, sagte die Dame an der Rezeption und holte sie aus ihren Überlegungen.

Frau Mangold. Es klang befremdlich in Elins Ohren. Und sie hatte das Namensschild *C+E Mangold* vor Augen. Aber sie sagte nichts und tat so, als hätte sie es überhört oder als hätte es der Wahrheit entsprochen.

Christoph kam kurz darauf zurück und gemeinsam ließen sie sich vom Aufzug hoch in den vierten Stock bringen. Und wie jedes Mal in einem Lift musste Elin sich ablenken von den Gedanken an einen Absturz. Was, wenn jetzt plötzlich alle Seile reißen und sie in den Tod hinab rauschen würden, zusammen in diesem Metallkasten? Zur Ablenkung küsste sie Christoph, der zwar zunächst irritiert, aber dann freudig überrascht reagierte. Er konnte es anschließend kaum erwarten, ins Zimmer zu kommen.

Wie viele Menschen in diesem Hotelbett wohl schon Sex hatten, dachte Elin, als sie wenig später rittlings auf Christoph saß und ihre Hüften bewegte. Es gefiel ihr, den Rhythmus vorzugeben. Auch wenn sie Schwierigkeiten hatte, ihren Kopf abzuschalten. Etwas in ihr sagte, sie sollte ihn wachsam halten. Es war eine gewisse Vorsicht, eine Skepsis, die sie Christoph beobachten ließ. Wenn auch nicht bewusst, aber bestimmt.

Sie stieg von ihm herunter und befriedigte ihn mit ihrem Mund. Sie waren gut eingespielt und sie wusste genau, wie sie ihm seinen Spaß verschaffte. Sie selbst war schon seit Wochen nicht mehr zu Höhepunkt gekommen.

Am Abend gingen sie in einem indischen Lokal essen. Die scharfen Speisen erwärmten das Innere nach dem kurzen Spaziergang an diesem kalten, windigen Oktobertag. Es war, als würde die neue Umgebung ihnen guttun. Fernab des Alltags und der gewohnten Wände. Christoph wirkte entspannt und zeigte sich so charmant wie am Anfang ihres Kennenlernens. Elin verspürte wieder ein Kribbeln im Bauch, als sie seine Lachfältchen um die Augen sah. Und ihr wurde klar, dass sie diese schon viel zu lange nicht gesehen hatte.

Dass er mit der hübschen Kellnerin flirtete, nahm sie zwar wahr, versuchte aber, es nicht an sich heranzulassen. Und alleine das zeigte ihr, dass sie auf eine gewisse Distanz gegangen war. Normalerweise hätte sie sich für den Rest des

Abends mit Selbstzweifeln geplagt oder Christoph ihren Unmut darüber deutlich spüren lassen. Doch sie versuchte, ruhig zu bleiben. Keine Gedanken an seine Launen, an Fotos oder an verschlossene Kellerräume. Dieses Wochenende sollte ihnen gehören und zeigen, wie viel von dem Paar wirklich geblieben war, das Elin in ihnen sah.

Nach Brandenburger Tor, Fernsehturm und einer Shopping-Runde machten sie sich am Samstagabend auf den Weg zum Theater des Westens. Die Sonne hatte sich die ganze Zeit nicht durchsetzen können. Stur und schwer hing die Wolkendecke über Berlin. Elin trug das schlichte schwarze Kleid, das sie zum ersten Date bei Christoph zuhause anhatte. Dazu Strumpfhose, Pumps und einen beigefarbenen Trenchcoat. Sie hatte zunächst eines der 50er Jahre Kleider eingepackt. Zehn Minuten vor Abreise hatte sie es aber wieder aus dem Koffer geholt und stattdessen das kleine Schwarze hineingelegt. Die Haare hatte sie locker hochgesteckt, ohne sie vorher glatt zu föhnen. Ein paar der lockigen blonden Strähnen umspielten ihren Hals und ihr Gesicht.

Sie betraten das imposante Foyer des Theaters, das einem Schloss glich. Roter Teppichboden, meterhohe Fenster, riesige Kronleuchter hingen von den gewölbten Decken. Sie betrachteten die Gemälde an den Treppen und blieben vor einem der überdimensionalen Spiegel stehen. Elin wurde klar, dass sie bisher nie gesehen hatte, welches Bild sie als Paar zusammen abgaben. Wie sie wirkten.

»Es gibt überhaupt kein Foto von uns«, sagte sie mit einem Anflug von Enttäuschung. »Wir kennen uns seit fünf Monaten und haben kein einziges Foto.« Sie griff nach ihrem Smartphone in der Handtasche und knipste kurzerhand drei oder vier Fotos. Von ihnen. Vor dem Spiegel.

Dann betrachtete sie die Bilder. Sie standen nebeneinander, die Körper einander leicht zugeneigt, ohne sich zu berühren, nett lächelnd. Sie hätten auch Kollegen sein können. Wie ein Paar wirkten sie nicht.

Christoph freute sich fast wie ein Kind auf Weihnachten, als es endlich losging. So glückselig hatte Elin ihn noch nie erlebt. Sie hingegen war froh, als endlich der Pausengong erklang. Sie fand das Stück furchtbar. Dabei konnte sie nicht sagen, was sie mehr nervte: Die willenlosen weiblichen Charaktere, einfach Objekte der Begierde, darunter Sarah, die naive Hauptdarstellerin oder die männlichen Figuren, die lüstern und getrieben mit ihrer Macht spielten. Als der Gong wieder ertönte, wäre Elin lieber mit ihrem Weinglas an der Bar geblieben. Sie schlenderte hinter Christoph her zu ihrem mit rotem Samt bezogenen Sitzplatz und erkannte, wie wenig gemeinsame Interessen sie hatten. Ob es wichtig war, wusste sie nicht. Wer wusste das schon. Gleiches zieht Gleiches an. Oder Gegensätze ziehen sich an. Was davon stimmte? Das konnte niemand ihr sagen. Erst recht nicht die dümmliche Sarah, die der erotischen Anziehungskraft des Vampirs verfiel. Was für ein klischeebesetztes Stück. Und wie altmodisch die Rollenverteilung.

Als das Licht im Saal anging, waren beide froh. Elin, weil es vorbei war und Christoph, weil er noch in dem gerade Erlebten schwelgte.

Als sie auf die Straße traten, dauerte es nicht lang, bis der Himmel seine Schwere nicht mehr tragen konnte. Er brach zusammen und ließ alles fallen, was er nicht mehr halten konnte. All die Tropfen, die er gespeichert hatte. Innerhalb von Sekunden waren Elin und Christoph komplett durchnässt. Die Menschenmassen, die mit ihnen das Theater verlassen hatten, rannten hektisch durcheinander, rissen Taxitüren auf, um sich ins warme Trockene zu begeben. Christoph und Elin suchten zunächst Unterschlupf an einem Geschäftseingang.

»Mist, kein Taxi mehr für uns«, sagte Christoph. Die Tropfen perlten von seiner Nase.

»Dann lass uns die U-Bahn nehmen.«

»Ich fahre doch keine U-Bahn.« Christoph sah empört aus. Als ob sie ihn gerade gebeten hätte, eigenhändig eine Kuh für ihre Kaffeemilch zu melken.

Elin lachte darüber. »Ach komm, stell dich nicht so an.« Sie hakte sich bei Christoph unter und zog ihn mit sich in den Regen.

»Der Himmel weint für dieses grotten-schlechte Stück, das ich mir eben ansehen musste«, brüllte sie und lachte laut. Ausgelassen wirbelte sie herum, breitete ihre Arme aus und hielt Christoph dabei an einer Hand. Irgendwann musste auch er lachen.

»Du bist ja komplett verrückt«, rief er laut, um gegen das Prasseln der Wassermassen anzu-kommen.

»Kann sein. Aber nicht mehr als du.«

Sie tanzten durch den Regen bis zur nächsten U-Bahn Station. So schnell ihre Füße sie trugen, trippelten sie Hand in Hand die Treppe hinab in den Untergrund. Außer Atem und vor Nässe trie-fend sahen sie nur noch die Schlusslichter einer Bahn, die gerade abgefahren war. Sie blieben allein zurück.

»Die Nächste kommt bestimmt gleich«, sagte Elin außer Atem und schlang die Arme um sich.

»Bestimmt.« Christoph machte plötzlich ein ernstes Gesicht und trat an sie heran. Ihr Puls hatte sich noch nicht beruhigt, ihr Brustkorb bewegte sich auf und ab. Christoph kam so nah, dass ihre Nasenspitze fast sein Brustbein berührte.

»Ich muss aussehen wie ein begossener Hund.« Elin lachte verlegen.

»Du siehst wunderschön aus.« Er wischte ihr die Tropfen aus dem Gesicht und ließ seine Hand an ihrer Wange ruhen.

»Ich liebe dich, Elin.«

Sie konnte nicht antworten, denn sie ahnte, es würde noch mehr kommen. Er holte etwas aus seiner Jackentasche, griff nach ihrer Hand und schob einen Ring auf ihren Finger.

Elin schluckte. Christoph schmunzelte.

»Eigentlich war es anders geplant, aber egal. Es passt gerade. Ich möchte, dass du meine Frau wirst... Elin, willst du mich heiraten?«

Er sah ihr tief in die Augen. Voller Erwartung, aber gleichzeitig, als wollte er sie hypnotisieren. Er hielt noch immer ihre Hand. Elin zog sie zurück.

Der Moment war zerstört. Hätte sie ihn heiraten wollen, hätte sie schon vor Sekunden ja gesagt und wäre ihm um den Hals gefallen. Das hätte sie gern getan. Ihm zuliebe. Und der Situation zuliebe. Aber sie wollte nicht. Es war eine Entscheidung fürs Leben und fühlte sich falsch an.

Ihre Kehle zog sich zu. Christophs Augen verdunkelten sich. Er ahnte, was sie dachte. Sie wandte den Blick ab. Passanten liefen vorbei. Hier standen sie unter der Erde, triefend nass bis auf die Knochen, der Zug war abgefahren und ein Weiterer wollte nicht kommen.

»Es... es tut mir leid. Christoph, ich... es ist einfach zu früh.«

Christoph krallte sich mit beiden Händen in seinem Haar fest und ging zwei Schritte zurück.

»Vielleicht hätten wir vorher darüber reden sollen.« Elin wusste nicht, ob er sie hörte.

Warum tat er so was? Ein Heiratsantrag aus heiterem Himmel. Sie hatte ihm doch nie gesagt, dass Heiraten für sie ein Thema war. Es hat Momente gegeben, in denen sie darüber nachgedacht hatte, ja. Aber dafür hätte sie weitaus mehr Zeit gebraucht. Und so, wie die Beziehung sich in den letzten Wochen entwickelt hatte, war es völlig absurd. Christoph war noch immer ein Rätsel für sie. Und sie wusste nicht, ob sie jemals in der Lage sein würde, es zu lösen. Und ob sie letztendlich mit der Lösung leben konnte.

»Ich war mir sicher, das mit uns ist echt«, murmelte er. »Und ich dachte, du siehst es auch so.« Sein Kiefer knirschte.

»Es *ist* echt, Christoph. Aber dafür brauchen wir doch noch keinen Vertrag.« Sie hatte *noch* gesagt, schneller als sie denken konnte. Das schien einen Schimmer von Hoffnung in ihm auszulösen. Er atmete einmal tief ein und durch den Mund wieder aus. Seine verengten Augen glitten über den Bahnsteig, auf dem sich inzwischen einige Leute hinzugesellt hatten.

»Okay«, sagte er, um innere Ruhe bemüht. »Alles gut.«

Die Bahn fuhr ein. Elin griff nach seiner Hand. Er ließ es zu, erwiderte ihren Blick aber nicht. Sie küsste ihn auf die Wange. Und sie stiegen ein.

Kapitel 23

Die Atmosphäre blieb den restlichen Abend so unterkühlt, wie Elin sich fühlte. Sie fröstelte, als sie von der Haltestelle zum Hotel liefen. Der Regen hatte aufgegeben. Sie bemühte sich, zu lächeln und Christoph spüren zu lassen, dass sie ihn liebte. Doch sein Ego war tief getroffen. Das konnte Elin ihm nicht verübeln. Und er ließ jeden Annäherungsversuch ihrerseits abblitzen. Warum nur fühlte sie sich für seine Laune verantwortlich?

Nach dem Frühstück am nächsten Morgen unternahmen sie eine Fahrt auf der Spree. Doch so richtig konnte keine Stimmung aufkommen. Wie gern hätte sie die Ausgelassenheit aus dem Regentanz wiederbelebt.

Während der dreistündigen Heimfahrt wechselten sie kaum ein Wort. Und Elin lehnte ihren Kopf zurück und stellte sich schlafend. Ein wenig war sie tatsächlich eingenickt, hatte sie in der Nacht kaum ein Auge zutun können. Sie schreckte auf, als Christoph den SUV in seine Auffahrt lenkte. Das durch den Bewegungsmelder ausgelöste Licht sprang an. Schweigend packten sie die Koffer aus und rollten sie zum Eingang. Christoph schloss die Tür auf. Elin trat ein und wartete darauf, von Charlie begrüßt zu werden. Sie machte zwitschernde Geräusche mit dem Mund, um ihn anzulocken.

»Charlie? Vermutlich ist er beleidigt, dass ich so lange weg war.«

»Vermutlich«, sagte Christoph matt.

Elin reckte die Nase. »Sag mal, riechst du das?« Christoph schnupperte. »Nein, was denn?«

»Haben wir irgendwas liegen lassen in der Küche? Ich seh mal nach. Es riecht so... Ich weiß auch nicht.« Der Geruch kam ihr bekannt vor. Sie wusste nur nicht, woher. Sie schaute sich in der Küche um. »Also hier ist es nicht.«

»Keine Ahnung. Vielleicht stinkt das Katzenklo.« Christoph schleppte die Koffer ins Obergeschoss. Elin folgte ihm.

»Charlie? Wo bist du denn, mein Kleiner? Wo hast du dich versteckt?« Elin betrat ihr Zimmer und sah das graue Fell auf dem Schlafsofa liegen. Aber ihr Kater rührte sich nicht. Auch nicht, als sie näher kam. Der Geruch wurde stärker. Jetzt wusste sie es. So hatte es gerochen, als ihr Kaninchen gestorben war. Damals war sie acht Jahre alt. Sie schlug sich die Hand vor den Mund.

»Alles in Ordnung?« Christoph stand auf einmal hinter ihr.

»Charlie ist tot!« Elin begann zu schluchzen.

Christoph nahm sie in den Arm. »Oh mein Gott, wie konnte das passieren?! Das... das tut mir leid, Schatz.«

Elin sagte eine Weile nichts, ließ ihren Tränen freien Lauf. Christoph strich ihr über den Rücken. Der arme Charlie. Sie war nur zweieinhalb Tage fort gewesen und er musste hier alleine sterben.

»Aber ich dachte, Frau Mayer war hier?«, sagte sie mit einem Vorwurf in der Stimme.

»War sie doch auch. Sie hätte mir gesagt, wenn etwas los gewesen wäre. Vielleicht war er krank.«

Elin befreite sich aus seiner Umarmung. »Charlie war nicht krank! Ich war erst vor zwei Wochen mit ihm zur Impfung beim Tierarzt. Es war alles in Ordnung.« Sie spürte eine Wut auf Christoph, auf seine Frau Mayer, auf das ganze beschissene Wochenende, das komplett in einer Farce geendet hatte.

»Warte kurz.« Christoph verschwand nach unten.

Elin öffnete das Fenster, den Geruch konnte sie nicht länger ertragen. Sie hockte sich neben ihren Kater auf den Boden und betrachtete ihn. Es tat ihr so leid, dass sie nicht da gewesen war. Dass sie ihn einer - für sie fremden - Frau anvertraut hatte.

Sie hörte Christoph die Treppe hochkommen. »Ich habe mit Frau Mayer gesprochen. Sie sagt, heute morgen war noch alles in Ordnung. Er hat sein Futter gefressen, wie immer.«

Elin sagte nichts. Etwas stimmte nicht, das spürte sie.

»Wollen wir ihn morgen im Garten begraben? Wir suchen ihm ein schönes Plätzchen.« Christophs Stimme klang sanft und bemüht. Elin war einverstanden. Und sie war überrascht von Christophs Einfühlungsvermögen.

Am nächsten Tag ging sie nach der Arbeit am Blumenladen vorbei. Sie suchte einen kleinen Lebensbaum aus, um ihn auf Charlies Grab zu pflanzen. Dazu ließ sie weiße und rote Rosen binden. Edel, so wie Charlie es war, innen wie außen. Als sie nach Hause kam, hatte Christoph schon alles vorbereitet und eine Grube ausgehoben. Elin wickelte ihren Kater in seine Lieblingsdecke und legte ein Spielzeug dazu. Sie wollte nicht mit ansehen, wie Christoph die Erde auf ihn schaufelte, ging ins Haus und holte aus dem Sideboard im Wohnzimmer eine Kerze. In der Küche suchte sie nach Streichhölzern. Sie öffnete auch den Schrank mit dem Katzenfutter und stutzte. Sie zählte die Futterpackungen. Und nochmal. Dann ging sie im Kopf die Tage der letzten Woche durch. Das konnte nicht wahr sein. Es fehlte kein Futter. Charlie hatte kein Futter bekommen, seit sie ihm am Freitag die letzte Portion gegeben hatte, bevor sie nach Berlin gefahren waren. Verhungert war er nicht. So schnell ging das nicht. Aber irgendetwas stimmte nicht.

Christoph kam herein. »Ist alles in Ordnung? Also ich hab... Ich bin fertig. Soll ich den Baum noch einpflanzen?«

Elin drehte sich langsam zu ihm um. »Charlie hat seit Freitag nichts zum Fressen bekommen!

Frau Mayer war nicht hier. Oder vielleicht doch und hat ihn vergiftet!«

»Elin, ich bitte dich. Meinst du nicht, dass du jetzt übertreibst? Du irrst dich sicher.«

»Hier!« Elin warf ihm die Futterpackungen vor die Füße. Er wich zurück. »Da sind noch acht Portionen drin. Es hätten aber nur fünf drin sein dürfen. Heute ist Montag. Ich wäre morgen wieder einkaufen gegangen für ihn. Alle vierzehn Tage kaufe ich ihm exakt eine Zwei-Wochen-Ration.«

»Elin, ich glaube, du bist überlastet... diese Situation... es ist alles viel für dich gerade. Da kann man durcheinander sein. Und um ehrlich zu sein, klingt es etwas paranoid. Warum sollte Frau Mayer ihn vergiften?«

»Sag du es mir.« Elin sah ihn durchdringend an.

»Ich kann es dir nicht sagen, Schatz. Ich weiß nur, dass ich Frau Mayer sehr schätze und ihr vertraue. Sonst würde ich ihr in meiner Abwesenheit nicht mein Haus überlassen. Komm her.« Er nahm Elin in den Arm und sie ließ ihre Tränen laufen.

Vielleicht hatte er recht. Vielleicht war sie nervlich überlastet und durcheinander. Vielleicht hatte sie sich beim Einkaufen verzählt. Wer wusste es schon.

Später saß sie noch eine Weile am Grab, dekorierte es mit Steinen und ließ dabei eine Kerze brennen.

Vier Monate warst du nur bei mir. Aber es fühlt sich so an, als wärst du schon immer da gewesen. Und dabei hast du mir vom ersten Tag an deine bedingungslose Zuneigung gezeigt. Du wundervolle, treue Seele.

Sie dachte an den Tag des Einzugs, als sie das erste Mal sein samtiges Fell berührt hatte. Sie lächelte, als sie sein Maunzen im Ohr hatte. Oder sein wohliges Schnurren, wenn er auf ihrem Bauch gelegen hatte. Es hatte Tage gegeben, da hatte sie sich mehr auf Charlie als auf Christoph gefreut, wenn sie nach Hause gekommen war. Vielleicht weil Charlie konstant gewesen war. Er hatte ihr Sicherheit gegeben. Er hatte sie auf immer die gleiche Weise begrüßt und sich scheinbar gefreut.

War es das, was man brauchte? War es das, was man in einem anderen suchte? Halt und Stabilität? Und wenn einem der andere dieses nicht gab, wurde die eigene Instabilität umso deutlicher. Wie fragil man zusammengesetzt war.

Elin fragte sich, ob Verlieben ein Entschluss war. Vermutlich nicht. Sie hatte das Gefühl, es passierte einfach und war nur ein Trick der Natur. Reine Fortpflanzung. Wie konnte es sonst sein, dass man sich zu Menschen hingezogen fühlte, bei denen man genau wusste, dass sie einem auf Dauer nicht guttun würden? War das bedingungslose Liebe? Oder war das Selbstverrat? Sie erschrak, als ihr eines plötzlich sehr klar wurde: Hätte es eine Wahl gegeben, hätte sie sich

nicht dazu entschlossen, sich in Christoph zu verlieben.

Kapitel 24

»Elin, Liebes, schön auch mal von dir zu hören.«

Elin verdrehte die Augen. Der vorwurfsvolle Unterton kam auch durch das Telefon sehr deutlich an. Ihre Mutter hätte sich ja auch mal melden können. Außerdem lebte sie nun seit fünf Monaten mit Christoph zusammen und bisher hatte ihre Mutter sich nicht zu einem Besuch durchringen können.

»Hallo, Mama. Wie geht's?«

»Ach, du weißt ja, die Gelenke. Aber Georg hat mir eine Salbe aus der Apotheke mitgebracht, sie bewirkt zwar keine Wunder, aber nun ja.«

»Hm.« Elin hatte sich erhofft, dass ihre Mutter sich auch nach ihrem Befinden erkundigen würde, aber Fehlanzeige.

»Wir werden in zwei Wochen in die Berge fahren. Vielleicht ist ein Klimawechsel auch mal ganz gut.«

Schön, dass sie eine Autofahrt von neun Stunden quer durch das Land in die Berge in Kauf nahm, aber sich nicht dazu bequemen konnte, dreißig Minuten zur eigenen Tochter zu fahren.

»Wie nett.«

»Ja, ich freue mich auch schon sehr.«

»Ich würde demnächst gern vorbei kommen. Wann passt es dir?«

»Also Moment, ich muss auf den Terminkalender schauen.«

Elin kannte das. Ihre Mutter tat immer so, als sei sie schwer beschäftigt, obwohl sie es nicht war. Von ihren Arztterminen, die sie sehr zelebrierte, einmal abgesehen. Es raschelte am anderen Ende.

»Also... da muss Georg zum Kardiologen, da habe ich Physiotherapie, dann muss ich zum Orthopäden... Nächste Woche sieht es schlecht aus. Ich will auch noch zu einem Heilpraktiker. Karin von nebenan hat mir einen empfohlen. Sie geht dort wegen ihrer Migräne hin. Ich habe nämlich ständig solche Kopfschmerzen und Doktor Vogel kann nichts feststellen.«

Elin schwieg und knetete bei geschlossenen Augen ihre Nasenwurzel.

»Ach, Moment, hier geht es. Übermorgen? Da muss Georg zwar mit dem Wagen in die Werkstatt, aber...«

»Mama, das macht nichts. Ich will dich besuchen, nicht Georg.« Und Elin war sehr froh darüber, nicht seine Anwesenheit ertragen zu müssen.

»Also gut, wie du meinst, Elin. Dein Ton gefällt mir zwar nicht, aber was soll ich tun?! Du hast lang genug Zeit gehabt, dich daran zu gewöhnen, dass Georg zu mir gehört.«

»Du sagst es, er gehört zu dir, nicht zu mir. Also Donnerstagnachmittag?«

Das Telefongespräch war nach einem knappen Abschied kurz darauf beendet.

Elin stieg aus dem Lieferwagen, welchen sie auf Lübecks Altstadtinsel in der Kanalstraße geparkt hatte. Obwohl die Herbstsonne das restliche Laub in Gold verwandelte, war die Luft recht frisch. Sie schloss ihren Mantel und zog das Halstuch bis zum Kinn. Zu Fuß legte sie den Weg hoch in die Königstraße zurück, wo sie noch etwas für Gundula erledigen musste. Anschließend machte sie sich mit einer Gartenschere bewaffnet auf den Weg zum Rosengang.

Schon längst wollte sie die verblühten Rosen vor dem Haus zurückgeschnitten haben. Heute passte es, da sie ohnehin in der Nähe war. Sie mochte ihr neues Hobby der Gartenpflege. Da Christoph zuhause leider alles einem Gärtner überlassen hatte, wollte sie sich hier ein wenig austoben. Er würde sich sicher darüber freuen.

Sie zog die Bio-Tonne hinter sich her und machte sich ans Werk. Die wunderschönen Rosen waren längst verblüht. Es tat ihr schon ein wenig leid, alles abzuschneiden. Aber sie wusste, nach einem guten Rückschnitt würde der Strauch im folgenden Jahr wieder in voller Pracht erblühen. Darüber hatte sie sich im Internet belesen.

Sie warf die ausgedienten Zweige direkt in die Tonne. Und obwohl sie mit den Dornen aufpasste, passierte es und sie stach sich in den Daumen.

»Mist!«

Sie warf einen Blick auf den dunkelroten Punkt an ihrem Daumen, der immer mehr anschwoll und schließlich zu Boden tropfte. Reflexartig steckte sie den Finger in den Mund. Mit der anderen Hand kramte sie in ihrer Tasche nach dem Schlüssel. Sicher gab es hier irgendwo Pflaster im Haus.

Doch als sie die Tür aufschloss, sah sie sich plötzlich einer fremden Frau im vorteilhaft geschnittenen Hosenanzug gegenüber. Ein Spitzen-Top blitzte aus dem Dekolleté hervor. Zwischen ihren perfekt manikürten Fingern ein Glas Wasser. Nein, es war Weißwein.

Elin zog den Daumen aus dem Mund. »Oh Verzeihung«, schoss es aus ihr heraus. »Ich wusste nicht, dass Gäste hier sind.«

In dem Moment schaute Christoph aus dem Bad, er trocknete seine Hände ab.

Elin brauchte einige Sekunden, um die Situation zu verstehen. Und er offenbar auch. Den Schock, der ihm zunächst im Gesicht stand, löschte er und formte mit den Lippen ein Lächeln. Das Handtuch ließ er im Bad verschwinden und kam auf sie zu.

»Elin, du hier?« Er klang, als bräuchte seine Kehle etwas zu trinken. Räuspernd blickte er zu der Frau.

»Das ist Vanessa, eine gute, alte Freundin aus Schulzeiten. Vanessa, das ist Elin.«

»Freut mich«, sagte die Frau. Aber sie log. Ihr Gesichtsausdruck sagte etwas anderes. Sie lächelte zwar, aber nicht freundlich, sondern überheblich.

Elin nickte nur. Vanessa war eine dieser Frauen, die sich ihres guten Aussehens sehr bewusst waren und jede andere weibliche Person im Raum blass aussehen ließen.

Das Blut tropfte auf den Boden.

»Du hast mir gar nichts von ihr erzählt«, sagte Elin. »Und ich dachte, du arbeitest um diese Zeit?!«

Vanessa warf ihre blonde Mähne nach hinten und lehnte sich mit verschränkten Armen an die Küchenplatte.

»Ich hab gerade Pause«, sagte Christoph. »Ich wusste bis heute Morgen auch nicht, dass Vanessa in der Stadt ist. Es hat sich spontan ergeben, dass ich ihr das Haus zum Übernachten angeboten habe.« Er blickte auf den Boden. »Warum blutest du? Und was machst du eigentlich hier?« Christoph holte ein Pflaster aus dem Bad.

»Ich habe den Kampf mit den Rosen aufgenommen.« Elin kam sich dämlich vor. Sie wusste, er dachte, sie hätte ihm nachspioniert. Und Vanessa hörte einfach nicht mit ihrem Dauerlächeln auf. Wahrscheinlich beruflich antrainiert. Sie sah aus wie eine toughe Geschäftsfrau in leitender Position.

»Aber warum das denn?« Christoph tupfte erst das Blut vom Daumen und klebte ihr dann ein Pflaster auf. Jetzt kam sie sich erst recht wie ein kleines Mädchen vor. Um nicht ganz dumm dazustehen, nahm sie ein Küchentuch und wischte die roten Flecken vom Boden. »Die Rosen mussten doch geschnitten werden.«

»Aber Elin, ich hatte doch schon gesagt, überlasse die Gartenarbeit den Profis. Du brauchst dir deine Hände nicht damit schmutzig zu machen.«

Elin hasste es, wenn er so mit ihr redete. Vor allem jetzt, vor dieser Vanessa, ließ es sie immer kleiner werden. Zu allem Überfluss meldete die sich nun zu Wort.

»Und außerdem war es den Rosen gegenüber auch nicht nett, so spät im Herbst. Der blutige Daumen ist da das kleinere Übel. Wenn ihr Pech habt, verfaulen die Triebe der Rose, weil sie sich irgendwelche Krankheiten eingefangen hat oder sie erfrieren. Der erste Frost kommt sicher bald. Und dann war's das mit der Rose. Bis die sich wieder erholt hat... Der richtige Zeitpunkt für den Rückschnitt einer Kletterrose ist im Frühjahr, wenn die Forsythien blühen.«

Elin hatte zwar etwas anderes gelesen, aber sie war nicht an einer Diskussion interessiert. Sie stand sowieso schon als Verliererin der Runde fest.

»Da hast du's«, sagte Christoph und warf Vanessa einen Blick zu, der für Elins Geschmack zu viel Bewunderung in sich trug. »Vanessa kennt sich aus. Sie hat wunderschöne Rosen. Überhaupt, ihr ganzer Garten ist ein Traum.«

»Ach, ist sie Gärtnerin?« Die Frage war nicht ernst gemeint. Natürlich sah die Business-Frau nicht aus wie eine Gärtnerin.

Vanessa lachte. »Oh, mein Gott, nein!«

»Aber eine wunderbare Hobby-Gärtnerin«, sagte Christoph.

Super. Wenn eine Vanessa sich ihre hübschen Nägelchen im Blumenbeet abbrach, war das für Herrn Mangold in Ordnung. Elin durfte einfach nur... ja, was durfte sie eigentlich? Hübsches Beiwerk sein, unterstützend, ohne eigene Meinung und Anspruch auf die Hauptrolle. So wie das Grünzeug und Schleierkraut, das zur Deko um Rosensträuße gebunden wurde.

Hier war gewaltig etwas faul, dachte Elin. Und zwar nicht die Rosentriebe.

Kapitel 25

»Elin, du hast was? Christoph macht dir einen Heiratsantrag und du lehnst ab? Also, wenn du mich fragst, ist das unverzeihlich.«

Thea konnte sich gar nicht wieder beruhigen.

»Es ging mir zu schnell.« Elin saß auf der Arbeitsfläche in der Küche ihrer Mutter und rührte im Kaffee.

»Aber Liebes, ich glaube, du bekommst kalte Füße. Christoph ist doch wirklich eine gute Partie. Also mir ist er sehr sympathisch. Schon gleich nach dem ersten Treffen habe ich zu Georg gesagt, diesen Mann muss Elin sich festhalten. Und auch letzte Woche hat er wieder den besten Eindruck gemacht.«

»Letzte Woche?«

»Ja, er war hier. Wollen wir uns nicht an den Tisch setzen?« Thea nahm schnell einen Schluck Kaffee und verschwand aus der Küche. Offenbar hatte sie sich verplappert.

»Warum war er hier?« Elin sprang von der Arbeitsplatte und folgte ihr. Sie setzten sich.

Ihre Mutter holte tief Luft, ehe sie etwas sagte. »Er macht sich Sorgen um dich. Und wenn ich mir dich so ansehe, kann ich es verstehen. Du siehst so blass aus.«

»Moment mal, warum macht er sich Sorgen um mich? Und warum rennt er dann zu dir, anstatt mit mir zu reden?«

»Er sagt, er kommt nicht an dich ran. Du hättest dich verändert, seist so verwirrt und vergesslich.« Thea legte eine Hand auf den Unterarm ihrer Tochter. »Liebes, du nimmst doch keine Drogen, oder?«

»Mama!«

»Naja, ich wundere mich eben.«

Elin erzählte ihrer Mutter von dem mysteriösen Keller, von seinen Launen, von der Frau gestern im Rosengang. »Warum trifft er sich heimlich mit ihr und erzählt mir nichts davon?«

»Ach Liebes, meinst du nicht, du siehst Gespenster? Glaub mir, perfekt ist niemand. Und denkst du, mit deinem Vater war es immer leicht?«

Elin hasste es, wenn ihre Mutter über ihren Vater redete. Denn sie ließ nie ein gutes Haar an ihm.

»Mit ihm war weiß Gott auch nicht immer Sonnenschein. Ist es mit Georg im Übrigen auch nicht.«

Elin blickte in ihre leere Kaffeetasse. Ihre Mutter verstand sie nicht oder wollte nicht verstehen.

»Das ist vermutlich nicht das, was du hören wolltest. Und es ist dein Leben. Du kannst tun, was du willst. Aber wundere dich nicht, wenn du irgendwann wieder allein da sitzt und niemanden mehr abbekommst.«

So war sie. Knallhart warf sie ihrer Tochter die Meinung um die Ohren. Aber ging es wirklich darum im Leben? Jemanden *abzubekommen*? War es das Ziel im Leben?

Als Elin im Bus nach Lübeck saß, fragte sie sich, was sie sich eigentlich von dem Treffen mit ihrer Mutter erhofft hatte. Vielleicht hatte sie sich ein echtes, offenes Ohr gewünscht. Und sie hatte sich die Erfahrung gewünscht, dass ihre Mutter hinter ihr stand, egal, was war. Sie wollte wissen, wie sich so etwas anfühlte. Zumindest einmal. Aber es blieb ihr versagt.

Er holt das Beste aus dir heraus, Liebes. Schau dich an, die Frisur steht dir wunderbar.

Warum nur war jeder in ihrem Umfeld so angetan von Christoph? Sie kannten ihn doch gar nicht richtig. Niemand sah, wie er wirklich war, hinter seiner charmanten Fassade. Nach außen stets der smarte Typ, der genau wusste, wie er Menschen für sich gewinnen konnte. Niemand kam ihm so nahe, wie Elin. Doch selbst für sie blieb ein unüberwindbarer Graben bestehen.

Sie zog ihr Handy aus der Tasche und lud sich verschiedene Immobilien-Apps herunter. Sie hatte genug davon, Schleierkraut zu sein. Sie wollte eine Rose sein. Eine Einzelne, stolz und elegant.

Der Wohnungsmarkt in Lübeck zeigte sich nicht berauschend. Dennoch war Elin guter Dinge, etwas Bezahlbares in passabler Lage zu finden. Es musste einfach klappen. Sie markierte sich ein paar interessante Angebote. Ihr halbes

Gehalt ließ nicht viel Spielraum. Und eigene Aufträge waren noch rar. Es war ihr zu unsicher, sich damit über Wasser zu halten. Aber notfalls würde sie sich noch einen Nebenjob suchen, dachte sie. Lieber das, als noch weiterhin in Christophs Käfig zu hocken und tagtäglich ihre Abhängigkeit zu spüren. Sie würde putzen oder kellnern. Oder gärtnern. Das wäre wunderbar. Denn eine Wohnung mit eigenem Garten konnte sie sich nicht leisten. Dann würde sie zumindest gern bei anderen Leuten in der Erde graben und sich ihre hübschen Hände dreckig machen.

Vielleicht konnte sie der Nachbarin ihre Hilfe anbieten, dachte sie, als sie an der Ligusterhecke vorbeiging. Christoph war noch nicht zuhause. Zumindest stand der SUV nicht in der Auffahrt. Dann hatte sie gleich Gelegenheit, bei einigen Wohnungsanbietern anzurufen.

Im Haus vergewisserte sie sich noch einmal, dass er wirklich nicht da war und rief ein paar Mal seinen Namen. Ein kleines schlechtes Gewissen meldete sich von irgendwo. Aber sie plante, es ihm erst zu sagen, wenn es spruchreif war. Zunächst wollte sie für sich selbst testen, wie es sich anfühlte, ernsthaft nach einer Wohnung zu suchen. Sie wollte sich nicht trennen, nur räumlich. Und dann sehen, was die Zukunft brachte. Vielleicht konnten sie sich dann auf einer anderen Ebene wieder neu begegnen. Aber so, wie es war, ging es für Elin nicht weiter.

Sie hatte sich mit Stift und Papier an ihren Schreibtisch gesetzt und war kurz davor, die erste Nummer zu wählen. Da klingelte es an der Tür. Elin schreckte zusammen. Dieses Geräusch erklang hier so selten, dass sie es noch nicht verinnerlicht hatte. Wer konnte das sein? Hatte Christoph seinen Schlüssel vergessen? Nein, er vergaß nie etwas. Und vermutlich hätte er sie erst angerufen.

Elin ging ins Erdgeschoss und öffnete die Tür.

»Simon?«

Er sah sie irritiert an. »Elli, bist du es?«

»Klar, wer sonst?! Sag mal, geht es dir gut?«

»Deine Haare...«

Elin klemmte sich eine Strähne hinters Ohr. Er hatte sie mit der neuen Frisur noch nicht gesehen.

»Komm doch rein. Was führt dich zu mir?«

»Hier.« Er hielt ihr eine Sonnenbrille entgegen. »Hast du vergessen, als du bei mir warst. Und ich war gerade in der Nähe. Wollte mal sehen, wie du so lebst... Du lädst mich ja nicht ein.« Er grinste.

»Ach, du hattest meine Sonnenbrille. Hättest du sie mir nicht früher bringen können?« Sie lachte. »Also erstens dachte ich, es interessiert dich nicht, wo ich abgeblieben bin und zweitens will ich mir mit Jessi keinen Ärger einfangen. Deswegen habe ich dich nie eingeladen.«

»Klar interessiert es mich, was meine ehemalige Kommilitonin so treibt. Ich habe doch jahrelang Küche und Bad mit dir geteilt. Und Jessi wird es verkraften. Außerdem bekommt sie es ja nicht mit.«

Elin hob die Augenbrauen. »Oh, ganz neue Töne. Wie läuft's?«

»Ganz okay. Und bei euch so? War das seine Idee?« Simon bedeutete mit einer Geste, dass er ihre Frisur meinte.

»Ja... ich werde es aber wieder braun färben. Rauswachsen lassen dauert zu lange. Das Blond... das bin ich nicht. Und der Schnitt, na ja, macht mich irgendwie älter, finde ich.«

»Ganz deiner Meinung.«

»Echt?« Elin war erstaunt. Endlich jemand, der nicht alles toll fand, was Christoph sagte und tat. Obwohl sie es bei Simon auch nicht erwartet hatte. Sie hatte das Gefühl, dass er noch nie ganz begeistert von ihm gewesen war.

»Ja. Ich vermisse deine lustigen Locken. Die alte Elin gefiel mir besser. Also nicht die alte, die frühere meine ich.«

Elin lächelte. »Möchtest du etwas trinken?«

»Also ich will dich gar nicht lange aufhalten...«

»Ach, jetzt, wo du schon mal hier bist... Einen Ingwertee?«

»Sehr gern, wenn du einen da hast?«

Elin öffnete den Küchenschrank. »Japp... aber vergib mir, ich habe nur Ingwertee aus dem Beutel, keinen frischen.« Sie hielt die Teepackung hoch.

»Es sei dir verziehen.«

»Und sorry, keine Zitrone da.« Sie befüllte den Wasserkocher.

»Elin, ich bin enttäuscht. Du lässt nach.« Er meinte es im Spaß, das wusste sie. Es fühlte sich vertraut an mit ihm. Wie früher, so als säßen sie gerade in der WG-Küche und erzählten sich vom Tag. Als hätte es keine Funkstille gegeben.

»Schön habt ihr es hier«, meinte Simon und sah sich um. »So schön ruhig. Um nicht zu sagen spießig.«

Elin kannte ihn gut und verstand. Er wollte damit sagen, es passte nicht zu ihr.

Sie goss das sprudelnde Wasser über die Teebeutel. Vielleicht sollte sie sich wieder angewöhnen, mehr Ingwertee zu trinken. Um Gifte auszuschwemmen. Auf ihrer Seele hatten sich zu viele davon abgelagert.

Da hörte sie die Haustür ins Schloss fallen. Sie stellte den Wasserkocher zurück. Mist. Christoph kam nach Hause. Simon sah sie an. Elin versuchte, sich nichts anmerken zu lassen und ließ den Teebeutel in ihrem Becher hin- und her schwenken. Sie fühlte sich ertappt, obwohl es keinen Grund dafür gab. Aber sie wusste, dass Christoph nicht erfreut auf Simons Anwesenheit reagieren würde. Dass er sich am Vortag mit seiner alten Schulfreundin getroffen hatte, würde ihn in diesem Zusammenhang nicht interessieren.

Christophs Schritte näherten sich und wenige Augenblicke später stand er auf der Schwelle zur Küche.

»Oh, eine Teeparty. Störe ich?« Er hatte glasige Augen.

Kapitel 26

»Christoph, hallo.« Elin stellte ihren Teebecher ab und ging auf ihn zu. Sie drückte ihm einen Kuss auf den Mund, obwohl ihr überhaupt nicht danach war. Aber sie hoffte, ihn damit besänftigen zu können. Während ihre Lippen seine berührten, nahm sie seinen Atem wahr. Sie trat einen Schritt zurück. Er hatte Alkohol getrunken. Vermutlich wieder Weißwein mit Vanessa, dachte Elin. Christoph hatte seinen abfälligen Blick auf Simon fixiert.

Simon bemühte sich, locker zu klingen, als er ihn begrüßte. Aber alle im Raum wussten, dass nichts die Situation entspannen konnte.

Christoph erwiderte nichts, aber sein Auftreten und sein starrer Blick machten deutlich, dass er Simon am liebsten mit eigenen Händen aus dem Haus geworfen hätte.

»Ja... Ich glaube, ich gehe dann mal«, sagte Simon.

»Aber dein Tee...« Elin wollte nicht, dass er ging.

»Trink du ihn. Ist gut für die Abwehr.« Simon warf Christoph noch einen kurzen Blick zu, als er an ihm vorbei ging.

Elin folgte ihm. »Ich bringe dich zur Tür.«

Christoph bewegte sich nicht und blickte finster drein.

Oh Gott, wie sehr sie sich wünschte, Simon würde bleiben. Sie hatte das ungute Gefühl, dass gleich etwas passieren würde. Sie wollte nicht mit Christoph allein sein. Sie hatte es in seinem Blick gesehen. Seine Augen waren dunkel wie immer, wenn er unberechenbar wurde. Simon nahm ihr stilles Flehen wahr. Er machte ein Handzeichen, dass sie anrufen sollte. Dann strich er kurz mit einer Hand über ihren Oberarm, ehe er die Tür hinter sich zu zog.

Mit verschränkten Armen bog Elin ab zur Treppe. Sie wollte schnell nach oben flüchten und Christoph aus dem Weg gehen. Doch der wurde dadurch aus seiner Starre erweckt und kam mit wenigen großen Schritten auf sie zu und packte sie am Arm. »Wohin so schnell, Prinzessin?«

»Ich... ich bin müde. Es war ein langer Tag. Ich war erst noch bei meiner Mutter vorhin und...«

»Ich weiß. Und dann dachtest du, bevor dein Mann nach Hause kommt, triffst du dich nochmal mit deinem... ja, wie soll ich ihn nennen? Mitbewohner ist er ja leider nicht mehr. Dein Freund?«

»Christoph, du weißt doch...«

Sein Griff wurde fester. »Hat die Prinzessin vergessen, welchem Prinzen sie versprochen ist?«

Elin versuchte, ihren Arm aus seiner Umklammerung zu hebeln. »Lass mich! Du tust mir weh!«

»Gut so. Es wird dir gleich noch mehr wehtun. Ich glaube, ich muss dich daran erinnern, wo du hingehörst!«

Elin riss sich los und rannte nach oben, zwei Stufen auf einmal nehmend. Sie hastete in ihr Zimmer, warf die Tür zu und drehte gerade noch den Schlüssel um, bevor Christoph den Türgriff herunterdrücken konnte.

»Wie süß. Sie schließt sich ein. Wie lange willst du denn da drinnen bleiben?« Sie hörte, wie er keuchte.

»Bis du wieder nüchtern bist.«

»Ach komm, willst du mir etwa Vorschriften machen? Ich kann Wein trinken mit wem und wann ich will.«

Elin schwieg.

»Sei nicht so langweilig. Lass und zusammen noch ein Gläschen trinken. Komm, mach auf.«

Sie sagte nichts. Hoffte nur, er würde bald von der Tür abrücken. Denn in diesem Moment fiel ihr ein, dass ihr Handy noch unten in der Küche lag. Sie war hier oben vollkommen hilflos.

Christoph rüttelte an der Tür. Elin starrte auf den wackelnden Schlüsselanhänger im Schloss. Dann schlug er zwölfmal mit voller Wucht gegen das Holz. Elin hielt sich die Ohren zu und betete, dass er die Tür nicht gleich eintreten würde. Dann war es ruhig. Elin horchte und wagte kaum, zu atmen. Sie schlich zur Tür und spähte durch das Schlüsselloch. Er hatte sich entfernt.

Sie schloss die Augen und schlagartig wurde ihr klar, in welchem Albtraum sie sich gerade befand. Die Angst schlug ihr bis zum Hals. Sie hoffte inständig, dass er bald einschlafen und sich im nüchternen Zustand wieder beruhigen würde. Seinen Jähzorn hatte sie schon erlebt, aber dieser Wutanfall setzte noch einen drauf.

Die Zeit verging. Draußen wurde es dunkel. Elin wagte nicht, das Licht einzuschalten. Sie wollte unsichtbar sein und hockte deshalb auf dem Boden. Durch das Fenster beobachtete sie die leeren Zweige der großen Eiche, die bei jedem Windzug auf und ab wippten. Der Himmel war schwarz und sternenlos.

Es mussten ein oder zwei Stunden vergangen sein. Dann hörte sie die Treppe knarzen. Christoph war also unten gewesen und hatte vermutlich nicht geschlafen. Oder vielleicht doch. Ein Nickerchen auf dem Sofa.

Plötzlich ein vorsichtiges Klopfen. Elin schrak zusammen. Nochmal.

»Elin, Schatz... Es tut mir leid.« Seine Stimme klang sanft. »Wirklich... Bitte mach auf.«

Konnte sie ihm trauen? Andererseits: wie lange wollte sie hier drinnen bleiben? Bis morgen, bis er zur Arbeit fuhr? Und ihre Blase sollte sie demnächst in den Mülleimer entleeren? Absurd.

»Elin, komm. Lass uns ins Bett gehen. Ich weiß nicht, was mit mir los war. Simon ist wie ein rotes Tuch für mich. Ich weiß auch nicht... Ich hab einfach Angst, dich zu verlieren.«

Das hast du aber bald geschafft, dachte Elin.

»Bitte.«

Elin bewegte ihre Hand hoch zum Schlüssel, hielt inne, drehte ihn dann um. Sie öffnete langsam die Tür einen Spalt. Christoph schob sie weiter auf und trat ins Zimmer. Elin sah zu ihm hinauf und stellte fest, dass er ihr Handy in der Hand hielt.

»Hier. Solltest du vielleicht besser bei dir tragen«, sagte er.

Sie nahm es entgegen und richtete sich auf, Christoph unterstützte sie dabei. Als sie vor ihm stand, legte er seinen Finger unter ihr Kinn und sie sahen sich eine Weile an. Sein Ausdruck war noch ernst, aber nicht mehr so kalt.

»Ich muss mal eben...« Elin blickte rüber zum Bad und Christoph trat einen Schritt zur Seite, um sie durchzulassen. Als sie fertig war, saß Christoph gegenüber im Schlafzimmer mit dem Rücken angelehnt im Bett, die Arme hinter dem Kopf verschränkt. Er beobachtete sie, als sie sich auszog und in ihr Nachthemd schlüpfte. Mit dem Rücken zu ihm.

»Sag mal, warum suchst du eigentlich nach einer Wohnung?« Christophs Stimme war ruhig.

Elin spürte Übelkeit in sich hochkriechen. Er hatte in ihrem Handy spioniert.

»Was hast du an meinem Handy zu suchen?«

»Du willst den Spieß also umdrehen? Elin, stell dich nicht so an. Ich will wissen, was meine Frau so hinter meinem Rücken treibt. Ist mein gutes Recht. Ich hatte so ein komisches Gefühl. Und siehe da, ich bin fündig geworden. Also? Was willst du mir dazu sagen?«

»Ach... ich wollte nur mal gucken. Weißt du, ich glaube, es wäre vielleicht besser, wenn...«

»Es wäre besser, wenn du dich in Ruhe mit deinem Simon treffen kannst?« Er wurde lauter.

»Nein. Das hat doch mit ihm gar nichts zu tun.«

»Warum ziehst du nicht gleich wieder zu ihm? Ach, Verzeihung, da ist ja diese süße Latina. Deine Rivalin Jessi. Deswegen brauchst du eine Wohnung für eure schmutzigen Treffen.«

»Christoph, was soll das?«

»*Christoph, was soll das??*« Er schlug die Bettdecke zurück, sprang auf und war mit einem Satz neben ihr.

»Elin, willst du mich verarschen?«

»Nein, hör mal, ich...«

»Nein! Du hörst jetzt mal! Du hörst auf, mir Märchen zu erzählen. Und du passt jetzt mal genau auf. Ich werde dir zeigen, wohin du gehörst, du kleines Flittchen.«

Er warf sie mit einer Bewegung bäuchlings aufs Bett, hielt ihre Handgelenke fest hinter ihrem Rücken. Riss ihren Slip runter und drückte ihren Oberkörper in die Matratze. Elin schrie auf, als er in sie eindrang. Der Schmerz zerriss sie innerlich.

»Ja, schrei nur! Es gefällt dir doch. Ich weiß es. Ohh, ich liebe es, wenn du vor Lust schreist.«

»Hör auf!« Tränen liefen über ihr Gesicht.

»Ich höre auf, wenn ich es will. Du gehörst mir, schon vergessen?«

Elin wimmerte, unfähig sich zu bewegen. Sie krallte ihre Zähne ins Bettlaken und hoffte, es möge schnell vorbei sein.

»Weißt du, was das Fiese an dir ist?« Christoph keuchte zwischen seinen Worten. »Du bist süß... so süß wie Zucker. Und Zucker... ist Gift.«

Sein Griff an ihren Handgelenken verstärkte sich. Elin wusste nicht, was mehr schmerzte. Ihre abgedrückten, auf unnatürliche Weise verdrehten Hände oder ihr Unterleib, der jeden Moment zu zerreißen drohte. Sie hörte an seinem Stöhnen, dass er gleich soweit war. Ein paar Sekunden. Gleich. Jetzt. Er stieß noch einmal heftig zu und ließ sich auf sie fallen. Sie bekam kaum noch Luft unter seinem Gewicht. Sie spürte seinen verschwitzten Oberkörper an ihrem Rücken und es widerte sie an. Als er sich zurückzog, wurde es warm zwischen ihren Schenkeln. Er hatte kein Kondom benutzt!

Elin war verwirrt, als er sie so liegen ließ und ins Bad ging, um minutenlang seine Hände zu waschen. Sie war zu benommen, um realisieren zu können, was eben passiert war. Sie wälzte sich auf die Seite und zog die Knie an. Ihr Bauch krampfte und sie weinte still. Er nahm es nicht wahr, als er zurückkam. Er tat einfach so, als wäre alles in Ordnung.

»Du hast nicht mal ein Kondom benutzt«, war alles, was Elin sagen konnte.

»Ach Schatz, im Eifer des Gefechts. Ich war so heiß auf dich. Es passiert schon nichts. Und wenn schon, ein Baby für uns wäre doch perfekt.« Er beugte sich zu ihr rüber und küsste ihre Schläfe. »Ich liebe dich«, flüsterte er in ihr Ohr, wandte sich ab und schlief ein.

Kapitel 27

Elin hatte sich am nächsten Tag bei Gundula krank gemeldet. Noch nie war ihr die Reaktion ihrer Chefin so egal gewesen. Ihre Kraft brauchte sie für anderes. Sobald Christoph das Haus verlassen hatte, stieg sie aus dem Bett und telefonierte die Wohnungsanzeigen ab, die sie markiert hatte. Doch der Erfolg blieb aus. Ihr Beruf war nicht genehm. Zu kreativ, zu unsicher, nicht konservativ genug.

Ach, Sie klingen ja so jung?! Wir wünschen uns aber ruhige Mieter ab fünfzig.

In den meisten Fällen wurde ihr deutlich gemacht, dass verheiratete Paare bevorzugt wurden. Mit jedem Anruf schwand die Hoffnung ein Stück mehr.

Elin saß an ihrem dunklen Schreibtisch, der nicht ihr gehörte und blickte aus dem Fenster in den Garten. Die leere Eiche winkte ihr zu. Sie hatte zugesehen, als Elin sich gestern hier eingesperrt hatte, aus Angst vor dem Mann, mit dem sie zusammenlebte. Der Mann, den sie liebte, hatte sie vergewaltigt. Sie zuckte zusammen bei dem Gedanken. Vergewaltigung. War es eine gewesen? Hatte sie sich dafür ausreichend gewehrt? Sie hatte sich doch gar nicht wehren können. Er hatte sie fest im Griff gehabt. Vergewaltigung. Ihr wurde schlecht. Ekel stieg in ihr auf und verstopfte ihren Hals. Sie konnte nicht mehr schlucken. Sie *wollte* nichts mehr schlucken. Damit war jetzt Schluss. Sie ließ ihren Kopf auf die Tischplatte sinken und wurde von heftigen Weinkrämpfen geschüttelt. Tief aus ihrem Innern kamen ganze Sturzbäche, dass sie sich fast übergeben musste. Mit voller Wucht schlug sie ihre Faust auf das Kirschholz. Nochmal und nochmal. Ihre Hand schmerzte. Doch nicht so sehr wie ihre Seele. Es tat gut. Es lenkte ab von dem inneren Schmerz, den sie nicht mehr ertragen konnte. Der in ihr anschwoll mit einem Druck, als sei ihr Körper kurz vorm Explodieren. Sie schlug nochmal zu. Wie konnte er ihr sowas antun? Und nochmal. Wie konnte sie es sich selbst antun? Warum hatte sie es soweit kommen lassen? Sie krallte ihre Finger in ihr Gesicht. Der Schmerz bohrte sich weiter. Und weiter. So gut.

Sie sprang auf, ging vor und zurück, dann im Kreis wie ein Tiger im Käfig. Schlug mit der Faust gegen die Wand. Sie war schon ganz rot und geschwollen. Aber es tat so gut.

Schwer atmend griff sie nach dem Handy. Ihre Finger flogen zitternd über das Display und suchten in den gespeicherten Nummern. Ein Freizeichen. Zu viele Freizeichen. Hannah ging nicht ran. Sie versuchte es bei Simon. Auch er ließ ihren Anruf ins Leere gehen. Natürlich. Er arbeitete um diese Zeit. Sie überflog ihre Anrufliste. Der Finger stoppte bei *Mama*. Kurz überlegte sie, ihre Mutter anzurufen, doch legte das Handy stattdessen weg.

Sie schluchzte. So viele ungeweinte Tränen nutzten die Chance und suchten sich den Weg ins Freie. Sie konnte nicht mehr denken, nicht mehr fühlen. Ihr Innerstes kehrte sich nach außen. Und sie konnte nichts dagegen tun. Es geschah einfach.

Nach einer Weile, als sie sich wie ausgedörrt fühlte, ihre Hand schmerzte und ihr Kopf, wurde sie ruhiger. Ihr Körper fühlte sich elendig an, aber es tat gut. Es beruhigte sie.

Sie schaute auf ihrem Handy nach, ob sich schon jemand zurückgemeldet hatte. Aber das Display blieb leer und zeigte nur ihr Hintergrundbild von Charlie.

Elin öffnete die Facebook App, klickte auf Christophs Profil und ging seine Freundesliste durch, auf der Suche nach dieser Vanessa. Sie musste hier sein, dachte Elin. Es sollte ihr egal sein, war es aber nicht. Sie hatte das Gefühl, dass Christoph sie hinterging. Es war etwas zwischen Christoph und dieser Frau, das sie nicht greifen konnte, aber deutlich im Rosengang gespürt hatte.

Da! Da war sie. Nannte sich *Van Ni*. Ein Teil des Profils war für die Öffentlichkeit gesperrt, aber einige Fotos waren zu sehen. Natürlich waren es bearbeitete Fotos, die ihre Gesichtszüge perfekt zur Geltung brachten und darauf abzielten, möglichst viele Likes zu erhaschen. Was ihr selbstverständlich gelang. Unter den Bildern unzählige Kommentare von verschiedenen Männern. Und Elin überlegte, ob Vanessa wirklich eine ernstzunehmende Geschäftsfrau war, wie sie zunächst vermutet hatte. Denn auf einigen Fotos zeigte sie sich sehr freizügig im Bikini, im knappen Minirock, mit tiefem Dekolleté. Ihr Geschäft war vermutlich sexueller Natur.

Und dann fand Elin, wonach sie suchte. Ihr wurde ganz flau im Magen, als sie die Kommentare von Christoph unter Vanessas Fotos las: *Du heiße Schnecke.* Oder: *Ich freue mich schon auf dich.* Unter einem weiteren Bild stand: *Du wunderschöne Prinzessin.*

Allesamt mit Datum aus diesem Jahr. Auch von der Zeit, als Elin schon bei ihm eingezogen war. Eines hatte er sogar an dem Wochenende, an dem sie in Berlin gewesen waren, kommentiert. Christoph hatte ihr einen Heiratsantrag gemacht und nebenbei Vanessas offenherzige Fotos bewundert. Elin wusste nicht, ob sie wütend oder traurig sein sollte. Sie zwang sich dazu, nicht weiter zu spionieren. Es hatte keinen Zweck mehr.

Dann klingelte es an der Tür. Elin lief noch kurz ins Bad, um sich kaltes Wasser ins Gesicht zu werfen. Doch es änderte nichts an ihren verquollenen Augen. Sicher stand Hannah vor der Tür. Oder Simon. Aber ob er sich nach der gestrigen Aktion noch hierher traute?

Elin öffnete die Haustür und eine hübsche, junge Frau lächelte sie an. Unter ihrem offenen Mantel zeichnete sich deutlich eine Wölbung des

Bauches an der sonst schlanken Gestalt ab. »Hallo, ist Christoph da?«

War das etwa auch eine Affäre von ihm? Er hatte anscheinend eine Vorliebe für blonde Frauen. Und diese hier hatte er geschwängert.

Als Elin nicht antwortete, sagte die Frau: »Entschuldigung, ich sollte mich vorstellen. Ich bin Tanja, seine Schwester.«

Schwester? Er hatte keine Schwester. »Ähm, nein, er ist bei der Arbeit. Kann ich ihm etwas ausrichten?«

Die Frau machte ein enttäuschtes Gesicht und sah sich vor der Tür um, als suchte sie nach Worten. Und als hoffte sie, keiner der Nachbarn würde sie beobachten. Es war ihr sichtlich unangenehm, dort zu stehen. »Nun ja, es geht um unsere Mutter...«, sagte sie schließlich.

Diese Frau machte einen vertrauenserweckenden Eindruck. Und Elin glaubte, interessante Dinge von ihr erfahren zu können. »Möchtest du reinkommen? Hier drinnen ist es wärmer. Wir können auch bei einer Tasse Kaffee auf Christoph warten.«

»Ja, gerne.« Ihr Gesicht erhellte sich. »Ich nehme aber lieber Tee.« Sie strich sich über den Bauch.

»Klar, Tee ist auch da.« Elin wich zurück und ließ Tanja eintreten. »Ich bin übrigens Elin.«

Tanja lächelte. Im Flur blieb sie stehen und ließ den Raum auf sich wirken. »Ich war schon so lange nicht mehr hier«, sagte sie fast andächtig und betrat dann das Wohnzimmer.

»Wohnst du hier mit ihm?«, fragte sie.

Elin nickte. Es entsprach der Wahrheit, was sich aber bald ändern würde.

»Kennt ihr euch schon lange? Also er hat mir nie von dir erzählt.« Sie ließ den Blick durch den Raum schweifen. »Wobei wir auch schon seit Jahren nicht miteinander gesprochen haben.«

»Nein, wir kennen uns noch nicht so lange«, sagte Elin. »Ein halbes Jahr etwa. Mir hat er aber auch nie von dir erzählt. Besser gesagt, hat er sogar behauptet, gar keine Schwester zu haben.«

Tanja schnaubte verächtlich. »Das sieht ihm ähnlich. Typische Verdrängungstaktik. Was er nicht sieht, existiert für ihn nicht.«

Elin hätte gern nachgefragt, was dahinter steckte, wollte aber nicht indiskret wirken. Sie ging in die Küche, um Wasser aufzusetzen. »Welcher Tee darf es sein? Es gibt Ingwer, Pfefferminz, Erdbeer, Fenchel...«

»Erdbeer klingt gut«, rief Tanja aus dem Wohnzimmer.

Während Elin auf das Wasser wartete, spähte sie durch die Tür. Christophs vermeintliche Schwester stand am Sideboard und betrachtete die Fotos. Von ihr stand kein Bild dort.

Elin platzierte zwei dampfende Teebecher auf den großen Esstisch. »Bitte, setz dich doch, Tanja.«

»Oh ja, danke. Es muss seltsam für dich sein. Hier taucht eine fremde Frau auf, die behauptet eine Schwester deines Lebensgefährten zu sein.«

»Ja, das ist es. Ich bin etwas irritiert. Aber so ist das Leben. Immer was Neues. Es wird nicht langweilig.«

Tanja lächelte schief. »Ja, wohl wahr.«

Sie trug dieses würdevolle Strahlen in sich, wie nur Schwangere es hatten, stolz und anmutig. Elin suchte nach Ähnlichkeiten zu Christoph in ihrem Gesicht.

»Dann wunderst du dich auch sicher, was die nicht existierende Schwester hier will. Also der Grund, warum Christoph mich leugnet, ist wohl der, da ich mich für zwei Jahre zurück gezogen habe. Ich brauchte Abstand von der Familie, um zu mir zu finden. Es ist so vieles passiert... Und ich konnte es nur verarbeiten ohne Kontakt. War vielleicht nicht die feine Art, das mag sein. Aber nur so konnte ich über alles hinweg kommen und damit abschließen.«

»Das ist dein gutes Recht. Manchmal hilft nur Abstand.«

»Ja. Und nun wollte ich meine Mutter im Pflegeheim besuchen, aber sie wohnt nicht mehr dort. Man sagte mir, Christoph hätte sie zu sich nach Hause geholt. Und nun bin ich hier.«

Kapitel 28

Elin fragte sich in dem Moment, ob es ihre Aufgabe war, Tanja über den Tod ihrer Mutter aufzuklären. Doch eigentlich wollte sie damit nichts zu tun haben. Sie wurde in diese Familiengeschichten reingezogen, wobei sie kurz davor stand, sich vom Hauptdarsteller zu trennen. Und wusste nicht, wie tief sie selbst eigentlich schon drin steckte.

»Er hat seine Mutter mitgenommen?«, fragte sie.

»Ja.«

»Also wann soll das gewesen sein? Hier ist sie nicht. Mir hat Christoph erzählt, sie sei... tot.«

Stimmte das etwa auch nicht? Das Vertrauen zu Christoph war sowieso schon brüchig. Da kam es auf eine Lüge mehr oder weniger nicht an.

»Sie ist was?« Tanjas Blick flatterte hin und her, sie suchte nach Worten. Ihre Augen füllten sich mit Tränen. »Aber... aber das hätte man mir doch mitgeteilt!«

»Es tut mir leid«, sagte Elin und meinte es ernst.

Tanja schluchzte und hielt sich die Hand vor das Gesicht.

»Ich kann dir nur das wiedergeben, was Christoph mir erzählt hat.« Elin holte ein Taschentuch aus der Küche und reichte es Tanja. Dankbar nahm sie es an.

Nach einigen Sekunden fasste sie sich wieder. »Das kann nicht sein. Das glaube ich nicht.« Ihr Blick war ernst und entschlossen. »Meine Mutter ist nicht tot. Ich werde so lange hier bleiben, bis Christoph mir erzählt hat, wo sie ist.« Sie strich über ihren Bauch. »Weißt du, seit ich schwanger bin, habe ich das Bedürfnis nach Harmonie. Ich möchte mit all den Vorkommnissen abschließen. Ich möchte, dass meine Familie mein Kind aufwachsen sieht. Stell dir vor, meine Mutter weiß noch gar nicht, dass sie Oma wird.« Sie lächelte traurig und man sah ihr an, dass sie sich darauf freute, es ihr endlich mitzuteilen. Falls sie denn noch lebte.

»Auch wenn viel passiert ist«, sagte sie. »Vieles, was sich nicht mehr rückgängig machen lässt, ich vergebe allen. Ja. Ich vergebe ihnen.«

»Also ich weiß ja nicht, was zwischen euch passiert ist... Aber ich finde es beeindruckend, wie du damit umgehst. Das ist etwas, womit ich Schwierigkeiten habe.«

Sie schwiegen eine Weile. Tanja nahm einen Schluck Tee. »Weißt du was? Ich wollte, da ich schonmal hier bin, gerne meine alten Spielsachen mitnehmen, die im Keller stehen. Zumindest mal schauen, was noch da ist. Ich weiß es selbst nicht mehr. Willst du mitkommen?«

Elin stellte sich vor, wie Christoph reagieren würde, wenn er die beiden in seinen heiligen Räumen entdeckte. Ein wenig Bedenken hatte sie schon.

»Also natürlich nur, wenn das für dich okay ist, Elin. Schließlich wohnst du auch hier.«

Aber was sollte er schon sagen? Sie waren zu zweit. Vermutlich wäre er vorrangig irritiert darüber, seine Schwester hier zu sehen.

»Ja, klar. Warum nicht.« Auf dem Weg zur Kellertreppe fügte Elin hinzu: »Ich muss dazu nur sagen, dass Christoph ein Problem damit hat, wenn ich in den Keller gehe. Er zieht sich oft dorthin zurück und will auf gar keinen Fall, dass ich ihn störe. Er ist zwar jetzt nicht da, aber ich wollte dich nur vorwarnen, dass er komisch reagieren könnte. Ich weiß nicht, warum das so ist.«

»Okay, gut zu wissen. Aber es wundert mich ehrlich gesagt nicht. Christoph kann schon seltsam sein.«

Elin holte tief Luft. »Wohl wahr.«

»Aber ich bin ja auch noch da. Und ich will einfach nur meine Sachen holen. Dazu kann er nichts sagen.«

Elin zuckte mit den Schultern. Ganz wohl war ihr nicht dabei.

Der Geruch von altem Mauerwerk, das sich mit dem Schlick der vergangenen Jahrzehnte vollgesogen hat, schlug ihnen entgegen. Elin fröstelte. Es war kalt hier unter der Erde. Tanja steuerte nach einem Rundumblick gleich auf den Abstellraum zu und entdeckte die Türme aus Kisten. »Na, super, meine Kartons sind wahrscheinlich ganz hinten. Ich hatte sie beschriftet. Könntest du...?«

Elin schaltete. Eine Schwangere sollte nicht schwer heben. »Klar, ich mache das.«

»Danke, das ist lieb.« Tanja trat zur Seite und ließ Elin die Kisten umräumen.

»In welcher Ecke sind sie wohl?«, fragte Elin.

»Wenn ich das wüsste. Es ist mindestens zwei Jahrzehnte her, dass ich hier unten war. Damals sah es anders aus und meine Mutter lebte noch hier. Als sie ins Heim gekommen war, hat Christoph den Keller umgebaut.«

»Was ist eigentlich mit eurem Vater?«, fragte Elin und bereute es gleich wieder. »Sorry, ich will nicht indiskret sein. Nur spricht Christoph so wenig von sich, von euch, von der Vergangenheit.«

»Schon okay. Unser Vater hat sich irgendwann von uns getrennt, als wir noch Kinder waren. Ich weiß nicht, wo er ist oder ob er überhaupt noch lebt. Ah, schau mal, da ist schon mal ein Haufen von mir.«

Tanja ging vor und öffnete einen der von ihr beschrifteten Kartons. »Das war meine Lieblingspuppe Anna. Ich hatte viele Puppen. Diese hier hatte mein Vater mir geschenkt.« Sie strich über das Haar der Puppe. Man konnte sehen, dass sie sehr pfleglich mit ihren Sachen umgegangen war. »Hm, ich weiß bloß noch nicht, ob ich einen Jungen oder ein Mädchen bekomme. Aber egal, einiges will ich so oder so mitnehmen.«

In einer anderen Kiste kramte sie in alten Büchern, dann fand sie eine Legokiste. »Die Sachen nehme ich auf jeden Fall mit. Die Bücher können weg. Aber es gibt noch irgendwo Tagebücher von mir. Und Bilder.«

Tanja sah sich um und rieb sich das Kinn. Elin betrachtete sie. So nachdenklich konnte man Ähnlichkeiten zu Gesichtszügen von Christoph erkennen. Bestimmte Mimiken erinnerten an ihre Mutter, wie Elin sie von den Fotos kannte.

»Könnten wir nochmal dort hinten schauen?«

»Klar, ich packe nur den Stapel hier zurück. Also die Legokiste und die Puppen sollen mit?«

»Genau.«

Nachdem Elin eine Ecke zurück geräumt hatte, machte sie sich an die nächste. Zwischendurch horchte sie immer wieder auf, um festzustellen, ob Christoph schon nach Hause gekommen war. Sie beeilte sich.

»Ah, das hier muss es sein.« Tanja entdeckte einen mit Geschenkpapier beklebten Karton. »Da sind meine Fotos drin. Und da hinten, das mit den Herzen, da sind meine Tagebücher drin.« Sie zwinkerte. »Und alte Liebesbriefe aus der Schule.«

Elin grinste. »Oh, wie spannend. Na, da wirst du ja heute Abend einiges zu lesen haben.«

»Ja, und ob.«

Elin kramte die mit Herzen bemalte Kiste hervor und Tanja öffnete sie. Ihre Vorfreude im

Gesicht wich einer Enttäuschung. Sie kniff die Augenbrauen zusammen.

»Aber... das kann nicht sein!« Sie holte ein Notizbuch nach dem anderen hervor. »Hier fehlen Seiten! Jemand hat aus meinen Tagebüchern Seiten rausgerissen!«

Tanja und Elin tauschten einen Blick. Sie ahnten beide, wer es gewesen sein konnte.

»Na, der kann was erleben!«, schnaubte Tanja und warf die Bücher zurück in den Karton.

»Und was ist das?« Tanja deutete auf ein kleines, rot und blau lackiertes Möbelstück ganz hinten an der Wand. Elin schob die restlichen Kartons aus dem Blickfeld.

»Ach... das war ja unsere Spielküche. Das heißt, es war meine. Die möchte ich auch mitnehmen.«

»Okay.« Elin zog den Holzwürfel hervor und dahinter zeigte sich ein klaffendes Loch in der Wand. Ein schwacher Lichtkegel kam zum Vorschein. Die Öffnung war gerade so groß, dass man hindurch kriechen konnte.

»Sag mal, riechst du das?«, fragte Elin.

Tanja kam näher und verzog das Gesicht. »Oh Gott, das stinkt!«

Ein leises Wimmern ließ die beiden aufhorchen. Ohne zu zögern, krabbelten sie nacheinander durch das Loch. Und was sie dort erblickten, ließ sich nicht in Worte fassen. Nicht mehr als zehn Quadratmeter Raum des Grauens. Ein beißender Gestank zwang sich in ihre Atemwege, eine Mischung aus Urin, Kot und verwestem Fleisch. Elin hielt sich die Hand vor den Mund. Sie unterdrückte ein Würgen.

»Mama!«, rief Tanja und stürzte zum Bett, in dem eine alte Frau lag. Ein paar wenige weiße Haarsträhnen klebten auf dem eingefallenen Gesicht. Die Wangenknochen von Pergamenthaut überzogen. Der zahnlose Mund weit geöffnet, die Lider geschlossen, hervorstechend in den mageren Augenhöhlen. Die knochigen Hände ruhten wie Krallen auf der fleckigen Decke. Fahl wie eine Leiche, im Licht der kleinen Nachttischlampe. Ansonsten war es dunkel in diesem fensterlosen Raum. Tanja griff nach einer Hand. Wieder ein Wimmern.

»Oh Gott, Elin, sie ist ganz abgemagert«, rief sie und flüsterte dann: »Was hat er nur mit dir gemacht, Mama?«

Elin trat ans Bett. Sie konnte den Anblick kaum ertragen. Und das Atmen fiel ihr schwer. Die verdorbene Luft brannte in ihren Lungen. Das war also die tot erklärte Mutter. Sie sah tatsächlich mehr tot als lebendig aus. Abgemagert, fast ein Skelett mit Haut überzogen. Verwahrlost. Warum um alles in der Welt hielt Christoph sie hier unten? Und warum hatte sie davon nichts mitbekommen? Jetzt erklärte sich einiges.

Elin wandte den Blick ab. In einer Ecke lagen haufenweise Tüten mit Vanillepuddingpulver, daneben ein verschmutzter Becher mit einem Löffel. Dann entdeckte sie eine Tür auf der anderen Seite des kleinen Raums, ging auf sie zu und drückte die Türklinke herunter. Dahinter verbarg sich Christophs heiliges Zimmer, in dem er sich angeblich immer zurückzog. Schlicht ausgestattet mit einem Schreibtisch samt Computer und einem abgesessenen, roten Ledersofa. Sie wollte sich umdrehen und zu Tanja zurückkehren, doch in dem Moment spürte sie einen stechenden Schmerz am Kopf. Dann wurde es schwarz.

Kapitel 29

Elin blinzelte und nahm verschwommen die Umrisse des Raumes wahr. Das Bett, daneben der kleine Lichtkegel. Und dieser Gestank, mit dem sie schon eins geworden war. In ihrem Kopf rotierte ein Hammer, die Zunge klebte am Gaumen. Ihre Lippen schmeckten nach Eisen. Blut.

Sie saß zusammengekauert auf dem Kellerboden und konnte sich kaum rühren. Die Kälte kroch in ihr hoch. Erst jetzt nahm sie ihre Handfesseln wahr. Auch die Füße waren zusammengebunden. Wie lange hockte sie hier schon? Und wo war die Schwester von Christoph? Wie hieß sie noch?

»Sieh mal, Tanjalein, deine Gefährtin ist aufgewacht.« Das war Christophs Stimme. Christoph? Er kam auf sie zu, beugte sich zu ihr herunter und umfasste ihr Kinn.

»Na, meine Kleine? Schön geschlafen?«

Was passierte hier? Sie sah nach rechts und entdeckte Tanja zwei Meter weiter, ebenso auf dem Boden und gefesselt.

Jetzt konnte sie die Frau im Bett erkennen. Christophs Mutter. Sie lag mit dem Rücken zu ihr, nackt. An ihrem Kreuzbein klaffte eine schwarze Wunde, umgeben von einem Kranz aus roter Haut. Das Loch war so groß, dass man eine Faust hinein stecken konnte. Vermutlich sorgte das abgestorbene Fleisch für den ekelerregenden

Geruch. Mein Gott, die Frau löst sich schon auf, dachte Elin.

»Christoph, was hat das alles zu bedeuten?« Ihre eigene Stimme klang seltsam, lallend, als wäre es nicht ihre.

»Tja, mein Schatz. Ich habe dir gesagt, du hast hier unten nichts verloren. Es gibt nun mal Dinge, die dich nichts angehen.« Sein Blick wanderte zu Tanja. »Und dich auch nicht!«, zischte er.

»Es ist unsere Mutter. Du bist ein Monster.«

»Wer ist hier das Monster?«

»Christoph, es ist lange her.«

»Das macht es nicht ungeschehen!«

»Warum quälst du sie so? Ich wollte sie im Heim besuchen und sie war einfach nicht da. Du hast sie mitgenommen, um sie hier unten verrotten zu lassen!«

»Pass auf, was du sagst! Ich lasse sie nicht verrotten! Ich kümmere mich um sie, im Gegensatz zu dir! Du wolltest sie besuchen? Und wo warst du die letzten Jahre?«

»Christoph, ich brauchte Abstand. Das weißt du. Nach all dem, was passiert war...«

Jetzt meldete Elin sich zu Wort. »Hättet ihr die Güte, mich mal darüber aufzuklären, was denn genau passiert war? Ich finde, ich habe ein Recht es zu erfahren.«

Beide sahen sie entgeistert an, als hätten sie ihre Anwesenheit ausgeblendet.

»Also gut, Elin«, sagte Christoph und setzte sich zwischen die beiden auf den Boden. »Wenn du es genau wissen willst, Evelin war eine Hure. Sie hat sich vögeln lassen von anderen Männern. Ich weiß nicht, wie viele hier ein und aus gingen. Ich sehe noch diesen fetten, weißen, behaarten Arsch, der sich vor und zurück bewegte, während der Küchentisch und Evelins Beine wackelten. Der Küchentisch, an dem wir danach Vanillepudding gegessen haben. Wir haben durch das Schlüsselloch geguckt. Tanja und ich. Mutter hat uns erwischt, weil ich niesen musste. Seitdem wurden wir immer weggesperrt, wenn sie ihren Besuch empfing. Es gab dann immer einen extra Teller voll mit Süßigkeiten.«

Seine Mutter wimmerte, während er erzählte. Der Küchentisch, den er immer wieder putzte wie unter Zwang, dachte Elin.

»All die süßen Sachen, die wir sonst nicht haben durften.« Christoph schluckte. Sein Blick angewidert. »Und weißt du, wann es das absolute Highlight für mich gab, nämlich Nougatcreme?«

Elin ahnte es.

»Wenn ich oder Tanja uns zur Verfügung gestellt haben. Wenn die alten, hässlichen Typen eine Stunde lang ihren Spaß mit uns haben konnten, dann durften wir uns ein ganzes Glas mit Nougatcreme teilen. Ich habe das Zeug geliebt, ich war süchtig danach.«

Und jetzt widerte es ihn an. Und Elin verstand, warum. Und ihr dämmerte, warum er sich in ihrer ersten Nacht so seltsam verhalten hatte. *Lass gut sein, Elin. Du bist wichtiger. Ich möchte, dass du befriedigt bist. Das bist du doch, oder?*

Und sie dachte an seinen Händewaschzwang, wie er versuchte, seine Sünden dem fließenden Wasser zu übergeben.

Evelin ächzte. Christoph warf seiner Mutter einen Blick zu. »Das Fiese ist, sie hat alles vergessen. Demenz. Sie weiß ja nicht mal mehr, wer ich bin. Und ich muss mit diesen scheiß Erinnerungen leben.«

Christoph schlug sich mehrmals mit der Faust an den Kopf, als wollte er somit all das Erlebte löschen. Er kniff die Augen zusammen, umschlang seine Beine und wippte auf den Füßen hockend vor und zurück. Minutenlang.

Elin und Tanja tauschten Blicke und versuchten, sich stumm zu beratschlagen. Wie sollten sie hier wieder herauskommen? Dann fiel Elin ihr Handy ein, das in ihrer Gesäßtasche steckte. Falls Christoph es nicht genommen hatte, als er sie - womit auch immer - bewusstlos geschlagen hatte. Elin drückte sich auf den Boden und spürte die kantigen Umrisse am Po. Es musste noch da sein. Mit ihren am Rücken zusammengebundenen Händen versuchte sie, danach zu greifen. Tanja beobachtete sie. Christoph wippte noch. Sie wandt sich und rutschte vorsichtig hin und her. Mit ihren Fingerspitzen konnte sie das Handy ertasten und versuchte, es zwischen Zeige- und Mittelfinger geklemmt heraus zu ziehen.

Christoph hielt still und starrte sie an. Ihr Herz setzte aus.

»Was machst du da?«, knurrte er, sprang auf und gab ihr einen kräftigen Tritt in die Seite. Sie hatte ohne Hände keinen Halt, kippte zur Seite und schlug mit dem Kopf auf den Boden auf.

Elin schrie auf und verzog das Gesicht.

Christoph fischte ihr Handy aus der Hosentasche. »Du kleines Luder. Du willst jemanden anrufen? Vergiss es! Was denkst du denn, wer dir helfen soll, hm? Simon etwa? Der vergnügt sich mit seiner heißen Jessi und denkt nicht an dich. Oder deine Mami? Die glaubt dir eh kein Wort. Ich habe dafür gesorgt, dass sie dich für verrückt hält. Ich musste sie schon zurückhalten, damit sie dich nicht hat einweisen lassen.« Er lachte verächtlich.

Dann stand er auf, ging zum Bett und ließ das Handy in den Urineimer fallen.

»Oh, blubb, blubb.« Er sah sie mit gespieltem Mitleid an.

»Du bist ja komplett irre!«, kreischte Elin.

Christoph lachte. »Das fällt dir jetzt erst auf?«

»Nein, das ist mir schon längst aufgefallen.«

»Deswegen hast du ja auch schon fleißig nach einer Wohnung gesucht, nicht wahr? Hinter meinem Rücken. Aber das ist jetzt sowieso egal. Die wirst du nicht mehr brauchen. Weil du das Tageslicht nie mehr sehen wirst, mein Schatz.«

Er ging auf sie zu und zog sie an den Haaren hoch, so dass sie wieder aufrecht saß. Sein Gesicht kam ihrem so nahe, dass sie die Blutgefäße im Weiß seiner Augen sah. Sein Atem roch wieder nach Alkohol. »Du bist mein, schon vergessen? Muss ich dich wirklich immer wieder daran erinnern?«

»Ich hasse dich!«

Er stand auf und schlenderte durch den Raum. »Nein, das tust du nicht.«

Auf einmal waren Geräusche zu hören, sie kamen von außerhalb des Zimmers. »Elin? Elin, bist du hier?«

Hannah! Elin atmete auf. Sie schickte der Himmel. Aber um Gottes willen, Christoph würde sie auch hier festhalten! Elin wurde panisch. »Hannah, nein, lauf weg! Hol Hilfe! Bitte! Komm nicht hier...«

Christoph stürzte sich auf Elin und presste seine Hand auf ihren Mund.

Kapitel 30

Im nächsten Moment stand Hannah in der Tür. Die Augen weit aufgerissen. »Elin, oh mein Gott! Ich hab gesehen, dass du heute morgen angerufen hattest. Ich konnte dich die ganze Zeit nicht erreichen. Was... was ist hier los?« Ihr Blick wanderte von Tanja zu Christoph und wieder zurück zu Elin. Die Mutter im Bett schien sie gar nicht wahrzunehmen.

Elin versuchte, ihr mit Blicken klarzumachen, dass sie lieber verschwinden sollte, ehe Christoph auch sie in die Finger bekam. Noch hielt er ihren Mund umklammert, löste aber allmählich seinen Griff.

Elin fragte sich noch für einen kurzen Moment, wie ihre Freundin überhaupt ins Haus gekommen war. Und als hätte sie ihre Gedanken gelesen, geschah etwas Merkwürdiges. Hannahs Blick veränderte sich. Aus dem panischen Ausdruck wurde ein amüsierter. Lachte sie etwa? Sie lachte! Laut und schallend. Elin begriff nicht. War das hier ein Theaterstück? Eine Inszenierung?

Ratlos sah sie zu Tanja hinüber, die aber ebenso irritiert aussah. Nur Christoph schien überhaupt nicht verwundert zu sein und schmunzelte.

»Was lacht sie so?«, fragte Tanja.

Hannahs Lachen verstummte. Ihr Blick änderte sich wieder. Diesmal wurde er finster.

»Sag mal, Hannah, bist du betrunken?«, fragte Elin. »Was läuft hier?«

»Süße, ich bin bei vollkommen klarem Verstand. Du dachtest wohl, ich eile dir zur Hilfe. Aber da muss ich dich leider, leider enttäuschen.« Sie schob die Unterlippe vor.

»Was redest du da?« Elin fühlte sich wie im Film. Hannah kam langsam auf sie zu und hockte sich vor ihr auf den Boden. »Ich wollte dich nur mal besuchen. Und sehen, wie du leidest.«

»Was? Spinnst du?«

Wieder lachte sie. »Nein. Tut mir leid. Aber vor allem bin ich hergekommen, um Christoph das hier zu bringen.« Sie zog zwei große Spritzen aus ihrer Tasche.

Elin riss die Augen auf. »Was ist das?«

»Wirst du schon noch erfahren.« Sie schob die Spritzen wieder in die Tasche. »Weißt du, Elin, wie soll ich es sagen... Ich habe mir lange ausgemalt, wie diese Situation aussehen würde. Und jetzt darf ich es endlich auskosten. Ich hasse dich, seit ich denken kann. Du bist zwar meine Freundin, irgendwie... aber trotzdem hasse ich dich. Ich hab ja niemanden sonst. Du warst immer beliebt in der Schule, du hattest die besseren Noten, du hattest immer lauter Verehrer. Und du warst mit Oliver zusammen, obwohl du genau wusstest, wie sehr ich in ihn verliebt war. Es war dir egal. Niemand hat sich für die pummelige, kleine Hannah interessiert. Du warst der Star auf jeder Party. Ich war immer nur ein Anhängsel, aus Mitleid mitgeschleppt. Ich hasse dich, Elin. Kannst du das verstehen?«

»Aber... aber warum hast du nie etwas gesagt? Ich wusste doch nicht...«

»Nein, natürlich kannst du es nicht verstehen.« Hannah verdrehte die Augen. »Und dein bescheuertes Gejammer, wenn es mal wieder mit einem Typen nicht geklappt hat. Sei doch froh darüber, wie viele du schon abbekommen hast. Aber irgendwas passt der Prinzessin dann wieder nicht und was Neues muss her. Diesmal habe *ich* dir etwas Neues besorgt, Elin.«

Hannah deutete mit dem Kopf auf Christoph und verengte ihre Augen. »Weil ich dich einfach nicht mehr ertragen kann! Es traf sich gut, dass Christoph seine Mutter bei uns aus dem Heim geholt hatte. Ich habe die beiden am Anfang hier zuhause unterstützt. Dafür hat er mir dann auch diesen kleinen Gefallen getan. Ich glaube, es fiel ihm nicht schwer, als ich ihm ein Foto von dir gezeigt habe. So wie alle Männer immer auf dich abfahren, war er auch gleich Feuer und Flamme. Na ja, und Christoph war allein und wirkte ein bisschen skurill. Ich dachte, es passt. Es sollte eine kleine Verarschung sein. Ein Denkzettel für dich, Elin. Dass es so ausufert, war nicht geplant. Christoph ist schräger drauf, als ich dachte.« Hannah sah sich um. »Es ist alles ein wenig außer Kontrolle geraten. Aber ich kann es nicht mehr ändern.«

Dann zuckte sie mit den Schultern. »Sorry dafür, Elin. Aber jetzt ist es so, wie es ist. Mach's gut.«

Sie verließ den Raum und wandte sich nochmal an Christoph. »Mach mit ihr, was du willst«, sagte sie zu ihm und schloss die Tür hinter sich.

»Ist das wahr?«, fragte Elin. Ihre Stimme zitterte.

Christoph sagte nichts.

»Sie hat dich auf mich angesetzt?« Sie schluckte. Ihr Mund wurde immer trockener.

»Ja.« Christoph sagte es mit einer Selbstverständlichkeit.

»Du hast mir alles nur vorgespielt?«

»Nein, nur ganz am Anfang. Aber du hast mich sofort fasziniert, als ich dich in der kleinen Boutique am Markt beobachtet habe. Es gehörte nicht zum Plan, dass ich mich in dich verliebe. Dagegen konnte ich nichts tun. Das war nicht gespielt.«

»Das hilft mir auch nicht.« Sie hatte Durst. Wann hatte sie das letzte Mal etwas getrunken?

»Nein, es hilft nicht. Du hast recht. Es macht alles nur noch schlimmer.« Sein Blick durchbohrte sie. »Ich ertrage es nicht. Du bist Gift.«

Bitte lass mich aus diesem Albtraum aufwachen, flehte sie innerlich.

»Du bist wie Zucker«, fuhr er fort. »Süß, klebrig, macht süchtig... Zu viel Zucker verdirbt. Und du bist verdorben. So eine süße Zuckerperle wie du ist natürlich schon längst verdorben. Ich hätte

244

es wissen müssen, so eine wie du... Du bist wahrscheinlich auch so eine dreckige kleine Nutte wie meine Mutter. Zuckersüße Elin. Und weißt du, wie ich es stoppen werde?«

Er hielt eine der Spritzen hoch. »Insulin. Hilft doch gegen zu viel Zucker, oder?«

Er grinste. Sein Gesicht war eine Fratze im Wahn.

»Und schaut mal her, ich habe davon noch eine. Für jeden von euch eine. Wie passend.«

»Lass Tanja aus dem Spiel, Christoph! Sie ist schwanger! Lass sie endlich gehen! Du gefährdest auch ihr Kind!«

»Ja, und?«, brüllte Christoph. »Ist doch besser, wenn sie kein Kind in diese Welt setzt. Die Welt ist krank, kaputt, schlecht.«

»Nein, das ist sie nicht«, sagte Tanja.

»Ach, rede keinen Unsinn! Weißt du denn nicht? Wir sind auf der Erde, um Böses zu erfahren. Da, wo wir herkommen, ist Licht. Nichts als Liebe. Wie langweilig. Hier nicht. Hier gibt es Hass. Alles hat zwei Seiten. Und das werde ich euch jetzt zeigen.«

»Nein!«, schrie Tanja. »Nein. So ist es nicht. Du irrst dich. Ich habe Mama verziehen. Hass würde mich nur selbst vergiften. Mama ist auch nur ein Opfer ihrer Umstände. Ihr Vater war ein Monster, das weißt du. Ich will den Kreislauf durchbrechen. Das Böse soll nicht weitergetragen werden. Nur so kann Liebe verbreitet werden.«

»Hör auf!«, brüllte Christoph. »Was redest du für einen geschwollenen Blödsinn!«

Tanja strich über ihren Bauch. »Und ich will meinem Kind die Welt zeigen, so wie *ich* sie sehe. Sie ist nicht schlecht. Und es ist mein Leben, Christoph. Und ich lasse es mir nicht kaputt machen. Das solltest du auch nicht. Hass vergiftet nur einen selbst. Niemals den Täter.«

»Hör auf! Sei still!« Christoph hielt sich die Ohren zu.

Elin verdaute Tanjas Worte. Sie klangen weise. Und Tanja strahlte eine solche Güte aus, während sie sprach. Beneidenswert. Doch Elin wusste nicht, ob sie jemals in der Lage sein würde, aufrichtig zu verzeihen. In diesem Moment hoffte sie nur, Christoph würde endlich zur Vernunft kommen. Doch das tat er nicht.

»Christoph, bitte«, versuchte Tanja es nochmal.

»Du sollst still sein, hab ich gesagt!«

Die Mutter im Bett stieß einen Schrei aus, als hätte sie starke Schmerzen. Christoph sprang auf. »Seht ihr, was ihr angerichtet habt? Es reicht jetzt!«

Er stürzte sich auf Elin und zwang sie in den Stand, indem er sie an den Haaren hochzog. Dann packte er sie mit beiden Armen und schleifte sie in das Zimmer nebenan. Dort ließ er sie auf den Schreibtischstuhl fallen. Er schloss die Tür hinter sich und Elin hörte, wie er einen

Schlüssel umdrehte. Zurück blieb sie im Dunkeln.

Kapitel 31

Der Durst und die Kälte machten es kaum noch möglich, klar zu denken. Drei Wochen Regen hatten die Kellerwände durchfeuchtet. Elin kämpfte mit der Dunkelheit. Ihr Körper war müde, aber der Geist von Adrenalin gepusht. Mit aufgerissenen Augen starrte sie in die Finsternis. Sie durfte nicht einschlafen. Bloß nicht einschlafen.

Wann kam er wieder? Und was geschah mit Tanja? Ihren Ohren zufolge hatte er sie weggebracht. Die Mutter hatte abrupt aufgehört zu schreien. Und dann war es still. Elin strengte sich an, irgendetwas zu hören, aber es war still. Lange. Sie hörte nur ihren eigenen Atem und das klebrige Geräusch bei jedem Schlucken. Sie strich mit der Zunge über ihre spröden Lippen. Sie brannten. Das Gefühl für Zeit war ihr abhandengekommen. Wie lange hockte sie schon in diesem Loch? Wie lange überlebte man es?

Ihr Kopf pochte noch schmerzhaft vom Schlag, mit dem Christoph sie in die Bewusstlosigkeit befördert hatte. Denken strengte an. Aber es hielt sie wach. Sie hob ihre Beine und streifte die Schuhe an der Tischkante ab. Vielleicht würde sie so die Fußfesseln besser lösen können. Sie ließ sich auf die Knie fallen, so erreichten ihre am Rücken zusammen gebundenen Hände die Knöchel. Flink fuhren ihre Finger über das Seil, versuchten, irgendetwas zu lockern. Sie fand einen Knoten, aber es waren mehrere. Und so fest. Unmöglich, sie zu lösen.

Mit ihrem Kinn stützte sie sich an der Tischkante ab, um in den Stand zu kommen. Dann drehte sich um und ertastete blind mit ihren Händen die Tischplatte. So weit es möglich war, ohne die Schultern dabei auszurenken. Sie suchte ihn nach einem scharfen Gegenstand ab. Vielleicht gab es hier eine Schere. Doch stattdessen stieß sie auf eine Schreibtischlampe. Licht wäre hilfreich. Ihre Hände reichten nicht an den Schalter. Sie schob ihr Gesicht über den Tisch, nahm das Kabel der Lampe zwischen ihre Zähne und biss auf den Schalter. Doch es blieb dunkel.

Elin ließ sich auf den Stuhl fallen. Durchforstete die Schubladen mit ihren Füßen, doch sie waren leer. Schließlich fuhren ihre Finger über die Tischkante. Das könnte klappen. Sie begann mit der Handfessel daran zu reiben. Wenn sie nur lang genug rieb, könnte sie es schaffen. Doch schon bald schmerzten ihre Handgelenke. Die Hitze der Reibung und das Seil fraßen sich in die Haut. Sie riss ihren Mund auf und unterdrückte einen Schrei.

Da. Schritte. Sie hielt inne. Ihr Herzschlag beschleunigte sich. Die Handgelenke pulsierten. Er kam wieder. Mit der Spritze. Nein, doch nicht. Die Schritte entfernten sich wieder und verstummten.

Elin biss die Zähne zusammen und rieb weiter. Hier unten war sie verloren. Ihre Mutter wunderte es nicht, wenn sie Tage oder Wochen nicht von sich hören ließ. Selbst auf eine SMS zu antworten, schob sie tagelang vor sich her. Simon war mit seiner Jessi beschäftigt und erwartete auch keine täglichen Nachrichten von ihr. Und Hannah ... Ja, Hannah hatte sie hintergangen. Wie konnte sie nur? Sie kannten sich seit dem Kindergarten. Noch nie hatte Elin das Gefühl gehabt, dass Hannah eifersüchtig auf sie war. Die Idee kam ihr überhaupt nie. Sie vertrauten sich alles an. Seit die Schule vorbei war, verbrachten sie nicht mehr so viel Zeit miteinander wie früher. Aber sie hatten all die Jahre Kontakt gehalten und sich regelmäßig getroffen. Hannah war immer interessiert gewesen. Elin hatte sich bei ihr ausgeweint wegen des einen oder anderen Typen, ja. Aber machte man es nicht so? Durfte man bei seiner Freundin nicht so sein, wie man war? Im Gegenzug hatte Elin sich auch Hannahs Enttäuschungen angehört und ein offenes Ohr gehabt, als sie um Rat gebeten hatte. Elin war nicht der Mensch, der sich in den Vordergrund drängte. Auch nicht auf Partys. Sie hasste Smalltalk und fühlte sich in Gruppen unwohl. Und verstand nicht, warum sie der Star auf jeder Party gewesen sein sollte, wie Hannah meinte.

Sie versuchte, irgendwo in ihren Erinnerungen nach Hinweisen zu suchen, mit denen sie Hannah einen Grund für Eifersucht gegeben hatte. Doch ihre Konzentration schien schon zu verkümmern. Wahrscheinlich war es sowieso egal. Sie würde hier in diesem finsteren, modrigen Keller sterben. Und Hannah hatte ihre Ruhe.

Die Einzige, die sich bei Zeiten wundern würde, war ihre Chefin. Gundula würde es nicht dulden, wenn Elin ohne ein weiteres Wort einfach nicht im Büro erschien. Wenn sie nur wüsste, welcher Tag war? Hannah hatte gesagt, dass sie Elins Anruf von heute Morgen auf ihrem Handy gesehen hatte. Dann war also noch Donnerstag. Und sie hatte sich am Donnerstagmorgen bei Gundula krank gemeldet. Sie war nie länger als drei Tage krank gewesen und Gundula hatte dann immer jeden Abend nach ihrem Befinden gefragt. Nicht aus Mitgefühl, sondern nur um zu wissen, wann sie endlich wieder zur Arbeit erschien. Doch was würde sie schon tun, wenn Elin nicht reagierte? Etwa einen persönlichen Besuch bei ihr zuhause abstatten? Und dann? Dann würde Christoph nicht öffnen oder sie an der Tür mit einer Ausrede abwimmeln. Schauspielern konnte er ja gut.

All die letzten Monate waren eine Lüge. Ihre Augen füllten sich mit Tränen. Ihr ganzer Körper schmerzte. Steif vor Kälte. Es war von Anfang an geplant, ihr Schaden zuzufügen. Dass Christoph sich in sie verliebt hatte, änderte nichts daran, dass sie sich verraten fühlte. Mit Liebe hatte das nichts zu tun.

Der Schlüssel in der Tür drehte sich. Elin schreckte hoch und hielt still. Sie hatte ihn gar nicht kommen hören. Im nächsten Moment betrat Christoph den Raum, in der Hand eine Taschenlampe. Er richtete den Lichtkegel auf ihr Gesicht. Sie kniff die Augen zusammen, geblendet vom grellen Strahl.

»Soll ich dir was zeigen, Prinzessin?« Seine Stimme klang ruhig, fast sanft. Doch Elin traute ihm nicht mehr. Sie sagte nichts. Sah ihn auch nicht an.

Christoph entließ sie aus dem Licht und schwenkte den Strahl der Taschenlampe an die Wand zu ihrer Rechten. Dort erschienen große schwarze Buchstaben in Christophs Handschrift.

»Lies vor«, befahl er.

Elin sah ihn fragend an.

»Los!«

Zögernd setzte sie an.

»Ich zeige dir die Dunkelheit. Damit wir zurück zum Licht finden. Du und ich in einer anderen Welt, wo wir eins sind.«

Sie schluckte schwer. Ihr Herz setzte aus.

»Weiter!«, brüllte Christoph.

»...und niemand uns trennen kann.«

Ihre Stimme brach. Elin zitterte am ganzen Körper, als sei das Blut aus ihr gewichen. Sie wollte ihre Zukunft nicht lesen. In diesem Loch. Handgeschrieben von einem Psychopathen.

»Lies weiter, hab ich gesagt!«

Sie atmete in kurzen, heftigen Stößen.

»Die Sehnsucht nach Einigkeit ist unser. Hab keine Angst... Es tut nicht weh.«

Die schwarzen Buchstaben flirrten vor ihren Augen und tanzten einen Todestanz. Verschmolzen mit dem weißen Untergrund zu einem klebrigen Grau und verschluckten ihre Stimme.

»Lauter! Weiter jetzt!« Christoph fuchtelte mit der Taschenlampe.

Erstickend an ihren Tränen presste sie die letzten Worte des Grauens hervor. Es war nur noch ein Wispern.

»Nichts tut mehr weh... Wenn wir auf der Schwelle stehen... zur Ewigkeit. Unsere Unendlichkeit... Unser Eins-Sein.«

Ihr Körper bebte unter ihren Schluchzern. Jede ihrer Fasern bestand aus purer Todesangst. Sie war verloren. Sie würde sterben. Hier und jetzt.

»Hab ich für dich geschrieben.« Seine Stimme klang fremd. »Ein Gedicht. Gefällt es dir nicht? Ich hab mir soviel Mühe gegeben.«

Obwohl sie sicher war, dass es nicht viel nützen würde, appellierte sie an seine Vernunft und betete, er würde sie irgendwo in sich finden.

»Christoph, lass mich bitte! Bitte! Wir können über alles reden. Oder auch nicht, wenn du nicht willst. Ich bin dir nicht böse. Aber bitte...«

Er setzte sich vor ihr auf den Schreibtisch. »Süß, wie du bettelst. Aber ich meine es ernst. Du glaubst mir nicht? Was denkst du, was mit Charlie passiert ist, als wir in Berlin waren?«

»Du Arschloch! Du Bastard! Du hast ihn umgebracht!« Elin zappelte auf ihrem Stuhl und versuchte abermals, sich aus ihren Fesseln zu lösen. Doch sie hatte keine Kraft mehr und die Wunden brannten.

»Nein. Ich habe ihn nicht umgebracht. Ich habe doch dich, mein Alibi. Waren wir nicht glücklich in Berlin?« Er strich über ihre Stirn. »Außerdem mache ich mir doch meine Hände an so einem Flohteppich nicht dreckig. Aber ich habe den Auftrag weiter gegeben. Es war ja abartig, wie du dieses Tier vergöttert hast. Ich wollte deine Nummer eins sein! ICH!«

Christoph stand auf, ging um sie herum, umfasste von hinten ihr Kinn und zog es nach oben. »Also... glaubst du mir jetzt, wie ernst ich es meine?«

Dann zog er mit der anderen Hand etwas hervor und hielt es ihr vor ihre Augen. Die Spritze. Er drückte die Kanüle an ihre Halsschlagader. Elins Brustkorb hob und senkte sich in kurzen, hektischen Zügen. Sie schnappte nach Luft, vor Angst erstarrt. Unfähig etwas zu sagen oder zu tun.

»Eine Überdosis von diesem Zeug überlebst du nicht. Wahrscheinlich fällst du erst in ein Koma. Unterzuckerung. Doch hier unten wird dich niemand finden. Niemand ahnt, was du gleich für Qualen erleiden wirst. Stellvertretend für alle Frauen auf diesem Planeten. Das schwache Geschlecht.«

Er lachte höhnisch und senkte dann seinen Kopf so nah an ihr Ohr, dass sie seinen Atem spürte. Er spuckte, während er sprach. »Durchtrieben seid ihr. Verdorben und durchtrieben.«

Er drückte ihr beinahe die Luft ab, als er ihr Kinn noch weiter nach oben zog. Elin japste.

»Ich drücke einfach nur den Kolben runter. Eine Fingerbewegung und es ist vorbei mit der zuckersüßen Elin. Denn du bist nichts als dein Zucker.«

Er presste die Kanüle in ihre Haut. Sie spürte den kleinen Stich und keuchte auf.

»Zucker. Muss. Sterben.«

Kapitel 32

Die Mutter im Nebenraum stieß einen schrillen Ton aus.

»Verdammt!« Christoph hatte so einen Schreck bekommen, dass er die Spritze fallen ließ.

Elin spürte ein Rinnsal an ihrem Hals. War es ihr Blut? Oder hatte er ihr schon das Insulin injiziert?

Christoph stürzte zur Tür, die in die kleine Kammer führte und warf sie mit einem lauten Knall zu. Zurück blieb Elin wieder im Dunkeln. Die Mutter hörte nicht auf zu schreien. Und Christoph schimpfte. Sie schrien und schimpften. Vielleicht schlug er auch auf sie ein.

Elins Augenlider wurden schwer. So müde. Vor ihr nichts als Schwärze. Orientierungslos. In ihr drehte sich alles. Der Stuhl unter ihr wurde Watte und verschwand irgendwann ganz. Ihr Kopf wurde schwer. So schwer. Sie ließ ihn auf den Tisch fallen. Es tat nicht weh. Irgendwo, ganz weit weg, hörte sie noch die Stimmen. Aber sie wurden leiser. Es wurde friedlich. Und still.

Kapitel 33

»Elli? Elli!!«

Was...? Das war doch... Elin verstand nicht. Ihre Augenlider zitterten in der Finsternis. Sie wollte ihre Lippen bewegen, aber sie reagierten nicht. Ihre rechte Wange klebte an der Tischplatte. In ihren Armen und Fingern krabbelten tausend Ameisen. Irgendwo am Boden die beiden Füße, zu einem Betonklotz zusammen gewachsen.

»Elli, wo bist du?«

Simon.

»Sim...« Nichts als ein Krächzen. Elins Stimme versagte. Der Mund war wie zugekleistert.

Schritte. Hektisch. Näher. Nah. Die Tür flog auf. Elin ertrug das Licht nicht. Sie kniff die Augen zusammen, wollte den Kopf wegdrehen. Doch ein stechender Schmerz schoss ihr durch das Genick. Ganz langsam. Vorsichtig. Jeder einzelne Quadratzentimeter ihres Körpers tat weh. Sie war dankbar für diesen Schmerz. Sie lebte.

»Elli, oh mein Gott!«

Sie spürte Hände an ihrem Kopf. Haut an ihrem Gesicht. Warme Haut. Und ihr war so kalt.

So viele Stimmen. Fremde Stimmen. Elin blinzelte. Rotweiße Punkte tanzten vor ihren Augen durch den Raum. Ärzte, Sanitäter. Jemand ruckelte an ihren Handgelenken. Sie wurden befreit. Schon wieder leuchtete ihr jemand mit einer Lampe in die Augen. Ein Piksen an ihrer Armvene, dann ein Brennen. Sie zuckte zusammen, aber ließ es geschehen. Was sollte schon noch passieren?

Sie setzte erneut an. Bewegte die Lippen und formte Laute. »Wo... ist Christoph?« Sie flüsterte. Aus Angst, er könnte gleich zur Tür hereinspazieren. Mit seiner Spritze.

»Es ist alles gut, Elli. Alles gut. Er wird dir nichts mehr antun.«

Sie ließ geschehen. Nicht in der Lage, sich zu rühren. Sie legten sie auf eine Trage. Und schnallten sie fest. Bitte nicht schon wieder festbinden.

»Hier entlang. Und macht die andere Tür zu. Sie soll es nicht sehen.«

Was sollte sie nicht sehen?

»Du hast Glück gehabt. Es fehlte nur wenig aus der Spritze. Er muss überrascht worden sein.«

Simon saß auf einem Stuhl neben ihrem Bett.

Ihre sorgfältig verbundenen Hände ruhten auf der weißen Decke. Sie schloss die Augen und erinnerte sich. Seine Mutter.

»Seine Mutter fing plötzlich an zu schreien, als er... als er...« Eine Träne lief aus ihrem Augenwinkel. »Er hat die Spritze fallen gelassen und ist rausgerannt. Sie schrie so laut, ich höre es noch in meinen Ohren.« Elin schluchzte. »Sie hat mir das Leben gerettet.«

»Ja. Das hat sie wohl.«

»Und jetzt ist sie tot. Wie hat er sie umgebracht?« Das letzte Wort brachte sie ohne Ton hervor.

»Das willst du nicht wissen, Elli. Versuche, dir nicht zu viele Gedanken darüber zu machen.«

Man hatte ihr erzählt, dass Christoph erst seine Mutter und dann sich selbst getötet hatte. Man hatte ihn mit ihr zusammen im Arm in dem Bett liegend vorgefunden. Es soll ein Bild des Grauens gewesen sein.

Tanja und ihr ungeborenes Baby waren wohlauf und befanden sich, wie sie selbst, zur Beobachtung noch im Krankenhaus.

»Wie hast du mich gefunden?«, fragte Elin.

»Ich konnte dich nicht erreichen, nachdem ich deinen Anruf auf meinem Handy gesehen hatte. Es tut mir so leid, Elli. Hätte ich es bloß früher gesehen und dich zurück gerufen... Es hätte dir so vieles erspart.«

»Schon gut, Simon. Du kannst nichts dafür.«

Simon schwieg für einen Moment und fuhr dann fort. »Naja, und dann stand deine Chefin bei mir vor der Tür. Sie hatte offensichtlich nicht deine neue Anschrift auf dem Zettel. Sie war wütend, weil sie dich nicht erreichen konnte und du nicht zur Arbeit gekommen warst. Dann wusste ich, dass etwas passiert sein musste. Ich kenne dich. Das ist nicht deine Art.«

»Wie typisch für Gundula«, sagte Elin und trocknete ihre Tränen.

Simon schmunzelte. »Ja. Wohl wahr.« Er überlegte, ehe er fortfuhr. »Und eurer Nachbarin sei Dank kam ich überhaupt ins Haus. Sie hat mich vor dem Eingang gesehen und glaubte, Schreie gehört zu haben, war sich aber nicht sicher, ob sie die Polizei rufen solle. Außerdem hatte sie dich seit Tagen nicht gesehen.«

»Manchmal sind neugierige Nachbarn doch sehr nützlich.«

»Das kann man wohl sagen. Sie wusste sogar noch, wo Evelin Mangold immer einen Ersatzschlüssel versteckt hatte.«

»Unglaublich.«

Elin betrachtete ihren Retter. Er sah müde aus. Wie lange er wohl schon an ihrem Bett saß?

»Danke, Simon.«

»Hey, Elli, jetzt werd´ nicht sentimental.«

»Nein, wirklich. Du bist ein echter Freund.«

»Ach, das fällt dir erst jetzt auf?« Er lachte verlegen. Elin lächelte und schüttelte langsam den Kopf. Das fiel ihr nicht erst jetzt auf. Aber es war ihr noch nie so bewusst gewesen. Vor allem, nachdem Hannah sie so hintergangen hatte.

»Ich habe den falschen Menschen vetraut.«

Simon sagte nichts.

»Warum hat Hannah mir das angetan?«

»Ich weiß es nicht.«

»Sie sagte, sie war eifersüchtig auf mich. Aber warum?«

»Zerbrich dir nicht den Kopf darüber, Elli. Die Eifersucht ist ihr Problem, nicht deins. Du hast nichts falsch gemacht. Ich habe euch oft genug zusammen erlebt. Außerdem entschuldigt es nicht, was sie getan hat.«

»Ich bin nur so enttäuscht. Von allen. Von der Welt.«

»Das kann ich mir vorstellen.«

Die Zimmertür öffnete sich.

»Elin, Liebes!« Thea stürmte herein. Das Gesicht aufgelöst in Sorge.

»Aua! Mama, vorsichtig, du erdrückst mich ja!« Elin befreite sich aus der Umklammerung ihrer Mutter.

»Oh, entschuldige. Tut es noch sehr weh? Aber ich muss dich doch umarmen, dich anfassen, mein Kind. Du wärst fast gestorben! Und ich auch. Vor Sorge.«

»Ich lebe ja noch.« Elin strich ihre Bettdecke glatt.

»Mein Gott, wie konnte das alles nur passieren?«

Simon räusperte sich und stand auf. »Ich lasse euch mal allein. Ich könnte einen Kaffee gebrauchen«, sagte er.

»Oh, Simon, ich auch. Bringst du mir bitte einen mit? Ich brauche ihn heute schwarz.« Elins Mutter nahm auf dem Stuhl Platz.

»Klar doch«, sagte Simon, bevor er das Krankenzimmer verließ.

Und es wurde gleich ein paar Grad kühler im Raum. Elin vergrub ihre Hände unter der Decke und zog sie bis zum Kinn hoch. Sie hatte ihn gern um sich. Noch etwas, dessen sie sich jetzt bewusst wurde. Er war der einzige Mensch, der sie so akzeptierte, wie sie war. Er versuchte sie nicht umzukrempeln und zu etwas zu formen, das sie nicht war.

»Was machst du bloß für Sachen, Kind?«

Elin drehte den Kopf weg und richtete ihren Blick aus dem Fenster. Ein paar braune Blätter wirbelten durch die Luft.

Thea seufzte. »Wie geht es dir?«

»Na, wie soll es mir schon gehen, so halb ermordet.« Elin war sich ihres gereizten Untertons bewusst. Aber ihre Mutter war nicht die Person, die sie jetzt gern in ihrer Nähe hatte. Ein bisschen mehr Einfühlungsvermögen hätte sie sich gewünscht. Und keine unterschwelligen Schuldzuweisungen.

»Unseren Urlaub in die Berge haben wir selbstverständlich sofort storniert. Georg und ich haben überlegt, dass es das Beste wäre, wenn du zunächst zu uns kommst.«

»Warum das denn?« Elin sah ihre Mutter entsetzt an.

»Na, bis du was gefunden hast. Du kannst doch nicht in dieses Haus zurück.«

»Schön, dass ihr euch das überlegt habt. Ich werde nicht mit Georg unter einem Dach leben. Das kannst du vergessen. Lieber schlafe ich unter einer Brücke.«

»Elin, nun hör aber auf, dich wie ein trotziges Kind zu benehmen.«

»Und du, Mama, hör auf, mich wie ein Kind zu behandeln!«

»Ich mache mir eben Sorgen. Das macht man als Mutter. Wo willst du denn sonst hin?«

»Ich finde schon eine Lösung.« Elin wollte nicht mehr abhängig sein. Und der Gedanke, mit ihrer Mutter, die ihre Familie verlassen hatte und diesem schmierigen Georg in einem Haus zu schlafen, schnürte ihr die Kehle zu.

»Naja, also Simon hat ja jetzt seine Jessi, da störst du sicher nur.«

»Mama, ich weiß das!«

»Du kannst dich nicht immer an ihn ranheften. Dass er jetzt hier bei dir ist, findet sie bestimmt auch nicht witzig.«

»Mama, er hat mir das Leben gerettet! Du solltest ihm dankbar sein. Oder bist du es nicht?«

»Elin, was soll das jetzt? Ich bitte dich.«

»Und was diese Jessi findet, ist mir relativ egal. Das sollte es dir auch sein! Mama, ich bin deine Tochter. Warum gibst du mir nur immer das Gefühl, alles falsch zu machen?«

»Aber Liebes, jetzt übertreibst du. Das ist doch gar nicht wahr.« Sie lachte abfällig.

Simon kam zur Tür herein. In jeder Hand einen Kaffeebecher aus Pappe, stieß er die Tür mit dem Fuß wieder zu.

Elin konzentrierte ihren Blick wieder auf die Blätter im Wind.

»Vielen Dank, Simon. Ich nehme den Kaffee mit«, sagte Thea. »Sie ist sehr... emotional gerade. Vielleicht kannst du sie zur Vernunft bringen.«

»Mama, ich höre, was du sagst!«

»Der Arzt meint, du kannst wahrscheinlich übermorgen entlassen werden. Georg und ich werden dich abholen.«

Sie verabschiedete sich kühl und ging.

Simon setzte sich auf die Bettkante. »Was ist denn los?«

Eine Träne floss über Elins Wange. »Sie benimmt sich wie eine... ach, ich weiß auch nicht. Sie haben beschlossen, dass ich zu ihnen ziehen soll. Vorerst. Und wer fragt mich?« Sie seufzte und krallte ihre Hände in die Bettdecke. »Aber mir bleibt wohl nichts anderes übrig.«

»Du kannst doch zu mir kommen«, meinte Simon. »Dein Zimmer ist noch da.«

Elin sah ihn mit großen Augen an.

»Und Jessi?«

»Ach Jessi... Lassen wir das Thema.«

»Das heißt, sie ist ausgezogen?«

Simon nickte.

»Das tut mir leid für dich.«

»Muss es nicht. Ist schon okay. Komm zurück.«

Elin fielen mindestens ein Dutzend Steine vom Herzen. Sie wäre ihm am liebsten um den Hals gefallen, zügelte sich aber. Stattdessen hob sie den Zeigefinger. »Okay, aber nur vorübergehend.«

»Nur vorübergehend. Klar.«

»Ich suche mir dann was eigenes.«
Simon schmunzelte. »Abgemacht.«

Kapitel 34

Elin nutzte die Tage im Krankenhaus, um ihr Leben zu überdenken. Ihr blieb nichts anderes übrig. Sie musste es neu ordnen und Abschied von der alten Elin nehmen. Sie hatte sich schon verabschiedet, als Christoph ihr die Spritze an den Hals gesetzt hatte. Sie wusste, sie würde sterben. Auch wenn ihr Körper überlebt hatte, war ein Teil von ihr gestorben. Ein Teil, der nicht mehr zu ihr passte. Ein Teil, der nicht mehr zu ihr gehörte. Dieser Teil war im Keller des Hauses von *C+E Mangold* zurückgeblieben. Und das war gut so. Sie trauerte dem nicht nach.

Doch sie trauerte ihren Erwartungen nach. Ihren Erwartungen, die nicht erfüllt wurden. Denn ohne Erwartung gab es keine Enttäuschung. Es hätte schön werden können. Nach ihren Vorstellungen. Hätte es das wirklich? Sie hatte sich auf Christoph eingelassen, obwohl ihr eigenes Bauchgefühl sie oft genug gewarnt hatte. Sie hatte sich von anderen reinreden lassen. Sie hatte andere für sich entscheiden lassen.

Er war ein Narzisst gewesen, nur auf seinen Vorteil aus. Berechnend, wenn auch vielleicht nicht bewusst. Sein Spiel war es gewesen, sie für sich zu gewinnen. Hungernd nach Bestätigung und Zuneigung. Und eine Gespielin allein hatte ihm dabei nicht gereicht. Aber war sie so viel besser? Ja, er hatte sie betrogen. Aber sie hatte sich selbst betrogen, sich verbogen, um ihm zu gefallen. Auch sie wollte nur geliebt werden. Im Grunde war sie die ideale Spielgefährtin für ihn. Er hat sie anfangs auf Händen getragen, in den Himmel gehoben, um sie anschließend erbarmungslos fallen zu lassen. Hat sie erniedrigt vor anderen, um sich selbst ins bessere Licht rücken zu können.

Elin dachte an all seine Verwirrungsspielchen, mit denen er sie an sich selbst hatte zweifeln lassen. Auf der Bühne war er der Held, ihr Retter. Nicht aus Selbstlosigkeit, sondern um sich zu erheben und sie abhängig zu machen. Somit war sie keine *Puppenspielerin*, sondern nur eine Puppe.

Elin kam sich so dumm und naiv vor. Doch die Zeit ließ sich nicht zurückdrehen. Es war ihr eine Lehre gewesen. Auch wenn sie gern auf Teile dieser Lektion verzichtet hätte. Sie empfand Mitleid für Christoph, gefangen in seiner kranken Welt, auf ewiger Suche, lechzend nach Liebe. Vermutlich seit seiner Kindheit, im Schatten seiner Mutter. Im Grunde war er ein armer Kerl.

Ein Klopfen an der Tür riss sie aus ihren Gedanken. Tanja steckte ihren Kopf herein. Elin strahlte. »Komm rein!«

Sie freute sich, Tanja zu sehen. Sie sah gut aus. Auch der traurige Gesichtsausdruck konnte ihr inneres Strahlen nicht überdecken. Sie umarmten sich.

»Ich bin gekommen, um mich zu verabschieden«, sagte Tanja. »Ich darf nach Hause.«

»Wunderbar, das freut mich für dich. Für euch.« Elin lächelte und blickte auf den Babybauch. Wenngleich es ihr ein mulmiges Gefühl in der Magengegend verursachte. Bloß nicht daran denken, bloß nicht. Die meiste Zeit konnte sie die Angst, von Christoph schwanger zu sein, verdrängen. Doch diese direkte Konfrontation machte es ihr nicht leicht, die Augen davor zu verschließen.

Tanja strich über ihren Bauch. »Ja, ich bin so glücklich, dass mit dem Kleinen alles in Ordnung ist.«

Elin freute sich aufrichtig für sie. Sie hatte erfahren, dass Tanja in eine Zukunft als Alleinerziehende blickte. Der Vater des Kindes hat sich von ihr getrennt, nachdem er von der Schwangerschaft erfahren hatte. Doch Tanja war eine so starke Frau. Sie nahm alles, wie es kam. Sie hatte Freundschaft mit dem Leben geschlossen, wie sie es selbst nannte. Nichts schien sie aus der Ruhe zu bringen.

»Die Leute sehen es als Makel, als Niederlage: Schwanger und alleinstehend. Die Arme, die muss man bemitleiden«, sagte sie. »Aber so ist es nicht. Es ist keine Niederlage. Es ist kein Fehler. Es sollte nicht sein, dieses Vater-Mutter-Kind-Ding. Natürlich war ich traurig und am Boden zerstört, als er sich von mir getrennt hatte. Aber ich habe mich aufgerafft. Für mein Kind. Man kann nur zufrieden sein, wenn man mit sich selbst zufrieden ist. Es bringt nichts, einem Ideal in einem anderen Menschen nachzulaufen, das er sowieso nicht ist. Oder jemandem hinterherzutrauern, der einem nicht guttut. Ich brauche niemanden. Ich bin mir selbst genug. Und jetzt konzentriere ich mich auf mein Kind. Und wenn es so sein soll, dass irgendwann nochmal jemand an meiner Seite sein mag, dann freue ich mich darüber. Aber ich will niemanden brauchen.«

Gern würde Elin sich ein Stückchen davon zu eigen machen und verinnerlichen. Sie war noch weit davon entfernt. Desillusioniert, aber nicht verbittert. Ihr Vertrauen in die Welt war verloren gegangen. Dennoch hoffte sie, es irgendwann wiederzufinden.

Sie tauschten Telefonnummern aus. Und es war ehrlich gemeint. Es war keine dieser Aktionen aus Höflichkeit und am Ende hörte doch niemand vom anderen. Elin konnte sich gut vorstellen, Tanja wiederzusehen. Wenn sie sich auch unter seltsamen Umständen kennengelernt hatten, freute sie sich darauf, Kontakt mit ihr zu halten.

Am nächsten Tag war es auch für Elin soweit.

»Sie dürfen nach Hause«, hatte der Oberarzt bei der Visite gesagt.

Nach Hause. Es gab keines. Für Elin stand fest, dass die WG wirklich nur eine Übergangslösung sein sollte. Sie musste für sich selbst das Zuhause werden.

Auf ihre Mutter war Verlass. Sie stand pünktlich mit Georg auf der Matte. Elin tastete reflexartig nach dem Ehering ihres Vaters, der nicht mehr an ihrem Finger steckte. Sie hatte ihn verloren, wie ihr die leere Hand schmerzhaft in Erinnerung rief. Es musste im Keller oder auf dem Weg ins Krankenhaus passiert sein. Ihre Seele weinte. Und es war, als hatte ihr Vater sie ein zweites Mal verlassen. Sie musste alleine zurechtkommen.

»Aber Mama, ich habe doch gesagt, ich komme nicht mit zu euch.«

Thea lachte und warf Georg einen belustigten Blick zu. »Aber Liebes, wohin willst du denn? Du kannst dir wohl kaum ein Hotel leisten.«

Elin holte tief Luft. Ihre Mutter schaffte es immer wieder, ihr ein Gefühl von Minderwertigkeit zu geben.

»Nein. Ich gehe erstmal zu Simon. Er holt mich gleich ab.«

»Ich muss mal kurz verschwinden«, meinte Georg und verließ das Zimmer.

So viel Taktgefühl hatte sie ihm gar nicht zugetraut. Elin schwang ihre Beine aus dem Bett und packte ihre paar Sachen zusammen.

»Zu Simon? Und dann wollt ihr zu dritt in der kleinen Wohnung hausen, oder wie?!« Natürlich war ihre Mutter nicht begeistert.

»Erstens weißt du gar nicht, wie die Wohnung aussieht. Du hast mich ja nie besucht. Zweitens ist Jessi ausgezogen.«

»Aha.«

Elin zog den Reißverschluss der Tasche zu und richtete sich auf. »Ich verzeihe dir, Mama.« Dieser Satz kam von ganz allein. Elin war selbst verwundert.

»Was?« Ihre Mutter sah irritiert aus.

»Du weißt, wie sauer ich immer auf dich war, weil du Papa verlassen hast. Aber ich möchte nicht mehr sauer sein.« Elin dachte an Tanjas Worte. Es vergiftete nur einen selbst. »Ich will es gut sein lassen. Ich verzeihe dir. Aber nur um meines Friedens Willen.«

Thea schürzte die Lippen. »Also gut. Ich bin mir zwar keiner Schuld bewusst und habe nie um Verzeihung gebeten. Aber wie du meinst.« Sie richtete ihr Haar und fuhr fort. »Mir wäre es aber lieber, du würdest endlich deinen Frieden mit Georg schließen. Er hat dir nie etwas getan und war immer gut zu dir.«

»Das stimmt nicht, Mama. Das weißt du.«

»Ich verstehe immer noch nicht, was du für ein Drama machst.«

»Drama? Mama, ich wollte mich nicht von ihm - für mich ein fremder, alter Typ - umarmen lassen. Ich habe ihn gehasst, weil du Papa wegen ihm verlassen hast. Ich wollte ihn nicht als Ersatz-Vater, und schon gar nicht von ihm angefasst werden. Und du? Du hast gesagt, ich soll mich nicht so anstellen.«

»Niemand hat gesagt, er sollte dein *Ersatz-Vater* werden. Das ist doch absurd. Und ich verstehe dein Theater nicht. Die Umarmung damals war einfach freundlich gemeint.«

»Ich fand es aber nicht freundlich! Und ihn auch nicht. Und du bist mir in den Rücken gefallen.«

Georg kam zurück.

»Lass gut sein, Mama. Es hat keinen Sinn.«

»Wovon redet ihr?«, fragte Georg. »Von Christoph?«

»Ja«, brummte Elin und setzte sich auf die Bettkante.

»Und Christoph wollen wir jetzt mal ruhen lassen«, sagte Thea. Elin wusste, dass sie damit Georg statt Christoph meinte. Doch der Zorn in ihr war noch nicht abgeflacht.

»Er wird erst ruhen, wenn ich damit abgeschlossen habe.«

»Aber Elin, es...«, hob Georg an.

»Er hat mich vergewaltigt und fast umgebracht!« Sie starrte ihn an und legte all ihre Wut in ihren Blick.

Ihre Mutter schnaubte, als ob sie es für lächerlich hielt. »Elin, das sind schwere Anschuldigungen. Ich hoffe, du weißt, was du da sagst.«

»Thea, bitte...« Georg legte beruhigend seine Hand an ihren Unterarm.

»Du nimmst Christoph noch immer in Schutz?« Elin war außer sich. »Nach allem, was er mir angetan hat?«

»Nein. Aber es hat immer auch ein Stück mit einem selbst zu tun. All diese Konflikte. Nichts passiert einfach nur so.«

»Das stimmt. Ich mache meinen Mund nämlich nicht auf. Ich dulde zu viel. Ich lasse zu viel über mich ergehen. Bis es zu spät ist. Du hast es mir so beigebracht. *Stell dich nicht so an, was sollen die Leute denken.* Wer eine andere Meinung hat als du, wird von dir mit Ignoranz bestraft, Mama. Davor hatte ich immer Angst. Angst, von dir verstoßen zu werden.«

»Also jetzt reicht es aber!«

»Ja, mir auch.«

»Am Ende bin ich noch schuld an deinem kaputten Leben.« Thea schnaufte laut aus. »Diesen Unsinn muss ich mir nicht länger anhören. Komm Georg, wir gehen.«

Kapitel 35

Und damit hatte ihre Mutter es bestätigt. Es war noch nie möglich gewesen, mit ihr zu diskutieren und eine eigene Meinung zu vertreten. Elin hatte es oft genug bei anderen erlebt, wie sie reagierte. Sie brach Gespräche einfach ab. Manchmal sogar komplett den Kontakt.

Elin saß noch auf der Kante des Krankenbettes. Ihre Schultern hingen herab. Das Kind in ihr fühlte sich einsam und verlassen. Genau das, wovor sie sich so sehr gefürchtet hatte, war eingetreten. Und alles nur, weil sie zu ihrer Meinung stand und sich ihrer Mutter gegenüber zu behaupten versucht hatte. Ein kläglicher Versuch.

Es klopfte und Simon betrat das Zimmer. Er sah Elin an und setzte sich neben sie. Ohne dass sie sich erklären musste, nahm er sie in den Arm. So saßen sie dort eine Weile.

»Komm, wir fahren nach Hause«, waren seine Worte, so tröstlich und gleichzeitig verdeutlichten sie ihre Situation auf schmerzhafte Weise. Denn in Wirklichkeit hatte sie kein Zuhause. Sie hatte das Gefühl, heimatlos zu sein. Verwaist. Nicht nur ihr Vater war tot, auch ihre Mutter hatte sie zurückgelassen. Natürlich war sie nicht mehr wie eine Dreijährige auf ihre Eltern angewiesen, um zu überleben. Und doch fühlte sie sich in dem Moment wie ein kleines Mädchen.

Elin hörte seine Worte, doch konnte nicht reagieren. Sie war wie versteinert. Nicht fähig zu sprechen. Wie in Trance ließ sie sich von Simon die Jacke anziehen, zum Parkhaus führen und in sein Auto setzen.

Während der Fahrt wechselten sie kein Wort. Er verstand, dass sie die gesamte Situation erst einmal für sich verarbeiten musste.

Elin lehnte ihren Kopf zurück und ließ die Häuser, Straßen und Autos an sich vorbeiziehen. Nahm keine Konturen wahr, nur ein graues Gemisch aus allen Farben.

Obwohl sie kaum Kraft in den Beinen hatte, schaffte sie die Treppe hoch in den zweiten Stock. Die Aussicht auf Ruhe und Geborgenheit setzte die letzte Energie in ihr frei.

Die Wohnung roch vertraut und doch fremd. Der Dunst von Jessi war noch nicht ganz verflogen. Aber der Geruch von Simons gewaschener Wäsche umarmte sie, sobald sie den Flur betrat. Sie sah sich um, als wäre sie das erste Mal dort. Alles wirkte surreal. Ohne ihre Jacke auszuziehen, schlurfte sie zur Küche. An der Pinnwand hingen noch die Fotos. Elins Mundwinkel zuckten. Melancholie war so schmerzhaft schön. Sie fuhr mit ihren Fingern über die alten Schnappschüsse aus der Studienzeit. Simon hatte sie hängen lassen. Oder möglicherweise auch wieder angepinnt, nachdem Jessi ausgezogen war.

Elin ging weiter und atmete die Stille ein. Ihr war früher nie aufgefallen, wie ruhig es hier war.

So friedvoll. Nach all der Hektik des Krankenhauses.

Die Tür zu ihrem ehemaligen Zimmer stand offen. Elin warf einen Blick hinein. »Du hast die Möbel stehen lassen.« Das waren ihre ersten Worte, seitdem Simon sie abgeholt hatte. Leise, monoton.

Er stand hinter ihr. »Ja... Ich konnte es nicht übers Herz bringen, sie wegzugeben. Es sind doch deine. Überleg mal... der Schrank, mit wieviel Hingabe du ihn abgeschliffen und lackiert hast. Und keine Sorge, dein Zimmer war tabu. Nicht, dass du denkst, Jessi hätte sich hier ausgebreitet.«

»Aber was hättest du gemacht, wenn ich nicht zurückgekommen wäre.«

Simon rieb sich mit einer Hand den Nacken. »Keine Ahnung. Ich hatte einfach gehofft, dass du wieder kommst.«

Ihre Blicke trafen sich und sie verstanden sich wortlos. Elin spürte einen Stich in der Magengegend. Nach wenigen Sekunden wandte sie den Blick ab. Sie konnte seinem nicht standhalten. Zu intensiv. Sie musste vermeiden, von noch mehr Gefühlen überrollt zu werden. Es waren schon zu viele in ihr aktiv.

»Weißt du, Elli«, sagte Simon nach einer Weile. »Du bist für die Männer wie eine Leinwand. Sie können ihr eigenes Bild darauf malen, wie es ihnen gefällt.«

Er lehnte seinen Kopf an den Türrahmen. Elin sah ihn an. Seine Augen glänzten.

»Aber sei selbst das Gemälde, das du sein willst. Dem richtigen Mann wird es gefallen. Er wird es nicht zerstören, sondern so lieben, wie es ist. Er wird wissen, dass es genau das ist, was er wollte und suchte. Das Bild wird sich einfügen, als wäre es schon immer da gewesen.«

Elin schwieg. Sie begriff, was Simon sagte. Aber sie konnte nicht reagieren. Seine Worte hallten in ihrem Kopf nach. Der Klang seiner Stimme war eine Wohltat. Wie eine Wolldecke, in die sie sich einkuscheln wollte.

»Ich wüsste, wo ich dieses Bild aufhänge«, sagte er. »Der Platz bleibt frei.«

Kapitel 36

Elin saß im Schlafanzug auf dem Badewannenrand und zählte die Sekunden. Sie fröstelte. Das Bad war noch kalt, so früh an diesem Januarmorgen. Zudem fror sie immer bei Aufregung. Sie wagte erst, einen Blick auf das Teststäbchen zu werfen, als die zwei Minuten um waren. Sie hatte seit der Sache mit Christoph schon dreimal ihre Periode bekommen. Doch sie hatte von Frauen gehört, die trotz Blutung schwanger waren. Sie musste einfach sicher sein. Auch die Pille danach, die sie damals besorgt hatte, half nicht zu hundert Prozent.

Sie wollte Kinder. Irgendwann. Doch Vater und Zeitpunkt wollte sie selbst bestimmen.

Der fette Strich im Kontrollfenster irritierte sie. Aber er hatte seine Berechtigung und sagte nichts über das Ergebnis aus. Elin verglich immer wieder die Bilder der Gebrauchsanweisung mit ihrem Teststreifen.

Im Ergebnisfenster war kein Strich zu sehen. Sicher? Was war das für eine Linie, ganz schwach? Elin strengte ihre Augen an und glaubte schon zu halluzinieren. Nein, eindeutig. Es war leer. Kein Strich. Nicht schwanger. Zur Vorsicht hatte sie noch einen zweiten Test besorgt. Als auch dieser negativ ausfiel, war sie beruhigt. Nun konnte ihr neues Leben beginnen.

Sie warf Verpackung und Tests in den Müllkorb unter dem Waschbecken. Fischte sie aber gleich wieder heraus. Sie wollte Simon nicht beunruhigen, falls er sie fand. Er war wieder ihr bester Vertrauter. So wie vor der Zeit mit Jessi und Christoph. Aber alles musste er nicht wissen. Es war schon schwierig genug für ihn gewesen, als Elin ihren Auszug verkündet hatte. Letztendlich hat er es akzeptiert. Wenn auch schweren Herzens.

Elin hatte das Gefühl, nur so zu sich selbst finden zu können. Sie musste herausfinden, welches Gemälde sie war und sehnte sich nach dem Alleinsein. Nur so konnte sie die Farben entdecken und ausprobieren. Ein neues Empfinden, das sie so vorher nicht gekannt hatte. Immer brauchte sie Abwechslung und Gesellschaft. Bloß nicht mit sich allein sein. Da klopften nur ungute Gefühle an. Doch genau diesen wollte sie sich nun stellen. Es war an der Zeit, diese an die Oberfläche zu befördern. Sie musste sich selbst kennenlernen, mit allem, was dazu gehörte, vom Dachgeschoss bis in jeden dunklen Winkel ihres Souterrains hinein. Angst spürte sie nicht dabei. Getrieben von ihrer Aufbruchstimmung, musste sie etwas verändern.

Und als sollte es so sein, fand sie schnell eine Wohnung auf der Altstadtinsel. Ganz klein. Es war Liebe auf den ersten Blick. Anderthalb Zimmer, urig und gemütlich. Ein Schlafzimmer und ein Arbeitszimmer, mehr brauchte sie zunächst nicht. Sie hatte Platz für ihren Schreibtisch und ihre Nähmaschine. Denn es warteten viele Aufträge auf sie.

Gundula hatte im letzten Monat zum Jahreswechsel beschlossen, ihr Geschäft aufzugeben und es Elin zu überlassen. Somit hatte sie einiges aufzuarbeiten. Aber sie war voller Tatendrang. Ein Fass mit neuer, frischer Energie wurde aufgemacht, in dem sie badete.

»Selbstliebe ist der Schlüssel«, sagte Tanja. »Es ist in dir drinnen. Aber du suchst alles im Außen. Du gibst dich so, wie andere es wollen. Du verbiegst dich, um gemocht zu werden. Liebe dich ehrlich selbst und gefalle dir selbst, so wie du bist. Dann brauchst du nichts.«

Elin hatte sich mit ihr im Haus der Mangolds verabredet, um ihre letzten Sachen zu holen. Es war ein seltsames Gefühl, nach acht Wochen in diese Räumlichkeiten zurückzukehren. Elin betrat den Flur, abgestandene Luft mischte sich mit dem Eigengeruch des Hauses. Sofort fühlte sie sich zurückversetzt in den Moment, als sie Christoph das erste Mal besucht hatte. Es war, als würde er gleich um die Ecke kommen. Seine Jacken hingen an der Garderobe und die perfekt polierten Schuhe inklusive Spanner standen bereit.

»Ich habe seine persönlichen Sachen noch nicht sortiert«, sagte Tanja fast entschuldigend.

Ihr blondes Haar fiel über das schwarze, eng anliegende Umstandskleid. Es betonte ihre

Schwangerschaftsrundungen. Elin war beeindruckt von ihrer Schönheit.

»Es ist alles so viel.« Tanja seufzte. »Die Möbel werden nächste Woche abgeholt. Ich... ich musste mich erstmal durch die Sachen im Keller quälen.«

»Aber warum hast du nicht Bescheid gesagt? Ich hätte dir geholfen«, sagte Elin.

»Schon okay, wirklich. Du hast genug mit dir selbst zu tun. Ich kann nicht von dir verlangen, hier in diesem Keller...« Sie hielt inne, schlug ihre Hand vor den Mund und schluchzte. Elin trat auf sie zu. Da standen sie Arm in Arm im Flur und weinten zusammen. Die schlimmsten Stunden ihres Lebens hatten sie zusammengeschweißt.

»Ich hab schon so viel geheult«, sagte Tanja nach einer Weile. »Aber es geht weiter. Es muss weitergehen. Ich dachte, irgendwann sind alle Tränen ausgeweint. Aber das wird wohl noch eine Weile dauern.«

Elin nickte.

»Du, ich wollte dir noch etwas mitteilen.«

Elin sah Tanja erwartungsvoll an.

»Wie du weißt, ist das Haus verkauft. Einen Teil werde ich an ein Frauenhaus spenden. Und einen Teil... Ach Moment, es hat sich so ein Lars bei mir gemeldet. Weißt du was von dem?«

»Lars, der Gastronom? Christophs Freund.«

»Nein, Elin. Er ist nicht Christophs Freund. Er ist Schauspieler und wollte seine Gage. Er hat mir einen Vertrag unter die Nase gehalten.«

»Was? Sogar Lars war ein Fake? Diesen Auftrag gab es in Wirklichkeit nicht für mich? Wieder nur eines von Christophs Spielen, um mich zu beeindrucken oder mich einzuwickeln.« Elin schluckte. »Mir wird übel...«

»Es tut mir leid.«

»Schon okay. Aber es wundert mich ehrlich gesagt nicht. Simon spricht inzwischen von Jessi als Professionelle. Das heißt, *wenn* er überhaupt noch von ihr spricht. Er glaubt, dass sie es auch nicht ernst gemeint hat und nur angeheuert wurde, um mich aus der WG zu ekeln. Denn sie ist sang- und klanglos ziemlich schnell verschwunden, nachdem Simon uns im Keller gefunden hat.« Elin seufzte. »All die Monate waren der reinste Fake. Eine Inszenierung, ein Theaterstück. Drama. Aber ich werde mich damit abfinden müssen. Ich möchte meine Gedanken nicht mehr daran verschwenden.«

Tanja hob ihren Daumen. »Sehr gut, Elin. Du bist auf dem richtigen Weg. Lenke deine Energie auf das Positive. Und dazu wollte ich dir ja gerade etwas sagen. Also einen Teil des Geldes möchte ich dir geben. Dann wird dein Neustart vielleicht etwas einfacher. Zumindest finanziell ist der Druck nicht so stark.«

»Was? Das ist... Das kann ich nicht annehmen. Du brauchst es doch auch, gerade jetzt, wenn dein Kind kommt, du alleine.«

»Keine Sorge, für mich bleibt noch genug. Bitte nimm es an. Und ich fühle mich in der Schuld als Schwester von Christoph. Es klingt absurd, ich weiß, aber ich möchte ein kleines bisschen wiedergutmachen, im Namen meiner Familie. Geld kann natürlich nichts ungeschehen machen. Verstehe mich nicht falsch. Aber mehr kann ich nicht tun. Nichts kann es ungeschehen machen, was ein Teil meiner Familie dir angetan hat. Aber sie kommen nicht mehr zurück. Und um ihnen den Frieden zu geben, nimm es bitte als Entschuldigung. Für mich. Damit würdest du mir auch eine Last nehmen.«

»Tanja, du musst nichts tun. Du stehst nicht in seiner Schuld. Du bist nicht Christoph. Aber ich möchte verstehen, was du meinst.«

»Du nimmst es also an?«

Elin nickte und lächelte. Sie umarmten sich. Und Elin hatte das Gefühl, Tanja konnte so etwas wie eine Schwester für sie sein, die sie nie hatte.

Zwei Wochen später brachte Tanja ein gesundes Mädchen zur Welt.

»Ich freue mich schon darauf, meine Tochter auf dem Weg zu einer selbstbestimmten, unabhängigen Frau zu begleiten«, sagte sie, als Elin sie im Krankenhaus besuchte. »Und ich möchte, dass du mir dabei hilfst und so etwas wie eine Patin für sie wirst.«

Elin strahlte, als sie die Kleine im Arm hielt. »Liebend gern! Ich hoffe, ich kann ihr ein gutes Vorbild sein.«

»Das wirst du.«

Auch Elins Mutter konnte nicht genug von der Kleinen bekommen, als sie zur Einweihungsfeier der neuen Wohnung kam. Sie saßen in der kuscheligen Wohnküche im Lichtkegel der Deckenlampe, draußen war es schon dunkel.

»Was für eine wunderschöne Prinzessin sie ist«, schwärmte Thea. »Hach, was gäbe ich nur für ein Enkelkind.«

»Mama, das Thema hatten wir schon öfter als genug. Du bist noch viel zu jung, um Oma zu werden.«

Georg lachte und verschluckte sich dabei an seinem Bier.

»Ach, das sagt sie immer«, meinte Thea zu den anderen Gästen. »Dabei ist sie diejenige, die sich zu jung fühlt. Ich finde ja, sie ist im besten Alter, um Mutter zu werden. Geht schon stark auf die dreißig zu.«

»Genau Mama, *du* findest es. Aber zum Glück ist es mein Leben.« Elin nahm es inzwischen gelassen. Es gelang ihr immer besser, sich von den Äußerungen ihrer Mutter abzugrenzen.

»Sie hat noch massenhaft Zeit«, sagte Tanja mit einer wegwerfenden Handbewegung. »Was soll ich denn sagen? Ich gehe stark auf die vierzig zu. Na und?«

»Und ohne Mister Right funktioniert sowieso nichts«, sagte Marlen, Elins neue Nachbarin.

»Den gibt es nicht!«, sagten Tanja und Elin wie aus einem Mund und lachten.

»Hey, hier ist ja gute Stimmung«, rief Simon, der gerade zur Tür hereinkam. Er entledigte sich seiner Winterboots und hinterließ kleine Pfützen auf den Fliesen im Flur.

Elin kam auf ihn zu. »Hi, schön, dass du gekommen bist.«

»Na, logisch. Ich lasse mir doch dein leckeres Chili sin carne nicht entgehen, ich hab es gleich unten im Hauseingang gerochen«, sagte er mit einem Zwinkern. »Und hier, ich hab dir eine Kleinigkeit mitgebracht, zum Einzug. Ich dachte, Blumen hast du bestimmt schon genug.«

Elin öffnete das Papier des ein mal ein Meter großen Geschenks.

»Was ist das? Ein Bild? Mir fehlt noch eins im Arbeitszimmer.« Sie zog es aus der Verpackung. Zum Vorschein kam eine strahlend weiße Leinwand.

»Das bist du.« Simon lächelte. »Symbolisch natürlich. Und jetzt nimm dir die schönsten Farben, die du finden kannst und kreiere dich neu.«

»Wow, dankeschön!« Sie knuffte ihn in die Seite. »Du bist ja ein richtiger Poet.«

Simon zuckte mit den Schultern und grinste mit einer Mundhälfte. Elin umarmte ihn und gab ihm einen Kuss auf die Wange.

»Hilfst du mir beim Malen?«, fragte sie.

»Sorry, nein. Das machst du besser allein. Aber ich sehe dir gern dabei zu.«

Linn Miller
C/O Autorenservices.de
Birkenallee 24
36037 Fulda

linnmiller@web.de

Instagram: @linnmiller_

Covergestaltung: deincoverdesign.de